Collection MAX DU VEUZIT

L'ENFANT DES RUINES

A la librairie TALLANDIER

Dans la même collection :

1. L'Étrange petit comte.
2. La Jeannette.
3. A l'ombre d'un cœur.
4. Vers l'unique.
5. Le vieux puits.
6. Moineau en cage.
7. Le Mystère de Malbackt.
8. Les Héritiers de l'oncle Milex.
9. Petite comtesse.
10. L'Homme de sa vie.
11. L'inconnu de Castel-Pic.
12. Nuit nuptiale.
13. Mirages.
14. L'Automate.
15. La Belle étrangère.
16. L'Amour relève le gant.
17. Rien qu'une nuit.
18. Cousine Yvette.
19. Sainte-Sauvage.
20. Fille de prince.
21. Arlette et son ombre.
22. La Mystérieuse inconnue.
23. L'Enfant des ruines.

MAX DU VEUZIT

L'ENFANT DES RUINES

TALLANDIER
PARIS

L'ENFANT DES RUINES

J'ai toujours aimé, après une nuit passée en chemin de fer, à me réveiller de bonne heure dans un paysage inconnu. L'air salubre, l'espace, la vitesse, la nouveauté, accomplissent leur miracle... c'est une sorte de résurrection. Le fardeau des soucis semble moins lourd à porter, parce que l'ambiance journalière est loin.

Parti hier soir de Paris, après quelques heures de sommeil cahoté et interrompu à chacun des arrêts du train, me voici transporté en pleine Bretagne, à l'heure où le soleil, surgissant à l'horizon, emperle de mille feux scintillants la rosée nocturne épandue sur l'herbe et les buissons.

Je ne suis jamais venu dans cette partie de la France, et le paysage est tout nouveau pour moi.

Ces petits champs bordés de talus couverts d'ajoncs, au milieu desquels dominent quelques arbres rabougris, taillés à hauteur d'homme, divisent le paysage en une multitude de terrains d'un pittoresque effet, puisque, selon la culture de chacun d'eux, leur couleur change d'aspect et va du brun foncé de la terre fraîchement labourée à l'or roussi du blé mûr, au rouge incarnat du trèfle ou au vert tendre des saules se mirant sur l'eau.

La campagne est accidentée. Il y a des bosses et des creux, des plaines et des coteaux, avec des petits cours d'eau qui sillonnent l'étendue et qui donnent à ce paysage un aspect à nul autre pareil.

Le train court vers Morlaix : nous entrerons bientôt dans la campagne brestoise, et il me faudra changer de convoi pour m'enfoncer dans les terres des menhirs et des elfes.

*
* *

J'ai trouvé une excellente auberge.

Carmindo, mon marchand de couleurs de Paris, m'avait dit :

— Puisque vous cherchez la solitude pour y travailler en paix, allez donc au Voulch, monsieur Marc Abel... allez au Voulch. C'est dans le Finistère, plus loin que Ploudalmézeau... J'y connais une brave payse : Catherine Le Coz, qui tient une auberge où vous serez soigné comme un coq en pâte...

« La côte est sauvage, il y a fort peu de touristes et les paysages sont grandioses... de quoi ravir un artiste comme vous, en vérité!... D'autre part, Catherine fait de la bonne cuisine... vous savez, une cuisine au beurre... du vrai beurre... qui pétille dans la poêle! Je vous affirme qu'elle s'y connaît, la Catherine, et qu'elle soigne bien les pensionnaires qui descendent chez elle... »

J'ai donc suivi les conseils de Carmindo et me voici au Voulch où, comme le brave commerçant me l'avait annoncé, j'ai été accueilli à bras ouverts.

Je soupçonne même cet excellent homme d'avoir prévenu Catherine, pour annoncer mon arrivée, en même temps que pour me recommander à ses attentions. Quoi qu'il en soit, mon hôtesse est aimable, remplie d'égards, et elle me compose de parfaits menus dont l'abondance ne nuit pas, loin de là, à l'excellence de la qualité.

En faut-il davantage pour être heureux quand on a vingt-sept ans, un solide appétit et que le cœur est libre, alors que le cerveau est rempli d'illusions et de mirobolants projets ?

L'auberge de Catherine Le Coz est presque vide, la clientèle se composant surtout de rares voyageurs de commerce qui font un détour, à l'heure des repas, pour venir manger au Voulch, où ils sont assurés de trouver une bonne table.

Aux heures des repas, Catherine et ses clients échangent avec moi quelques propos, mais le reste du temps, ils sont discrets et me laissent absolument libre d'errer à ma guise et de m'enfermer béatement dans un savoureux recueillement.

*
* *

J'ai déjà parcouru le pays, fixant des points de repère pour mon futur travail ou prenant contact avec les habitants du pays.

Il y a de jolis coins par-là, que je me ferai un plaisir de jeter sur la toile... des coins sauvages où la bruyère, les ajoncs et les genêts semblent s'étaler dans le plus artistique décor qu'un artiste puisse imaginer.

Est-ce ici que je ferai « mon tableau »... celui qui

marque les débuts d'un artiste... celui qui lui ouvre la voie ?...

Je rêve d'un paysage où toute la nostalgie de mon âme neuve, avide de sensations, se donnera cours... à moins que ce ne soit une grande composition où j'essaierai de fixer en couleurs rutilantes toute une synthèse intéressante et belle...

Un grand tableau... mon tableau... mon chef-d'œuvre !

Qui sait ?... Peut-être !

*
* *

Il y a vraiment de la mélancolie dans ce lointain rivage où les conseils de mon marchand de couleurs m'ont amené et que le touriste ignore encore...

Ces rochers granitiques, ces côtes découpées comme une dentelle de pierre, ces landes désertes, ces plaines sauvages, ces habitants accueillants et pourtant silencieux, presque mystérieux, qui parlent un langage guttural, plutôt dur aux oreilles inhabituées qui écoutent sans comprendre...

Toute cette atmosphère semble vouloir éloigner l'âme du mirage des villes et la rapprocher du ciel pour faire naître l'inspiration...

*
* *

Une certaine animation, depuis quelques jours, règne au Voulch, et j'ai demandé à Catherine Le Coz quel en était le motif.

— C'est dimanche le Pardon, monsieur Marc !

— Le Pardon ?...

— Oui, la fête, la procession !

— C'est une fête religieuse ?

— Pas tout à fait. Dans nos petites communes, le Pardon, c'est aussi la fête annuelle... Il y a, le matin, de pieuses cérémonies : une messe, une procession, des bénédictions, etc. mais, l'après-midi et le soir, il y a des jeux forains et la jeunesse danse un peu partout...

J'ai remercié dame Catherine de ses renseignements et je me suis réjoui de la nouvelle.

J'ai beaucoup entendu parler des pardons de Bretagne et je suis enchanté d'en voir un se dérouler sous mes yeux !

*
* *

C'est dimanche, aujourd'hui !...

Au Voulch, minuscule bourgade, c'est le pardon annuel, donc grande fête.

La curiosité m'a conduit à l'église, à l'heure de la messe, où jeunes filles et jeunes gens étaient venus nombreux de tous les environs.

Une ambiance grave, religieuse et presque émouvante, planait sur l'assistance ; le recueillement de chacun était impressionnant.

Une procession s'est déroulée à l'issue de l'office, comme je ne me serais pas douté qu'il pouvait encore y en avoir. Les jeunes filles étaient vêtues de costumes locaux clairs, ce qui n'existe guère, paraît-il, dans les autres coins de Bretagne. La plupart des jeunes gens étaient en pantalons blancs et en vestes courtes aux multiples boutons. Quelques-uns, armés de bannières claquant au vent, avaient cru devoir enfourcher des chevaux.

Parmi cette pittoresque jeunesse, j'ai remarqué une jeune fille tout de blanc vêtue : robe, châle, coiffe et chaussures. C'était très gracieux, et celle qui portait cette liliale toilette était infiniment jolie.

La procession s'est allongée dans la campagne, vers un petit sanctuaire situé à l'autre extrémité du pays... tout là-bas, sur un monticule battu par les vents, au faîte d'une colline qui domine les alentours. Une Vierge, vêtue de soie blanche brodée d'or, s'y dresse, éblouissante sous les innombrables cierges allumés, au milieu d'une montagne de bouquets blancs.

Mêlé à la foule des curieux, cherchant à me mettre à l'unisson de tous ces pieux pèlerins, pour mieux pénétrer l'état d'âme mystique de nos populations armoricaines, j'admirais en artiste cet autel illuminé, ces fidèles si simplement croyants, ce clergé psalmodiant un chant grave, toute cette religieuse et émouvante simplicité entourant une Vierge en habits de fête dans son petit sanctuaire de granit.

Une seule chose me surprit : l'importance de cette procession à laquelle des milliers de spectateurs prenaient part... nombre imposant, pas du tout en rapport avec la maigre population du Voulch, où une trentaine de maisons se nichent à l'abri du grand vent.

Quel pouvoir mystique attribuait-on donc, en ce jour, à la Vierge solitaire dont le culte semble sommeiller, m'a-t-il paru, tout le reste de l'année ?

*
* *

Au déjeuner, j'ai interrogé Catherine Le Coz sur cette foule recueillie et sur ces costumes clairs qui me paraissaient une entorse à la tradition revêtant de noir les filles d'Armorique. J'ai voulu savoir aussi pourquoi la masse des pèlerins était aussi considérable.

La femme a souri avec fierté.

— C'est en l'honneur de la « Vierge Coquette », m'expliqua-t-elle un peu mystérieusement.

— Qu'est-ce que cela ? m'écriai-je, étonné. Singulier adjectif... Coquette !... Comment une Vierge peut-elle être coquette ?

— Ah ! ça, je ne sais d'où vient ce nom. Une chose est certaine, c'est que notre Vierge est une des plus belles de Bretagne. Une légende veut qu'Elle s'intéresse particulièrement aux jeunes filles à marier ; et presque toutes les fillettes de la région sont consacrées à son culte.

— Comment ! Votre Madone s'intéresse aux jeunes filles à marier ? fis-je, un peu incrédule.

— Oui, insista la bonne Catherine. La Vierge Coquette a pour mission de trouver un mari aux jeunes filles qui viennent la prier, à sa fête, en pèlerinage...

La légende me rendait rêveur.

— Curieuse renommée !... que des siècles de superstitions et de racontars populaires justifient probablement, me disais-je, plus positif qu'incroyant.

Et tout haut, à Catherine :

— Maintenant, je m'explique pourquoi il y avait tant de monde, ce matin. Toute cette jeunesse, si joliment parée, n'était pas du pays !

— Ah ! non ! confirma mon hôtesse. Il en vient de loin... de très loin !... Pensez donc ! Quelle jeune fille, en âge de prendre époux, ne ferait pas la route pour s'assurer un bon mariage ?

Je me mis à rire.

Malgré mon respect de toutes les croyances, je trouvais l'idée amusante ! Ainsi, toutes ces demoiselles, de l'âge le plus tendre jusqu'à celui qu'il est convenu de trouver canonique, n'étaient si religieusement recueillies que parce qu'elles avaient l'arrière-pensée de dénicher, dans l'année, un partenaire susceptible de les épouser !...

C'est toujours amusant, pour un homme, de constater ce besoin impulsif qui excite les filles à trouver un mari, coûte que coûte !... L'homme cherche la femme avant de penser au mariage ; celle-ci tient, au contraire, à s'attacher un maître qui ne pourra pas s'affranchir d'elle... quitte à se plaindre de lui toute sa vie !

— Où, diable, le désir de convoler en justes noces pousse-t-il les demoiselles ! m'écriai-je, égayé... Dommage que je n'aie pas connu, ce matin, la légende ! Avec quelle ironie joyeuse j'aurais suivi le manège de toutes ces candidates au mariage !

Mais Catherine me foudroya du regard. Il est des choses dont l'excellente femme n'admet pas qu'on se moque.

— Ne plaisantez pas avec la foi sincère de nos fillettes, monsieur Marc, protesta-t-elle, un peu choquée. Les garçons, aussi, viennent prier la Vierge pour qu'elle place sur leur chemin l'épouse rêvée !... celle qui sera une compagne fidèle et une mère dévouée... Et chacun de nos enfants, de quelque sexe qu'il soit, ne songe pas à rire de la légende merveilleuse… si réconfortante à l'âme, en cette époque de mauvais ménages.

Sur ce dernier point, je ne pouvais que lui donner raison ; mais un peu d'ironie se mêla à mon approbation :

— Il est vrai qu'une intervention divine ne serait pas inutile, actuellement, pour résoudre les multiples conflits conjugaux !

— Elle existe, cette protection, mon bon monsieur ! C'est dans nos campagnes croyantes que se bâtissent les plus durables foyers… Nos jeunes gens le savent et, comme ils sont désireux d'être de bons époux et d'excellents parents, c'est avec conviction qu'ils demandent au Ciel de les aider à fonder un foyer chrétien capable de résister aux tempêtes…

Je ne pouvais que m'incliner… Quel homme de cœur oserait railler des désirs aussi sages ?…

— Evidemment ! convins-je avec bonne volonté et redevenu sérieux, car j'étais loin de vouloir attrister la brave aubergiste… surtout sur un sujet aussi infiniment respectable !

— D'abord, reprit-elle avec ardeur, notre Vierge a accompli bien des miracles et plus d'un célibataire, qui n'était pas de mœurs très sérieuses ou qui, comme vous, se moquait de la légende, est devenu amoureux de terrible façon.

Une sorte de crainte superstitieuse faisait, subitement, trembler sa voix, comme si, rien que d'en parler, la femme allait provoquer d'inévitables catastrophes.

— Diable ! observai-je, un peu abasourdi. S'il faut

vous croire, quels terribles maux menacent donc les sceptiques ?

Peut-être étais-je, à la fois, anxieux, amusé et incrédule, en lui continuant mes questions :

— Vous m'intriguez !... De terrible façon, avez-vous dit ?... Oh ! Catherine Le Coz, racontez-moi tout ce que vous savez !... Je ne demande qu'à vous croire et à être édifié, moi !

Mais la brave femme se fit tirer l'oreille.

— J'aime autant ne point parler de ces choses-là aujourd'hui, assura-t-elle. D'abord, avec les clients qui vont affluer, tout l'après-midi, je n'ai pas grand temps pour bavarder. Et puis, aussi, parce que c'est jour de fête et qu'il vaut mieux dire des choses gaies que d'évoquer des drames... Qu'il vous suffise de savoir, monsieur Marc, que bien des gars qui ne voulaient pas convoler avec les jeunes filles qu'ils avaient compromises, ont été forcés par les événements de les épouser malgré eux... D'autres, qui se sont dérobés à ce devoir, en ont été bien punis, je vous assure !... La Vierge Coquette est très bonne pour les braves garçons, mais les méchants n'ont qu'à bien se tenir.

De nouveau, j'ai affirmé à l'excellente femme que je n'avais jamais eu l'intention de mettre en doute le pouvoir de la Vierge Coquette, mes réflexions n'ayant eu d'autre but que de railler un peu toutes ces demoiselles — dont quelques-unes n'étaient encore que des gamines — de songer si intensément au mariage et aux épouseurs.

*
* *

Si la matinée a été consacrée à la Vierge Coquette, dans le petit bourg du Voulch, le reste de la journée, en revanche, a connu les réjouissances publiques habituelles aux fêtes communales... Le paganisme, si je puis m'exprimer ainsi, reprenait ses droits grâce à la danse, aux phonos et au tapage des boutiques foraines.

Autour des quelques baraques de confiserie ou de loterie dressées sur la place, la foule des visiteurs se pressait bruyamment, pieux pèlerins du matin mués en clientèle joyeuse et grouillante de ces sortes de fêtes populaires.

Désœuvré et un peu isolé au milieu de toute cette masse paysanne et touristique, j'errais de groupe en groupe, écoutant les boniments pompeux des saltimbanques, ou suivant avec curiosité, des yeux et des oreilles, les diverses phases des flirts qui rapprochaient filles et garçons, sincères partisans, c'était visible, de la Vierge Coquette !

— Hé ! Philomène Lehuec, vous êtes belle comme un ange, aujourd'hui ! Peut-on vous *régaler,* à cette heure ?

— C'est point d'refus, Yves Poven...

Le couple s'approchait d'une confiserie en plein air où la fille choisissait un morceau de pain d'épice, à moins que ce ne fût un sac de cacahuètes, que le garçon payait. Généralement, il en coûtait un franc à ce dernier.

Ainsi rapprochés par ce régal poli, les deux jeunes gens parlaient quelques instants... jusqu'à ce qu'un nouvel arrivant offrît à son tour :

— Tiens ! Philomène Lehuec !... Venez donc avec Jeanne Lebahu, que je vous régale toutes les deux...

— Mais certainement, Pierre Le Thyl...

Les poches des petits tabliers, encerclés de velours ou de dentelles, s'emplissaient rapidement de friandises variées... Les filles souriaient béatement, pendant que les gars prenaient un air faraud et avantageux, plus ou moins marqué selon que l'état de leurs porte-monnaie, permettant de « régaler » un plus grand nombre de demoiselles, leur assurait tout un essaimage féminin.

Mais parfois, aussi, les jeunes gens voyaient leurs avances repoussées, même avec raillerie.

— Ah ! grand merci, Jean Nicot ! J'ai assez mangé de sucreries, aujourd'hui !... Et puis, voilà l'heure de rentrer...

A moins qu'une fillette plus cruelle ne leur lançât en quolibet :

— Vous êtes bien aimable, Yves-Marie Mornec, mais je suis assez riche pour me payer ce qui me plaît !... Offrez donc quelque chose à Maria Brauzet, plutôt ! La pauvre n'est pas très entourée et votre offre sera la bienvenue !

Naturellement, Maria Brauzet était quelque laideron dédaigné de tous, à moins que ce ne fût une pauvre vieille innocente dont tout le pays se gaussait !

J'en étais là de mes observations quand, dans un groupe de jeunes filles qui bavardaient à l'écart, j'aperçus soudain l'inconnue, vêtue de blanc, que j'avais observée, si pieusement recueillie, le matin à la procession, au milieu de ses compagnes en prière.

Quel fluide peut faire qu'un monsieur en villégiature, qui ne connaît personne, fixe son regard sur un personnage déterminé, noyé dans une assemblée nombreuse ? J'en subis le pouvoir sans m'en rendre compte. Mon geste ne fut pas calculé, aucun raisonnement ne me le dicta.

Par une décision brusque et impérieuse, je m'approchai de l'inconnue.

Et, sans me rendre compte du ridicule qu'il pouvait y avoir pour moi, Parisien, à prononcer la phrase rituelle assez naïve, entendue pour la première fois, cet après-midi, j'articulai nettement :

— Voulez-vous me permettre, mademoiselle si jolie et tout de blanc vêtue, de *vous régaler* à mon tour ?

Ainsi interpellée, la jeune fille se tourna vers moi, une surprise au fond de ses grands yeux bleus.

Un regard appuyé... à peine une hésitation... et, sans affectation, simplement, elle accepta de me suivre jusqu'à l'étalage de la confiserie ambulante où elle désigna, très discrètement, un petit morceau de nougat.

— Oh ! protestai-je. Ceci ne compte pas... Choisissez ici, plutôt.

Je lui indiquai de longues barres blanches, collées de pain azyme, revêtues de papier cellophane permettant une manipulation plus facile et plus propre.

— Mais cette barre est trop grosse... je n'en viendrai pas à bout, aujourd'hui !

— Tant mieux ! Demain, vous m'accorderez une pensée en achevant de la grignoter.

Un coup d'œil railleur m'enveloppa en éclair.

— Soit. Mamie en goûtera avec moi... Je vous remercie, monsieur.

Elle allait se retirer après quelques paroles aimables en réponse à ma courtoisie, quand, brusquement, sans plus réfléchir que je ne l'avais fait jusque-là, je suppliai l'inconnue de m'accorder une danse...

— Là... à côté, sous la grande tente allongée sur la place où, moyennant une légère dîme, on acquiert le droit d'évoluer jusqu'au soir, avec la personne qui vous charme...

Le visage féminin parut amusé de ma proposition.

— Voilà une chose que je n'ai jamais faite ici, assura-t-elle. Le bal ne me tente pas, il faut croire !

— Il y a un début à tout, mademoiselle, insistai-je... Je serai ravi d'être le premier à qui vous accorderiez cet honneur.

Elle me regarda et il me parut qu'une pointe de malice coulait dans ses yeux.

Puis, sa vue se tourna vers l'intérieur de la tente où les couples tourbillonnaient, enserrés.

— Vous êtes des environs ? questionna-t-elle.

— Simplement de Paris.

— Ah !

— Oui, je suis ici en villégiature... descendu chez Catherine Le Coz pour y passer les vacances.

Comme elle demeurait muette, je proposai, soudain rempli de bonne volonté et d'ardeur :

— Voulez-vous que je me présente davantage ?... Je suis si désireux d'être votre cavalier pendant quelques instants.

De nouveau, son regard railleur monta jusqu'au mien.

— Vraiment ? Si désireux !... Vous me flattez réellement, monsieur !

— Je souhaite d'autant plus obtenir cette faveur que vous venez m'assurer que ce serait la première fois que vous danseriez à un pardon. Moi-même, jusqu'ici, n'avais jamais assisté à pareille fête... Je suis artiste peintre et je me nomme...

Mais elle m'interrompit en riant :

— Mais non ! Gardez l'anonymat et disposez de moi, puisque cela vous fait vraiment plaisir ; justement, on annonce une valse.

Nous dansâmes correctement enlacés, suivant les bienséances.

J'essayai de la questionner sur elle-même, mais elle observa le mutisme le plus complet, avec une lueur amusée dans les yeux.

Une deuxième danse sollicitée, puis acceptée, dans les mêmes conditions d'où la malice n'était pas exclue n'amena aucun éclaircissement.

Nous étions deux partenaires, inconnus l'un à l'autre, certainement de bonne compagnie, et nous allions nous séparer dans le même état d'ignorance sur nos personnalités respectives...

Un remerciement de ma part, un sourire charmant de la sienne, terminèrent notre rapprochement.

Je la vis rejoindre deux messieurs qui descendaient d'une automobile.

Un peu esseulé, soudainement, je me repris à errer entre les groupes, la tête trop occupée, peut-être, de certaine danseuse énigmatique, dont le malicieux sourire semblait m'avoir nargué...

*
* *

La fête était encore bien loin d'être finie quand j'aperçus de nouveau l'inconnue vêtue de blanc. Après avoir pris congé de ses compagnons, puis serré quelques mains sur son passage, elle allait s'éloigner sagement, avant le crépuscule.

Je la vis avec regret s'écarter du lieu des réjouissances.

Rien n'avait été dit entre elle et moi qui pût me permettre d'espérer que je la retrouverais plus tard. J'ignorais même si elle était de la région... mais son départ parut me léser en produisant comme un grand vide autour de moi.

Une sorte de tristesse m'enveloppa tout à coup et, par une affinité secrète, le désir de quitter cette foule bruyante me saisit à mon tour.

La route qui me ramenait vers l'auberge suivait le chemin que l'inconnue avait pris.

Inconsciemment, j'allongeai le pas pour la rejoindre !

Arrivé à sa hauteur, je la saluai derechef et je lui demandai la faveur, puisqu'elle se dirigeait dans le même sens que moi, de marcher à son côté et de bavarder avec elle.

Surprise de me retrouver devant elle, elle hésita d'abord, puis elle sourit. De nouveau, dans les grands yeux bleus, la lueur de malice réapparaissait...

Cependant, d'une voix harmonieuse, elle acquiesçait à ma proposition :

— Soit ! Mieux vaut, pour une jeune fille, un compagnon de route bien élevé qu'un rustre quelconque ou l'obsession d'une pensée pénible... Comme je ne souhaite aucun de ces derniers, soyez le bienvenu à mon côté, monsieur mon danseur anonyme.

— Votre *premier* danseur !

— Mon premier danseur de pardon, rectifia-t-elle gentiment.

— Oh ! évidemment ! Je ne puis prétendre à plus d'exclusivité !

La boutade nous fit rire.

Ainsi commencée, la conversation s'engagea gaiement sur les diverses péripéties de la journée.

— Quel temps splendide !

— Oui, ce fut une jolie journée !

— Tout était de la fête : le soleil, le coloris du ciel, la brise marine, l'odeur de l'encens et la beauté des femmes... c'était un amalgame délicieux.

— En effet, fit-elle rêveusement. L'ambiance des choses s'alliait au recueillement des pèlerins... la même ferveur unissait l'homme à la nature... C'est très beau et très reposant, quand il en est ainsi.

La phrase profonde me troubla un peu, émanant de cette petite paysanne. Son langage était châtié, sans accent, et elle avait parlé avec une si ardente conviction que ce fut mon tour de lever les yeux sur elle en interrogative surprise.

Dans quelle condition sociale devais-je donc la classer ?

Son visage était doux, un peu grave ; ses yeux bleus ne pouvaient renier leur origine bretonne, de même que son teint clair et la coupe du visage un peu courte. Sa robe était blanche, coquette, mais sans falbalas de mauvais goût ; une croix ancienne, en or, pendant à son cou, garnissait l'échancrure de sa robe, allongée en pointe sur la poitrine. Tout , en elle, était discret et simple, mais ce décolleté, plus hardi que celui de ses compagnes, lesquelles ne portent généralement qu'une robe montante, me fit supposer que ma danseuse habitait la ville.

— Vous n'êtes pas comme les autres, mademoiselle, observai-je. Déjà, je vous ai remarquée, ce matin, à la procession... Vêtue de blanc et l'air si recueilli, vous m'aviez fait l'effet d'une petite sainte entraînant ses compagnes sur le chemin du paradis...

Elle sourit, un peu moqueuse :

— Je n'ai rien d'une sainte, cependant. Et je ne vois pas en quoi je diffère des jeunes filles d'ici.

— Votre robe, d'abord.

— Oh ! une robe ! C'est une question d'étoffe ou de couleur.

— Evidemment... Néanmoins, votre air sérieux, réservé... presque supérieur...

— Supérieur ! J'espère bien n'avoir l'air ni pédante, ni vaniteuse. Je désire être semblable aux autres. Et, sans la couleur du costume à laquelle ma tante m'a vouée quand j'étais toute petite, vous n'auriez pas vu de différence entre mes compagnes et moi.

— J'ai, au contraire, l'impression que vous ne ressemblez à personne... Ne vous choquez pas de ma remarque ; mais je me plais à imaginer que vous êtes quelque petite princesse de légende qu'une mauvaise fée a contrainte à demeurer sur terre.

Elle sourit, amusée.

— Vous êtes un grand rêveur, je crois, monsieur ! Vous aimez parer les gens d'images flatteuses qui charment votre esprit... Je ne suis, en vérité, qu'une fille de la campagne... pas du tout une petite sainte ou une princesse déguisée, comme il vous plaît de l'imaginer.

— C'est, cependant, ce que j'ai cru être vrai, ce matin, quand je vous ai vue pour la première fois.

— Vous avez donc suivi la procession? questionna-t-elle pour changer le cours de la conversation.

— Naturellement.

— En curieux?

— Pas du tout... En croyant!

— Réellement?

— Pourquoi pas?... Je n'en ai pas l'air?

— C'est-à-dire que les Parisiens s'amusent beaucoup de nos coutumes religieuses... tout les porte à la blague!... même notre pieuse sincérité.

— Peut-être pour ne pas paraître en être émus. Je vous assure que les habitants de la capitale sont beaucoup plus sensibles qu'on ne le croit généralement... Nos églises sont pleines de monde, le dimanche... Pour ma part, je me complais à rêver à l'ombre des cathédrales et il m'arrive souvent d'entrer dans une église, rien que pour y goûter le charme bienfaisant du silence et du recueillement... N'en soyez pas surprise, j'ai été élevé par une maman très pieuse et même un peu austère... ce qui ne l'empêche pas d'être également une mère indulgente et bonne.

— Alors, ce matin, vous avez fait des vœux, comme les autres?

— Des vœux? Et pourquoi?

— Puisque vous avez suivi, *en croyant,* un pèlerinage réputé!

— Eh bien! pour être sincère, je n'ai formulé aucun vœu.

— C'est regrettable!

— Oh! pourquoi?

— Parce que vous avez perdu une belle occasion d'obtenir les faveurs du Ciel.

— Je n'ai pas pensé faire, de mon assistance à ce pardon, une question d'intérêt, répliquai-je en riant. J'ai simplement admiré, en artiste, la beauté des chants liturgiques et le pittoresque des costumes locaux à travers la campagne un peu rude de ce coin-ci...

Comme elle se taisait, j'ajoutai, cherchant peut-être son approbation :

— Penseriez-vous que ma seule présence aux cérémonies religieuses jointes à l'émoi profond que ces dernières faisaient naître en moi, soient insuffisants à m'attirer les bénédictions de Dieu ?...

— Oh ! Loin de moi pareille pensée !... Je n'ai pas voulu faire un tel jugement... Seulement... peut-être ne le saviez-vous pas... les dévotions à la Vierge Coquette ont presque toujours un but intéressé.

— Mon aimable hôtesse m'a dit quelque chose dans ce genre, à midi, fis-je gaiement, en me rappelant les privilèges attachés au culte de la Madone du Voulch. Mais dame Catherine m'en a instruit un peu trop tard, il est vrai, pour que j'en profite cette année. Heureusement, je n'ai pas du tout envie, en ce moment, de me mettre la corde au cou... Mon ignorance des coutumes locales ne m'a donc causé aucun préjudice et je ne regrette rien !

Mon affirmation parut l'amuser ; mais, sauf l'éclair rieur des yeux qu'elle ne sut pas voiler à temps, elle ne m'approuva d'aucune manière.

Tout en devisant de cette façon, nous suivions les méandres de la route et nous avions passé devant l'auberge de Catherine Le Coz sans que j'aie songé à m'y arrêter. Maintenant, nous approchions du sanctuaire de la Vierge, désert à cette heure.

L'inconnue, qui avait accepté jusqu'ici ma présence à ses côtés, s'arrêta subitement, mettant ainsi un point final à mon éloquence déchaînée.

Nous n'étions plus guère qu'à une dizaine de mètres de la petite chapelle.

— Mon beau monsieur, dit-elle, mi-rieuse, mi-sérieuse, mais d'un ton qui annonçait que toute contradiction serait déplacée, je vous saurais gré, à présent, de ne plus marcher auprès de moi... Allez devant ou restez derrière, mais je me refuse à continuer ma route en votre compagnie.

— Vraiment ! dis-je, étonné d'une aussi subite résolution. Qu'est-ce qui se passe ?... Ma présence vous déplaît, maintenant ?

— Pis, monsieur ! Elle m'importune ! réplique-t-elle sans s'émouvoir de ma protestation... Je ne ferai pas un mètre de plus à vos côtés.

Une ombre altéra mon visage. Ce congé péremptoire froissait ma vanité parce que je n'en soupçonnais pas la cause.

— Alors, je vais vous quitter, mademoiselle, fis-je, un peu froid... Cependant, ajoutai-je, ne me permettez-vous pas, auparavant, de vous demander en quoi, si vivement, j'ai pu vous déplaire ?

— Oh ! Il n'est pas question de déplaisir, monsieur... La légende ne me permet pas de vous accepter davantage auprès de moi, voilà tout !

Je m'étonnai :

— La légende !... Quelle légende ?... Je ne comprends pas.

— Il vaut peut-être mieux que je vous l'explique,

car vous me paraissez désagréablement surpris et je n'ai nullement le désir de vous offenser.

— Je préfère, en effet, connaître les raisons de votre changement d'attitude à mon égard, mademoiselle.

— Oh ! C'est tout naturel, monsieur ! Vous allez en juger...

Elle prit à peine le temps de respirer et continua :

— La légende de la Madone du Voulch contient de troublants aperçus... elle ne s'arrête pas à des vœux exaucés, ni à des grâces accordées... On a remarqué aussi — et la chose fut maintes fois constatée — que tout couple, jeune homme et jeune fille, qui passe, côte à côte, devant la petite chapelle que voici, en cette journée de pèlerinage, s'expose à être uni dans l'année... Les amoureux sincères s'efforcent, naturellement, d'y entraîner celles qu'ils aiment ; et c'est ainsi que, durant la procession, on voit certains garçons se rapprocher des jeunes filles qu'ils souhaitent attendrir !... ou vice versa, évidemment. Mais il arrive aussi, fatalement, que des êtres qui ne désiraient pas du tout s'unir, s'étant trouvés rapprochés ici, s'amourachent l'un de l'autre par la suite, à la surprise générale...

— Par exemple !

— Oui, pas mal de mariages ont été ainsi conclus et ne sont pas toujours les plus raisonnables, malheureusement ! Or, pardonnez-moi, monsieur, si je vous blesse, mais il ne me plairait point de passer mon existence auprès d'un personnage que je ne connais pas ! Et comme, d'autre part, je ne suis pas du tout pressée de convoler en justes noces, je m'en remets à vous de conclure...

Pendant qu'elle parlait, mon étonnement s'était changé en approbation, car je partageais à son endroit exactement les mêmes sentiments : moi non plus, je ne tenais pas du tout à épouser la première jeune fille venue !

Je m'inclinai donc courtoisement devant elle.

— Vous avez raison, mademoiselle, la légende est dangereuse pour notre libre arbitre. Elle est lourde de menaces qu'il vaut mieux éviter... il ne me plaît pas plus qu'à vous-même de m'y exposer !...

— Je m'en doutais !

— Aussi, mademoiselle, je vous laisse continuer seule votre route. Bon voyage et heureux retour !

L'inconnue me salua en souriant et reprit son chemin, seule et d'un pas alerte, tandis que, prudemment, je redescendais la route que nous venions de gravir, n'ayant aucune raison de continuer ma promenade dans ce sens-là.

Les échos de la fête me parvenaient aux oreilles, semblant m'inviter, de loin, pour de nouvelles danses, vers de nouvelles rencontres...

Je n'avais pas fait dix pas dans la direction du village, quand mon regard fut attiré par la blancheur d'une traînée, coupant la route, dans le sens de la largeur.

En éclair, j'identifiai l'objet :

— L'écharpe de soie que mon inconnue en blanc portait sur les épaules !

Prestement, je ramassai l'écharpe ; puis, m'étant retourné, je hélai la voyageuse.

— Mademoiselle !... Mademoiselle ma danseuse ! Voici quelque chose qui vous appartient, je crois !

Elle se retourna au moment où je brandissais l'écharpe à bout de bras.

Cette parure devait avoir quelque valeur à ses yeux, car elle mit un peu de vivacité à revenir chercher son bien.

En même temps qu'elle s'avançait vers moi, je marchais à sa rencontre avec le désir de lui mesurer sa peine ; si bien que chacun de nous, ayant franchi de part et d'autre du sanctuaire une distance à peu près équivalente, nous nous retrouvâmes à mi-chemin.

— Oh ! merci, monsieur ! me dit la jeune fille avec émotion. J'aurais été navrée d'avoir perdu cette écharpe qui a appartenu, jadis, à ma mère... C'est un précieux souvenir, pour moi, il n'a pas de prix !

— Je suis heureux, mademoiselle, d'avoir contribué à vous faire rentrer en sa possession.

Elle jeta le tissu tant apprécié sur ses épaules ; puis, spontanément, elle me tendit la main pour mieux me témoigner sa gratitude :

— Merci encore !

Nos mains s'étaient jointes pour cette cordiale étreinte... Justement, à cet instant, les yeux de ma compagne se posèrent sur la porte ouverte de la petite chapelle. Un inconscient déplaisir assombrit son visage ; vivement, elle dégagea ses doigts et se rejeta loin de moi.

— Quelle malchance ! ne put-elle se tenir d'exprimer, d'une voix altérée.

J'avais saisi la mimique de la jeune fille et je m'aperçus que nos mains s'étaient intempestivement unies devant le lieu fatidique.

Me rappelant, en éclair, la fameuse légende, j'eus, moi aussi, un recul involontaire.

— Ah ! non ! Nous sommes unanimes pour protester, n'est-ce pas ?... Ce n'est pas de jeu !

Mon réflexe et ma protestation devaient être comiques ; cependant, l'inconnue les approuva sans en rire.

— Non ! Ce n'est pas de jeu, convint-elle avec maussaderie. C'est le hasard qui a tout fait.

— Evidemment ! Aussi, ça ne compte pas !

— Espérons-le.

Ce bref souhait et le ton sur lequel il était prononcé n'en soulignaient que mieux la crainte superstitieuse qui était en elle.

Sans en dire davantage, elle me quitta d'un pas rapide. Cette fois, elle n'avait pas pensé à me souhaiter un au revoir et cette omission ne m'avait pas choqué ! Peut-être, en s'éloignant si vite, invoquait-elle, en son for intérieur, les forces susceptibles de rompre la décision légendaire...

Pour mon compte, tout en poursuivant le chemin du retour, je haussais les épaules, avec du mépris pour toutes ces croyances populaires. Cependant, je ne pouvais m'empêcher de maugréer :

— Superstition ! C'est absolument inepte !... Elles sont stupides, ces légendes que colportent les vieilles gens pour effrayer la jeunesse ! Et vraiment, ne suis-je pas un peu fou, moi aussi, en donnant court à ma mauvaise humeur, de leur accorder quelque créance ?... Ce ne sont que des fumisteries bonnes à endormir les enfants !... La Vierge et tous les saints du paradis ont bien autre chose à faire qu'à s'occuper de marier les gens malgré eux et sans les y avoir préparés !...

*
* *

Je passai une nuit assez agitée, non pas à cause des menaces de la légende, mais probablement à la suite d'un souper trop copieux où les mets épicés excusaient l'absorption de nombreux verres de vin.

Mon esprit surexcité, en un état d'activité suraigu, s'offrait le luxe d'une représentation cinématographique où les images défilant, s'accrochant les unes aux autres, me montraient tour à tour une blancheur liliale tourbillonnant contre moi, une écharpe flottant au vent, la pointe d'une chapelle oscillant sur un gouffre sans fond, une silhouette féminine s'évanouissant dans un abîme de ténèbres ; bref, une multitude de visions plus ou moins agréables mettaient en action mon mécanisme cérébral et me réveillaient subitement au moment même où j'allais sombrer dans la détente bienfaisante du sommeil.

Peut-on être maître de ses pensées ? Je ne le crois pas... surtout quand elles semblent émerger ainsi du subconscient !

L'apaisement vint lorsque l'aube pointait, car j'avais pris une décision :

— Dès demain, — et ce demain équivalait à un aujourd'hui, vu l'heure matinale, — je me renseignerai sur cette singulière jeune fille... Il faut que je connaisse, tout au moins, celle d'où peut me venir le danger...

Ce décret rendu, je retrouvai le calme et pus m'endormir profondément pendant quelques heures.

Mais, au saut du lit et dès ma toilette faite, je rejoignis Catherine Le Coz.

J'avais remarqué, depuis mon arrivée au Voulch, que lorsque les loisirs de sa profession le lui permettaient, mon excellente hôtesse se complaisait à bavarder longuement.

Elle connaissait tout le monde, et bien qu'elle ne fût pas ce qu'il est convenu d'appeler une mauvaise langue, ni qu'elle mît de la malveillance dans ses propos, elle aimait raconter sur chacun les mille petits potins qui courent de bouche en bouche et peignent mieux les gens que les longues explications.

— Catherine, pendant que je vais déjeuner, il faut que vous me fournissiez un renseignement.

— Je vous écoute, monsieur Marc, fit-elle avec empressement.

— Hier, vous m'avez parlé de la coutume gracieuse qui permet aux jeunes filles de s'habiller de vêtements clairs en ce jour exceptionnel.

— Oui, je vous ai expliqué pourquoi cette habitude s'est implantée chez nous.

— Et je n'ai rien oublié... Cependant, parmi toute cette jeunesse en costume de fête, il y avait une demoiselle exclusivement vêtue de blanc, qu'on ne pouvait manquer de remarquer au milieu des autres, car elle est très jolie... Est-elle d'ici et la connaissez-vous ?

— Une jolie fille habillée de blanc ?

— Oui, des pieds à la tête.

— Un peu fiérote et qui ne se mêlait guère aux autres jeunes personnes ?

— Justement.

— C'est sûrement de la nièce de Mariannick Guillerme que vous voulez parler.

— Qui est-ce, Mariannick ? m'informai-je aussitôt.

— Une vieille femme d'ici qui habite une petite maison : Ty Bianet tout là-bas, derrière le promontoire... un peu plus loin que le sanctuaire.

— Et cette femme possède une nièce d'une vingtaine d'années, très jolie, et qui s'habille de blanc ?

— Oui, affirma Catherine. Marie-Claire a environ cet âge-là et sa tante l'a vouée, dès ses jeunes ans, aux couleurs des enfants de Marie.

— Mais cette jeune fille n'habite pas ici avec sa tante, ordinairement ?

— Au contraire, mon bon monsieur ! Depuis sa rentrée de pension, car elle a été élevée à la ville, la Marie-Claire ! elle ne quitte pas sa vieille parente... Les deux femmes vivent ensemble... un peu comme des sauvages... ne s'occupant de personne, mais n'acceptant pas non plus que les autres se mêlent de leurs affaires. Faut voir ça !... Justement, Ty Bianet est un peu à l'écart du village... Dans leur coin, il n'y a guère que la hutte de Guillon, le sabotier... puis, encore plus loin, Kermodu, une assez grande ferme... Cette situation écartée permet à la tante et à la nièce de vivre à leur guise.

— C'est-à-dire ?

— Dame ! De faire des cachotteries pour tout : leurs visites, leurs sorties... sans prendre l'avis des connaissances... comme si le jugement de chacun ne les atteignait pas !...

— En ceci, observai-je, elles ne font de tort à

personne, et je ne pense qu'au Voulch, il n'y a aucune mauvaise langue pour trouver à redire.

— Hé ! non ! protesta l'aubergiste. Ce n'est point ça qu'on leur reproche.

— Y a-t-il donc d'autres raisons de les blâmer ?

— Pardi ! Cette vieille folle de Mariannick n'est si sauvage et si fière que parce qu'elle ne fait rien comme les autres !... Elle a des prétentions, la bonne femme ! Avez-vous remarqué l'élégance de la nièce ? Il faut croire que la mâtine se tient au courant de la mode pour être toujours si bien mise !... Ici, tant de coquetterie choque un peu !...

— Oh ! pourquoi ? Elle est gentille, cette petite !... Un vrai bijou !...

— Oui-da ! Mais pensez donc ! A vingt ans, être si élégante... Et ça n'a pas de fortune, la tante n'en ayant guère !... Mariannick n'aurait pas dû habituer cette jeunesse à rechercher le luxe. Quel homme sensé, voulez-vous, épouserait une telle enfant sans le sou ? Leur situation à toutes deux ne permet pas une pareille existence... Faut être raisonnable, quand on n'est pas riche !

— Peut-être ces deux femmes ont-elles assez pour vivre sans rien demander à personne.

— Evidemment, qu'elles ne demandent rien... elles payent bien, même ! Mais elles dépensent aussi.

— Elles dépensent et elles payent ? Si c'est tout ce qu'on leur reproche, ce n'est pas grave !

— C'est assez de vivre à part les autres, ne trouvez-vous pas !... D'ailleurs, c'est par affection et dans leur intérêt que chacun voudrait les voir mieux comprendre la vie !... Parce qu'il est bien entendu que, sous le rapport de l'honnêteté et de la conduite, il n'y a rien à dire !

— Ah ! Marie-Claire...

— ... est absolument sage... On ne peut pas jaser sur elle... pas un mot !... C'est fier, mais c'est réservé, comme il se doit !

— Eh bien ! c'est parfait, alors ! Que peut-on exiger de plus ?

Instinctivement, je la défendais, moi, le Parisien habitué à la coquetterie bon marché, mais de bon goût, des petites midinettes de la capitale.

La femme n'insista pas. En commerçante avisée, elle ne voulait probablement pas heurter ma conviction.

Mais tous ces renseignements, si abondamment fournis cependant, ne me donnaient pas encore satisfaction.

— Je m'étonne, repris-je, songeur, qu'une jeune personne si coquette et si jolie se contente de demeurer au Voulch... Elle me paraît bien esseulée dans sa retraite, cette petite Marie-Claire !

— Oh ! ça, c'est autre chose ! s'écria Catherine Le Coz, dont la verve se remontait facilement. Pour ne pas médire, je ne vous racontais pas l'histoire ; mais comme tout le monde la connaît, d'autres vous mettraient au courant... Alors, autant que ce soit moi, pas vrai ?

— Mais certainement ! assurai-je. Vous m'intéressez vivement, dame Catherine.

— Eh bien ! voilà ce qui existe. Mariannick avait autrefois une sœur, beaucoup plus jeune qu'elle et passablement jolie : comme la petite, parbleu ! Philomène qu'on la nommait, cette sœur... C'est mauvais pour les femmes, la beauté ! Ça les pousse à toutes sortes de vilaines choses ! Ainsi, les jeunes gens remarquaient Philomène, naturellement ! Et c'était à qui ferait la roue autour d'elle pour se faire distinguer... Un jour, la pauvrette est partie à la ville !... Paraît qu'elle y a mené une existence !... on ne sait pas au juste, mais...

Catherine haussa les épaules et hocha la tête, laissant la porte ouverte à toutes les suppositions, fussent-elles des plus absurdes !

Puis, après un soupir qui en disait long, lui aussi, elle reprit :

— Enfin !... On dit qu'elle est allée à Paris où elle a ruiné sa santé... après son âme ! Là-bas, elle aurait mis au monde sa petite fille ; puis, finalement, Dieu lui aurait envoyé le châtiment que méritait son existence folle : la fin dans quelque hôpital de la capitale.

— Ainsi pourraient s'expliquer les goûts de la jeune fille pour la toilette, remarquai-je, un peu attristé que de tels antécédents pussent entourer l'enfant candide, au visage de madone, dont le souvenir m'avait poursuivi toute la nuit.

— Oui, approuva mon interlocutrice. La fillette doit instinctivement ressembler à sa mère... Elle n'est pas responsable de cette hérédité... mais Mariannick qui sait... qui a eu l'exemple de sa sœur pour l'éclairer, ne devrait-elle pas obliger l'enfant à se contenter de mises simples au lieu de colifichets de prix ?... La vieille folle devrait se souvenir... Son devoir est d'enrayer les mauvais penchants de la petite, si celle-ci en a, au lieu de les favoriser.

— Vous êtes la sagesse même, madame Catherine, convins-je enfin pour la flatter et provoquer de nouvelles confidences. Mais voilà précisément quelque chose qui me paraît étrange : l'indifférence de Mariannick Guillerme sur ce passé... Est-on bien sûr des faits concernant la mère de Marie-Claire ?

— Si l'on en est sûr, mon bon monsieur ! Mais songez donc ! Il y a des jeunes gens qui ont fréquenté cette femme, avant sa perdition... Ils sont restés au pays... Ils ont raconté ce qu'ils soupçonnaient, ce qu'ils ont appris, cela s'est répété de bouche à bouche, si bien que tout un chacun connaît parfaitement la vérité.

Je ne pus réprimer une approbation dont l'ironie échappa certainement à Catherine.

— Vous m'en direz tant !... Evidemment... Tout est clair et compréhensible !... Pauvre Marie-Claire, si jolie, si virginale !... Quel dommage pour elle d'être victime du passé de sa mère ! Elle doit souvent exciter l'envie des autres, malgré tout !... Tous les jeunes gens courent après elle, probablement ?

— Oh ! Pas même !... Nos garçons se réservent. D'ailleurs, elle les tient à distance et ils se rendent compte qu'ils n'ont pas de chance d'aboutir... Une si fiérote demoiselle ! Qui oserait lui parler d'amour ?

Je souris...

L'image de ces rustres auprès de celle de la si jolie fillette s'alliait mal en vérité. La femme avait raison d'en repousser l'idée.

— Nos paysans ! Elle doit les mépriser ! reprenait-elle, acerbe. Il lui faut mieux, à la demoiselle !... C'est probablement pour ça qu'elle revêt, au pardon, un costume si extraordinairement recherché. Elle veut peut-être attirer l'attention d'un touriste étranger... Sait-on jamais ?

J'avais là-dessus mon opinion personnelle, car je me remémorais la fière réserve de la jeune fille et la phrase prononcée par elle, la veille, au moment où nous allions passer côte à côte auprès du sanctuaire... J'évoquais aussi sa colère sincère, lorsqu'elle s'était aperçue que nous avions échangé inconsciemment une poignée de main devant le lieu dangereux.

Non, cette blonde fillette ne cherchait pas un épouseur, en suivant la procession, aussi délicieusement habillée... Ou alors, elle y venait en pensant à un absent... un absent qui lui était cher et pour qui elle implorait les bénédictions de la Vierge.

Tout ceci, je le pensais ; mais je ne crus pas devoir le dire à Catherine Le Coz. Il devait être difficile de rectifier les désobligeantes appréciations de la commère.

Je me bornai donc à rire du mal-fondé de ses malignes suppositions, et notre conversation en resta là.

*
* *

J'ai repris mes promenades quotidiennes, à la recherche d'un site capable de faire naître en moi l'inspiration fougueuse qui donne la vie à une œuvre durable...

Déjà, j'ai accumulé, en mon carton à dessins, des esquisses et des ébauches... Aucune ne me donne satisfaction... aucune n'est empreinte de l'émotion féconde qui illumine l'artiste et le pousse au geste créateur...

*
* *

Je cherche toujours...

Il n'y a rien de saillant ou de nouveau dans ce coin breton... La mer, les rochers, la campagne... du déjà vu, du déjà traité, mille fois multiplié !...

*
* *

Le hasard de mes promenades solitaires ne m'a pas remis en présence de la jolie Marie-Claire... J'aurais bien aimé, cependant, retrouver sur la route ma rougissante danseuse... surtout maintenant que je connais un peu son histoire.

Marie-Claire ! C'est un très joli nom !

*
* *

Sans m'en rendre compte, que de fois j'ai suivi le chemin qui mène au petit sanctuaire de la colline !... Que de fois, ayant pris une direction opposée, un long détour m'a ramené au sommet du promontoire... comme si je répondais à quelque appel mystérieux d'origine inconnue.

Les lieux me sont familiers, maintenant, et je connais dans tous ses recoins le petit monticule.

Déjà, j'ai demandé aux murs du sanctuaire non pas les secrets qu'on leur a confiés tant de milliers de fois, mais une émotion artistique que me permettrait de leur assigner un rôle en quelque vaste composition.

Et, inconsciemment, j'adresse un reproche à la Vierge du Voulch, qui ne fait pas naître en moi l'inspiration cherchée et dont l'influence ne m'accorde aucun appui.

*
* *

Le ciel aurait-il entendu, hier, mes reproches?

J'ai l'impression, aujourd'hui, de voir les choses d'une manière différente!...

Ce matin, je suis parti de bonne heure pour un nouveau voyage à la découverte.

A mes pieds, il y avait la mer... sur ma tête, un ciel éblouissant.

J'observais l'espace comme si une force me poussait à poursuivre mes recherches plus loin... au-delà du rayon parcouru jusqu'ici... en dehors du cercle habituel de mes promenades.

Du petit promontoire, là-haut, je voyais le balancement des vagues, leur éparpillement en gouttelettes innombrables, les franges d'écume jouant sous le soleil scintillant, le bleu du ciel se reflétant dans l'eau.

Mais ce n'était pas encore cette vue que je souhaitais reproduire. Trop de fois, déjà, ce sujet a été traité.

Abandonnant la vue du large et des côtes, je tournai mes regards vers l'intérieur des terres...

Et, tout à coup, je tressaillis!

Quelque chose m'avait échappé jusqu'ici, que je remarquais aujourd'hui seulement...

Là-bas, au-delà de la lande silencieuse, une longue ligne de verdure sombre s'allongeait, mystérieuse!... Et voilà qu'impulsivement j'éprouvais le besoin d'aller jusque-là... de franchir cette plaine semée de rochers et d'ajoncs qui m'a toujours rebuté... Je me sentais attiré vers cette frondaison noire qui paraissait être une forêt de sapins.

Il n'était que neuf heures du matin. J'avais devant moi tout le temps voulu pour faire cette excursion avant le repas de midi...

Prestement, je partis vers l'oasis sombre comme s'il était un aimant m'attirant irrésistiblement.

Ce doit être ainsi qu'on marche vers son sort... bon ou mauvais... quand la Destinée vous conduit par la main.

Cette impression de fatalisme fut si forte en moi que j'avançai avec la certitude de trouver là-bas la composition si longtemps cherchée. L'idée d'une désillusion ne me venait même pas à l'esprit.

A mesure que j'approchais, je distinguais mieux la masse sombre des conifères entremêlés. C'était bien une forêt de pins, coupés d'une blancheur entre la cime des arbres.

Mes regards allaient et venaient, attentifs, scrutateurs. Je fus ravi, car je découvris que cette blancheur n'était autre que le faîte d'un donjon démantelé dont une partie des murs devait être écroulée.

— Une forêt silencieuse ! Un donjon en ruine !... O merveille !... Voici ce qu'il me faut ! Je dois avoir trouvé !

C'était encore mieux que je ne le pensais...

La masse des pierres était imposante !

Un grand château fort avait dû se dresser autrefois dans ce site émouvant. Seul, majestueux par sa masse et sa hauteur, le donjon est encore debout ; mais il est en piteux état. Le toit et le sol des étages n'existent plus et, des murailles intérieures, il ne reste que de vagues vestiges. Pourtant, un escalier de pierre s'amorce et tourne encore jusqu'à moitié de la hauteur ; mais ensuite, ce ne sont plus que des marches en échelons scellés d'un côté dans la maçonnerie et jetées horizontalement dans le vide...

Escalier de cauchemar, qu'aucun mortel n'oserait gravir et que les génies de la lande doivent seuls pouvoir grimper, tant ces degrés dangereux semblent vertigineux et hallucinants.

L'idée ne me vint d'ailleurs pas de vouloir les escalader, et je me contentai simplement d'admirer la superbe hardiesse de ces pans de murs extravagants, dressés vers le ciel comme un défi aux lois qui régissent la gravité ou comme une tentation démoniaque offerte aux mortels d'en finir avec l'existence.

Mais ce que j'ai admiré plus encore, c'est l'artistique contraste de ces ruines et de cette luxuriante verdure ; ce sont les tons heurtés des vieilles pierres, du lierre, des ronces, des pins, qui affectent toutes les couleurs.

Devant une telle splendeur, ému, bouleversé, je ne sus que balbutier ce mot qui monta machinalement à mon cœur, à mes lèvres, dans une gratitude éperdue pour le Ciel qui sûrement, hier soir, a relevé mon reproche impie :

— Merci... merci !

Car je n'en puis plus douter, devant l'émotion qui m'étreint, devant l'enthousiasme qui m'agite, c'est ici ou jamais que je dois peindre et mener à bien l'œuvre nouvelle... l'œuvre qui sera mienne... celle dont je rêve depuis si longtemps...

Mon œuvre... Mon chef-d'œuvre, peut-être !...

Le hasard m'a bien servi ce matin..

Le hasard ?

Non !

« Le hasard n'existe pas pour un croyant », disait mon père.

J'ai senti la main du destin dans ce besoin impérieux qui m'a fait marcher vers la forêt sombre...

Et, pénétré de reconnaissance, je répète encore, à l'adresse de l'omnipotence divine :

— Merci ! mille fois merci.

*
* *

Ça y est !

J'ai commencé, ce matin, mon aménagement là-haut.

Une bicyclette, que j'ai pu louer, me permettra d'abréger la route aux heures des repas.

Mon chevalet, ma boîte, un pliant, un parasol, tout mon attirail de peintre, sont déjà arrivés ici.

Mon hôtesse m'a affirmé que je pouvais les laisser sur place, à la garde du ciel, pour venir déjeuner. Les gens du pays sont si scrupuleusement honnêtes, et la grand-route, avec ses chemineaux de passage, est si éloignée de « mon coin » qu'aucun danger ne menace mes outils.

Ma toile est dressée, mes fusains sont taillés ; c'est cet après-midi que je commence ma première esquisse...

*
* *

La campagne est sauvage et déserte, sur la lande. Ici, règne la splendide solitude dans toute son ampleur !

Je crois, en effet, que je n'aurai pas besoin, le soir, de redescendre tout mon matériel. Les seules choses redoutables que je puisse craindre, ce sont les intempéries ; mais il doit y avoir possibilité d'abriter ma toile quelque part. Dans ces ruines, sous ces pierres, il doit bien encore rester une cavité pour les tenir au sec ?

*
* *

C'est très commode de n'avoir pas à me soucier du transport de mon attirail. Je l'ai rangé hier soir entre deux vestiges de murailles qui l'ont abrité du temps et des bêtes... Les cataractes du ciel pourront s'ouvrir ou les vents déchaîner leurs dangereuses colères sans que ma toile et ses accessoires aient à en souffrir.

L'abri que j'ai découvert devait amorcer autrefois un passage ou un corridor. C'est un asile parfait pour ce que je réclame de lui ; mes trésors y sont en sécurité ; un passant malveillant, même, ne les découvrirait pas sans mal.

J'ai changé plusieurs fois de place avant d'attaquer l'esquisse finale qui doit me donner satisfaction.

C'est une question d'harmonie entre les premiers plans et les derniers que l'artiste doit savoir équilibrer avant tout.

Est-ce bien le point de vue le plus favorable que j'ai choisi ?

*
* *

A force de déplacer mon attirail, de m'avancer, de reculer, je me suis décidé à monter sur la butte elle-même...

Je suis plus près... C'est mieux, évidemment, mais ce n'est pas encore la perfection.

J'ai pourtant hâte de me mettre au travail et, dans tous ces atermoiements, je crains toujours de perdre inutilement un temps précieux.

Maintenant, je suis assez content de cet emplacement... Il me semble que, cette fois, je tiens la bonne disposition...

*
* *

Ça, par exemple, c'est formidable !

J'ai travaillé toute la matinée à mon ébauche et je suis sûr que j'ai dessiné, ici, dans ce coin, le groupe des sapins... là était le donjon ; par là, les ruines...

Quelqu'un est venu, en mon absence, bouleverser tout ce que j'avais fait ce matin.

Mon matériel n'est plus à l'endroit où je l'avais posé. Il était plus loin.

A onze heures et demie, je suis allé déjeuner, traçant d'avance ma tâche de l'après-midi, laquelle consistait à fixer mon fusain par un trait d'encre de Chine délayée.

J'ai mangé de bon appétit, tout rempli d'une ardeur joyeuse devant le travail qui m'attendait... Un quart d'heure de bécane ensuite pour venir ici, car la route monte toujours, et je pédale sagement...

J'arrive, et quelle surprise !

Voici mon chevalet, ma boîte et mes pinceaux, le

tout laissé sur place, comme d'ordinaire chaque midi, pour aller prendre mes repas...

Voici tout... en la même disposition que je l'ai quitté... rien ne manque, tout y est !

Tout, oui... mais pas à la même place... A cinquante mètres de l'endroit où j'étais ce matin !

Je l'avais dressé là-bas, à côté de ces ronces. Voici les creux qu'y ont marqués les trois pieds du chevalet dans la terre glaise, voici ceux qu'y ont laissés les montants de mon petit pliant. L'herbe est encore foulée, là où j'ai posé ma boîte de couleurs... Si je pouvais supposer que ma mémoire soit en défaut, ces preuves matérielles suffiraient à m'éclairer... C'est bien en ce lieu que j'ai travaillé tantôt ; c'est bien sous cet angle que j'ai esquissé mon sujet...

Et de ceci, je suis certain... J'ai non seulement retrouvé les empreintes et vérifié les traces imprimées dans la terre, mais il y avait encore, dans l'herbe, un morceau de fusain, trop petit pour me rendre service, et que j'ai jeté ce matin.

Je n'ai pas la berlue ! C'était bien là-bas que j'étais avant d'aller déjeuner !

Mais comment expliquer qu'en mon absence quelqu'un soit venu et ait déménagé mon atelier ambulant ?

Du transport ici, à cette nouvelle place, de mon matériel, je ne dirais peut-être rien... Il pourrait s'agir du geste d'un mauvais plaisant déplaçant le chevalet pour désorienter l'artiste ; mais ce qu'il y a encore est tellement inimaginable, que c'est à peine si j'oserais le raconter à quelqu'un de sensé. Les gens croiraient que je brode ou que je suis fou :

« Il s'illusionne, le monsieur !... ou bien il est maboul ! »

J'entends les sarcasmes que je déchaînerais.

Et cependant j'ai toute ma raison, et ce que je raconte est l'expression exacte de la vérité.

Là, sur ma toile changée de place... là où j'ai reproduit, ce matin, la vue que j'avais devant moi, une nouvelle esquisse se dresse : celle que donnent les ruines, enregistrées de ce nouvel emplacement.

Qu'on ne croie pas que j'exagère : le fusain que j'ai fait d'après l'autre emplacement a été effacé ! Il n'en reste rien ! Un autre le remplace : celui qu'une main inconnue a dessiné d'après ce second point de vue.

Et ceci est si réel, si vrai, que le premier venu pourrait se rendre compte que la facture de cette autre esquisse diffère totalement de la mienne.

Ce n'est pas moi qui ai planté cette image, ce ne sont pas mes doigts qui ont promené le charbon sur ces fouillis d'herbes, ces découpes d'arbres, cette mousse de pierres... Je suis moins méticuleux et, dans ma réparation, je n'esquisse toujours que les grandes lignes, réservant les détails pour la terre d'ombre.

Je dois même faire ici une constatation : quel que soit celui qui m'a joué ce tour-là, il a plus de métier que moi. Ce n'est pas diminuer mon savoir que de reconnaître celui d'un autre, et je constate que l'artiste qui a manié le fusain à ma place a plus de légèreté de touche, plus de brio... Il a du talent !... Il a le don !... Même en ce choix de *point de vue,* il m'a été supérieur, et sa conception des différents plans dépasse celle que j'avais prévue. Son emplacement est meilleur que le mien ; ce grand chêne, si vigoureusement vert auprès de ces sapins noirs, sera d'un merveilleux effet, et le chaos des ruines qu'on distingue complètement à présent fera un magnifique premier plan.

Il ne me reste plus qu'à effacer l'excellente esquisse tracée par cette main inconnue, mais habile, ou à accepter ce choix imposé par un autre.

Que vais-je faire ?... Effacer ou accepter ?

Eh bien, qu'on en pense ce que l'on voudra, le mystère caché derrière cette troublante substitution ne fait pas naître ma mauvaise volonté ; mon amour-propre n'est pas froissé qu'un anonyme m'ait donné cette discrète leçon de « point de vue », puisque je reconnais qu'il a raison.

J'accepte le choix qu'il a fait... Cette nouvelle « vision » va devenir la mienne, sans que mon ardeur en soit troublée...

Au contraire, je crois que l'idée du mystère excite mon zèle ; c'est comme si la main énigmatique était celle du destin et qu'elle me défiât d'accomplir la tâche qu'elle a tracée...

Mon œuvre ne peut pas en souffrir, puisque ma pensée sera stimulée par l'orgueil d'égaler ce maître mystérieux... peut-être même l'idée d'une intervention extraordinaire aiguillonnera-t-elle mon désir de réussite.

Une seule chose me tracasse : celui qui a transformé mon esquisse n'est-il pas caché quelque part, en ce moment ?

Il voit ma surprise, mon trouble, mon émoi... Il a assisté à mes recherches, à mes constatations... Il va me voir accepter ses suggestions... Il rira peut-être de moi... comme il peut, aussi bien, être rempli de joie en constatant que je ne repousse pas ses suggestions, ou se sentir ému de ma soumission à ses conseils anonymes...

Mais c'est en vain que mes yeux ont parcouru les contours de la clairière et fouillé, de loin, les moindres recoins sombres. Nul taillis ne semble pouvoir recéler un être humain ; il y a trop d'orties, trop de lianes enchevêtrées. Quant aux ruines, évidemment, il m'est difficile d'être aussi affirmatif et de dire que personne ne s'y cache. Quelqu'un peut trouver asile derrière un pan de mur encore dressé ; de même qu'à l'abri de quelque tas de pierres, un curieux peut suivre mes gestes.

Cependant, aucun bruit ne vient frapper mon oreille, et Dieu sait si, quand on marche dans tous ces graviers, la pierraille roule sous les pieds ! Autour de moi, c'est le silence complet, que le bourdonnement à peine perceptible des insectes et le pépiement éloigné des oiseaux, sous bois, soulignent davantage.

A part moi, aucun être humain, à cette heure, ne semble hanter ces lieux.

Je suis seul...

Seul !

Oui, il est certainement reparti loin d'ici, le visiteur mystérieux qui est venu sur la lande en mon absence...

*
* *

J'ai travaillé quatre heures de suite sans que le moindre bruit ou la plus légère silhouette humaine vienne troubler mon ardeur.

C'est presque un désert, ce coin-là ! L'herbe y est pelée, les fleurs rares, les sapins eux-mêmes semblent figés, avec leurs grands bras dénudés... L'image complète la solitude !

*
* *

Hier soir, j'ai interpellé mon hôtesse à propos des ruines et du bois de sapins dont elle ne m'avait jamais parlé.

Justement, dans la salle de café où Catherine dresse mon couvert, une table était occupée par un groupe de vieux paysans revenant d'un marché voisin.

La chose n'était pas pour me déplaire. Sous leurs grands chapeaux bretons aux rubans flottants, leurs physionomies bronzées, ridées et mobiles, offraient un intérêt pictural non négligeable.

En les regardant, mon esprit évoquait le souvenir d'une petite toile de Meissonier : *La Partie de cartes*, où le rude naturel des partenaires est rendu avec toute sa vigueur.

J'aimerais produire une scène de ce genre... En attendant que je mette un jour à exécution ce projet, j'ai questionné la vieille Catherine :

— Dites-moi donc, madame Le Coz, vous ne m'aviez jamais parlé des ruines qu'on voit là-haut, derrière un massif de sapins.

— Ah ! les ruines de Kéridec... Vous y êtes allé ?... C'est un bien vilain endroit !... Voilà encore quelque chose dont on n'aime pas beaucoup parler dans le pays.

— Et pourquoi donc ?

— Il y a du mystérieux, là-dedans... Enfin, je vous expliquerai... Laissez-moi donner un coup d'œil à ma cuisine et je reviens.

— Rien ne presse... Vos clients d'abord. Nous bavarderons quand vous serez tranquille.

— D'accord... Merci.

Aux mots : « les ruines de Kéridec », j'avais vu les occupants de la table voisine dresser l'oreille. Maintenant, ils me regardaient un peu curieusement.

Lorsque Catherine eut disparu, aspirée par la pièce à côté, le plus âgé du groupe m'adressa la parole.

— Ah ! bien, mon jeune monsieur, fit-il sans aucune gêne, si vous voulez des renseignements sur les ruines de là-haut, je pourrais bien vous dire des choses, moi qui vous parle. Et ceux qui sont là — il montrait ses compagnons — pourront contrôler si ce n'est pas la vérité vraie que je vous raconte... La Catherine en sait long, évidemment, mais pas mieux que nous. Et puis, c'est une femme, pas vrai... Vous me comprenez.

Je souris, ravi de sa bonne volonté... Un homme, en effet, explique les choses plus succinctement et sans faire autant de cas qu'une femme des racontars et des amplifications de chacun.

— Eh bien, assurai-je, je vous écoute, tout en vous priant de m'excuser de satisfaire ma fringale, car le grand air et la promenade m'ont donné un de ces appétits...

— Oh ! c'est naturel d'avoir faim à c't'heure... Vous pouvez manger tout en écoutant... Voilà l'renseignement, d'ailleurs... Autrefois, il y avait là, tout près du Voulch, un peu au-dessus de la route de Ploudalmézeau, sur une petite hauteur, comme qui dirait un mamelon, un vieux manoir qui était vraiment bien exposé. Ses façades se dressaient au levant, au midi et au couchant. Derrière lui, c'était le nord et la forêt. De braves gens l'habitaient. C'étaient les descendants d'une vieille famille de Chouans, et tout un chacun les estimait !... Voilà-t'y pas qu'une nuit — c'était pendant la guerre — le château prit feu ! On ne sait comment ça s'est fait. Une bâtisse si solide, si grande, construite en pierre de la cave au grenier, c'est inconcevable que ça puisse s'anéantir pareillement. Il y a des choses incompréhensibles dans cette affaire. Songez donc : une maison en granit qui brûle et qui flambe jusqu'à ce qu'il n'y ait plus que des pierres ! Et tous les bâtiments qui se démolissent comme ça sans qu'il en reste quelque chose... Hein ! Qu'est-ce que c'est-y que vous en pensez ?...

En l'absence d'opinion bien établie, je crus cependant utile de répondre par un approbatif et vague :

— Evidemment, c'est drôle !

— Bon... Je vois que vous comprenez, reprit le vieux paysan. C'est pas seulement drôle, c'est de la sorcellerie !... Dans la maison, il y avait le châtelain, sa femme, leurs deux enfants, et puis cinq ou six domestiques... tout un personnel, quoi... et tous ont disparu en fumée...

Tout en servant, Catherine écoutait depuis un instant ; elle coupa la parole au bonhomme.

— Oui, oui, c'est bien cela, approuva-t-elle. Seuls, un vieux cocher et Mariannick Guillerme... vous savez, la tante de la petite Marie-Claire ?... eux seuls ont échappé à la catastrophe. Et encore, cette pauvre femme était dans un triste état. Il a fallu l'emmener à la ville pour la soigner ; elle était quasiment folle... Et ça explique peut-être pourquoi elle laisse sa nièce, comme je vous l'ai dit l'autre jour, monsieur Marc.

— Oui, oui ! Vous m'en avez parlé, en effet... Mais voyons, repris-je, pour ne pas laisser la conversation dévier, on a bien retrouvé quelque chose dans les ruines ?... des traces ? des os ? des restes ?

— C'est bien là ce qu'il y a de plus bizarre, expliqua le vieillard. Il n'y a rien eu de retrouvé !... absolument rien... Tout était volatilisé ! Comprenez-vous t'y ça ?

— Comment, rien ?

— Dame, ni meubles, ni gens, ni rien !... Comme si, dans tous les coins, on avait entretenu des brasiers infernaux avec tout ce qui pouvait alimenter le feu.

— C'est extraordinaire ! Mais depuis ?...

— Ben dame ! Depuis, les ronces ont tout envahi, le lierre escalade les murs et cache ces sinistres ruines. On ne voit plus que quelques places noires indiquant qu'il y a eu le feu, autrefois... C'est pareil à un immense mausolée, comme ils disent dans les villes, un vrai tombeau que la nature recouvre pour ensevelir tout le passé : gens, bêtes et biens...

— Hé ! oui, soupira Catherine. Ça fait vingt ans, déjà... Et personne n'est venu réclamer l'héritage... ou quoi que ce soit... Le loyer des fermes s'accumule chez le notaire... Pour quoi ? Je me le demande ! On dit que... Mais ça, c'est un racontar...

— Un racontar ! tonna le vieux. J'en connais de plus malins que vous, la Catherine, et qui ne doutent pas, eux !... Ce racontar, c'est p't-être bien la vraie vérité !...

Les autres Bretons approuvèrent en tirant bruyamment sur leur pipe et en lançant simultanément une bouffée de fumée, comme s'ils voulaient traduire le mystère par des volutes fantasques et fluides.

— Mais enfin, que dit-on ? questionnai-je, de plus en plus intrigué, car je pensais à l'aventure arrivée tantôt à mon matériel, et je commençais à me demander si les ruines, par hasard, n'abriteraient pas quelque personne ayant intérêt à demeurer caché.

Et le vieux d'expliquer :

— Ah ! ben, v'là ! Pour tout vous dire, on prétend que le château serait hanté depuis sa destruction. On peut voir des traces de pas, des herbes foulées, des ronces piétinées. La nuit, sous la lune, on distingue des formes au sommet du donjon... et ça remue, ça bouge, ça s'agite ! Un ou p't-être plusieurs spectateurs viennent là, ben sûr ! Et on suppose qu'ils y viennent pour chercher l'or et les bijoux disparus... ou bien pour soigner les survivants... pour empêcher les héritiers de se faire connaître... à moins que ce ne soit pour veiller sur les cendres des anciens propriétaires qui n'ont pu être mis en bière...

Les autres vieillards approuvèrent encore avec le même rite silencieux. Ce fut Catherine qui confirma :

— En effet, tout ça, c'est la vérité sur les ruines...

Leurs explications manquaient de clarté et de fondements, mais je m'en contentai, car je sentais que je ne tirerais rien de plus de mes interlocuteurs que ces « on-dit », inlassablement colportés. Ces braves gens ne connaissaient rien de positif ! Tout se bornait à des racontars qu'ils n'approfondissaient même pas.

— Je vous remercie de m'avoir appris toutes ces choses, leur dis-je pourtant. Les ruines de Kéridec m'intéressent au plus haut point, à présent. Je les aimais déjà sans les connaître ; elles m'avaient plu par leur caractère grandiose et par le site où elles se dressent... A présent, elles me séduisent : leur mystère m'attire... Je vais les peindre et essayer de les immortaliser... Non, non, rassurez-vous... Je ne soulèverai point la colère des spectres, pour cette simple raison que je n'ai aucun droit à l'héritage des disparus.

Ces derniers mots furent salués d'un éclat de rire général, ces paysans n'attachant aucune importance à l'art de peindre et ne voyant pas de différence entre mon travail et les essais de décoration que s'efforçait de faire, sur les enseignes, le peintre en bâtiment du canton voisin.

Pour ma part, j'étais ravi de savoir que « mon coin » avait une mystique.

J'aurais pu mettre ces braves gens au courant de la mystification dont j'avais été victime dans la journée ; mais l'idée ne m'en vint pas. Je sentais qu'ils n'en auraient pas tiré autre chose qu'une preuve de plus justifiant leurs superstitions ; leurs réflexions ne m'auraient été d'aucune utilité.

Je ne songeai point davantage à fournir plus de détails sur le travail projeté, puisqu'ils ne pouvaient me comprendre.

Ils continuèrent donc la conversation entre eux, ressassant les arguments, les complétant, les enjolivant, les accentuant toujours davantage.

Une légende n'est vraiment belle qu'avec le recul du temps qui permet aux narrateurs successifs de la polir, de la ciseler et d'y apporter la vie. Chacun y met de sa personnalité, rognant parfois, ajoutant souvent, comme c'était certainement le cas, ce soir-là. Personnellement, telle qu'on me l'avait servie, la fable me plaisait et je me serais fait scrupule d'y ajouter quelque chose d'aussi douteux que l'incident de mon tableau. Plus tard, peut-être, si j'étais mieux fixé sur l'aventure, je trouverais toujours l'occasion de la répandre et d'en tirer une conclusion.

*
* *

Pendant que je travaillais, hier, un chien a aboyé... Je n'ai pas vu l'animal dont les cris partaient, m'a-t-il paru, des quatre coins du bois ; mais cet aboiement d'une bête invisible, qui paraissait être assez près de moi, avait quelque chose d'agaçant.

Et cependant, ce cri indiquait la vie et peut-être une présence humaine autre que la mienne, en ce coin dramatique.

Mais, comme je ne découvrais rien, ni homme, ni chien, un étrange malaise s'infiltrait sournoisement en moi, comme si l'ambiance était remplie d'irréel et agissait sur mes forces nerveuses.

Les curieux racontars des paysans de l'auberge n'étaient certainement pas étrangers à cet état d'esprit.

Si j'ajoute que le souvenir du bizarre déplacement de mon attirail de peinture et la non moins singulière transformation de mon esquisse lancinaient mon cerveau, on comprendra qu'en cet instant tout prenait une forme mystérieuse et exaltait mon imagination, qui ne demandait qu'à se laisser bercer par des contes de mère-grand ou par des histoires fabuleuses.

C'était délicieux en même temps qu'angoissant, de me sentir mêlé à ce mystère.

Mes yeux scrutaient autour de moi, ardemment anxieux de découvrir du nouveau sur lequel je pourrais broder et m'extasier, moi aussi...

Aux aboiements multipliés du chien, j'avais délaissé mes pinceaux et je m'étais jeté vers le bois, à travers pierres, ronces et buissons, pour découvrir l'animal.

La présence d'un chien indique souvent celle d'un être humain, comme je le dis plus haut... l'un précède ou suit l'autre. Mais je n'ai rien trouvé. Sous les noirs sapins, entre leurs fûts bien droits, la vue découvrait assez loin. Rien ne vivait, ne bondissait, ne criait. C'était la solitude habituelle.

J'ai pensé depuis qu'un écho, une particularité sonore, avait pu rapprocher et amplifier les sons.

Ce chien était peut-être loin de là, sur la route, à l'autre extrémité de la lande, bien que sa voix parût résonner à côté de moi.

Et ceci m'amène à observer combien l'homme est distrait. Un papillon passe et il rêve en le suivant des yeux. Un chien aboie et il se précipite comme s'il s'agissait d'une chose extraordinaire.

Allons, folle cervelle qui cherche des chimères, remets-toi vite au travail... et à la raison, puisque tout ce que tu voudrais découvrir de fabuleux et de magique n'existe que dans l'imagination des hommes qui créent de toutes pièces leurs inéluctables chimères...

* * *

Aujourd'hui, je manquais d'entrain pour poursuivre ma tâche et après déjeuner, allongé sur le dos, les mains croisées derrière la tête, j'ai musardé, béatement, inconscient et désœuvré.

Dans cette position, le donjon se dressait devant moi, me coupant l'horizon.

Dans une sorte de rêverie, je pensais à l'audace et à la volonté de ceux qui l'avaient construit... le dressant là, loin de tout, montant les pierres à la force seulement du poignet ! En effet, les grues élévatoires n'existaient pas, alors ; pas plus que tous les appareils mécaniques qui aident les travailleurs d'aujourd'hui et allègent leurs peines... Merveilleux cerveau humain qui a su asservir la matière, la plier à tous ses désirs, la mettre en mouvement pour réduire son propre effort...

Mais voilà que, tout à coup, ma pensée reste en suspens... mes yeux s'immobilisent...

J'ai tressailli...

Tout là-haut, sur le faîte du pan de mur orgueilleusement dressé sur l'écran des sapins noirs, une mince silhouette se détache dans l'azur.

Du coup, je me lève ; la paresse m'a immédiatement abandonné devant l'apparition inattendue.

Un moment, j'hésite, n'en croyant pas mes yeux... C'est si haut, si dangereux, et le rebord de pierres, en partie écroulé, est un si piètre asile pour un pied humain...

J'aperçois ?... N'est-ce pas plutôt une simple illusion de mes yeux brouillés par la clarté céleste ?... Un lutin, un farfadet ?... La silhouette est si menue ! Mes prunelles croient voir, cependant...

Réalité ou chimère ?...

Des cheveux flottent au vent... une petite jupe se gonfle sous la bise...

Fée, déesse, sorcière ou être humain, qui que tu sois, tu as pris l'allure d'une fillette pour apparaître là-haut... peut-être pour ne pas effaroucher le regard de celui qui t'aperçoit...

Et, le cœur frémissant de curiosité, anxieux et ravi de sentir ma solitude peuplée, je m'élance vers le donjon.

J'ai tant de questions à poser à la visiteuse inconnue !

Mon élan est vite coupé ! Des broussailles inextricables m'empêchent d'arriver jusqu'au pied des hauts murs. Il me faudrait une heure de travail pour supprimer cette luxuriante et piquante végétation qui l'enserre de tous côtés et me sépare de sa base. Du moins, de l'endroit où je suis arrivé, je distingue mieux l'être étrange qui, assis maintenant sur le mur vertigineux, les jambes pendantes vers l'abîme, repose tranquillement là-haut, avec autant de sérénité que s'il était sur une chaise, dans la sécurité d'une maison bien construite...

Il semble bien que ce soit une fillette... à moins qu'à cette distance je n'éprouve une illusion d'optique ; la forme féminine, vue d'ici, m'apparaît petite et frêle... Quoi qu'il en soit, j'admire le courage qu'il faut à cet être, fictif ou non, pour demeurer ainsi, tranquillement, au faîte de ce perchoir dangereux qu'on croirait prêt à crouler.

Une longue minute, je contemple ce tableau inattendu...

Il est d'un joli, d'un délicat, d'un ravissant effet, cette enfant gracile, avec ces cheveux en liberté et ces petits pieds nus, roses, qui s'agitent gaminement au-dessus du vide... Comme on pourrait tirer de cette vision une magnifique réalisation picturale !

L'émotion de l'artiste a, pendant quelques instants, immobilisé mon moi réel. Mais vite, je me ressaisis et mon instinct d'homme fort, qui voit un être faible en péril, me fait apostropher l'enfant.

Mettant en porte-voix mes deux mains, j'essaye de lui faire comprendre la menace qui plane sur elle.

— Dis donc, petite, tu n'as donc pas peur de tomber ?... Sais-tu que c'est dangereux, ce que tu fais... des pierres pourraient s'écrouler et tu serais tuée.

Là-haut, l'étrange petite bonne femme éclate de rire pour toute réponse.

Sa tête fine se penche vers moi et se secoue, dans une négation énergique, pendant que, les bras tendus en arrière, ses mains doivent s'agripper à la muraille pour se maintenir en place.

Mais, ainsi infléchie vers le vide, elle redouble mes craintes.

J'ai même eu un frisson lorsque j'ai vu que mon appel pourrait provoquer, dans le mouvement qu'elle fait en avant, une chute qui serait mortelle et que je ne pourrais amortir avec tout cet enchevêtrement de branchages qui m'empêche d'approcher.

C'est plus doucement encore que je continue de l'apostropher :

— Ecoute, petite, ne te penche pas... écoute-moi sans bouger et réponds-moi... Viens-tu souvent par ici ?

— Oui, fait-elle de la tête qui s'agite de haut en bas.

— Alors, dis-moi... N'as-tu jamais rencontré quelqu'un sur la lande ?... Quelqu'un qui serait venu en mon absence ? Quelqu'un qui aurait touché à mon tableau ?

Elle secoue négativement la tête.

— Tu es bien sûre ?... Tu n'as vu personne ?

— Non.

— Et cependant, je suis certain qu'il est venu du monde en ce coin, ces jours-ci.

Elle hausse les épaules ; mon affirmation ne la trouble pas.

Elle a mis soudain ses mains en abat-son autour de sa bouche et, cette fois, sa réponse tombe nette :

— Il ne vient jamais personne par ici... Sauf moi, aucun passant n'approche des ruines.

— Et toi ?... Tu viens souvent ?

— Tous les jours, bien sûr !

— Alors ?... Le chien ?... Il t'accompagne ? Il te connaît ?

Mais toute sa bonne volonté semble épuisée. Elle a repris sa pose indifférente et reste sourde à mes nouveaux appels.

Je n'ose plus insister. Je comprends que sa position est incommode pour entretenir une plus longue conversation.

Pour la rejoindre et lui parler de plus près, je cherche comment elle a pu monter. Là où elle est assise, il y a peut-être une épaisseur de murs formant plate-forme et rendant l'endroit plus confortable... moins périlleux surtout ?

Je ne trouve rien, malgré mon désir d'approcher de plus près la fillette.

— Allons, petite, descends vite de là-haut. J'ai à te parler, lui dis-je en une nouvelle tentative.

Elle ne semble pas même m'entendre. Alors, je contourne le donjon.

De l'autre côté, là où se dressait le château, il y a sûrement un passage, puisque l'autre jour j'ai nettement distingué les marches d'un escalier jeté dans le vide... Seulement, c'était tout à fait de l'autre côté et cette puissante végétation ne m'arrêtait pas.

D'ailleurs, je me suis à peine approché du donjon que, par une brèche qui devait être autrefois une porte, un chien se précipite vers moi, aboyant méchamment.

Il est gros, menaçant.

— Le voilà, parbleu, l'animal que je cherchais !... C'est certainement lui qui aboyait hier... Peut-être était-il avec l'enfant comme aujourd'hui ?... ce doit être aussi par cette ouverture que la fillette pénètre pour grimper là-haut, puisque le chien semble en garder l'entrée.

La bête, en effet, continue de me montrer les crocs et ne semble pas vouloir me permettre de poursuivre ma marche en avant, bien que, par des mots aimables, j'essaye de l'amadouer.

— Tout doux, mon chien !... Là ! là !... tu vois bien que je suis un ami...

Cependant, mon ton doucereux et bienveillant ne semble pas du tout obtenir l'effet souhaité. Le chien ne me prend sûrement pas pour l'ami inoffensif que je lui annonce. Il continue de grogner et de surveiller tous mes gestes...

Ce gardien à quatre pattes remplit consciencieusement son devoir qui est de défendre sa jeune maîtresse. Ne le contrarions pas. Mieux vaut ne pas entrer en conflit avec ce dangereux représentant de la race canine.

Force m'est donc de revenir à mon point de départ où, une nouvelle fois, j'essaye de convaincre l'enfant ignorante du danger.

— Descends donc, petite, je voudrais te poser des questions... Tiens, regarde, je te donnerai une belle pièce de monnaie.

Mais je pourrais aussi bien chanter ! L'étrange oiselle, nichée là-haut, ne semble plus écouter mes objurgations. Coudes aux genoux, elle a posé son menton sur ses deux mains réunies et, dans cette attitude méditative, le buste ployé en avant, immobile comme une statue de pierre, elle semble rêver, le regard perdu sur la campagne alourdie de soleil. Elle évoque pour moi, en gracilité, ce qu'est en lourdeur la statue du *Penseur* de Rodin.

Le chien a suivi mes pas et, derrière moi, il paraît surveiller mes gestes.

— Rappelle ton chien, dis donc, la gosse ! Parce que s'il essayait de mordre, ça ferait du vilain.

J'ai dit cela sans trop savoir pourquoi, car je n'ai pas du tout le désir de me colleter avec ce partenaire d'un nouveau genre.

Parce que j'ai fait allusion aux dents de son molosse, la petite tête de l'enfant s'est penchée, à nouveau, en avant vers le sol. Je devine que son regard va de moi à l'animal...

Un bref coup de sifflet fait éloigner celui-ci pendant que l'enfant dédaigneuse se redresse avec effort et reprend son immobilité... Mais j'ai eu un sursaut, m'épouvantant de son geste instable qui pouvait la précipiter dans le vide. Et puisque mes paroles ne peuvent que multiplier le danger pour la pauvrette, je renonce à la convaincre et je retourne, dépité, vers mon chevalet.

Quand je manie à nouveau mes pinceaux, l'imprudente qui, là-haut, bravait la mort avec tant d'insouciance, a disparu...

C'est pour moi un soulagement ; mais une obsession me tourmente :

— Au contre-jour, je distinguais mal sa figure ; pourtant, j'ai l'impression que c'est une gosse du village... je connais cette petite... Je l'ai déjà rencontrée quelque part.

Oui, pour moi, elle fait surgir une image... quelqu'un que j'ai déjà vu... Mais où ? Quand ? Comment ?... En ma mémoire, c'est comme un grand trou d'ombre où des lignes s'estompent, se fondent...

Qui ?...

*
* *

— Une gamine, mon bon monsieur, que vous dites ?

— Oui, Catherine Le Coz, une fillette de douze ou quinze ans peut-être. Elle ne paraissait pas bien grosse, ni plus vieille, je vous assure.

— Et avec un chien ?

— Un gros chien... malinois ou allemand, je ne sais trop... un policier... une bête magnifique et pas commode, en tout cas.

— Et vous dites qu'ils sont au Voulch ?

— Le chien, je n'en sais rien, car c'est bien la première fois que je vois cet animal ; mais je suis certain d'avoir déjà aperçu cette silhouette enfantine... elle m'évoque un visage que je n'arrive pas à définir, ni à situer...

— Vraiment, je ne sais pas...

Depuis dix minutes, j'interrogeais en vain mon hôtesse sur l'enfant du donjon. Tous les détails que je lui fournissais n'arrivaient pas à l'éclairer.

— Sûr que, dans le village, il n'y a pas une gosse qui sortirait avec un chien comme ça, reprit-elle, songeuse. On l'aurait remarquée. Il est probable que vos deux visiteurs n'étaient pas ensemble, quoi que vous en pensiez.

— Mais puisque je vous dis qu'elle a sifflé le chien !

— Sifflé, sifflé, c'est à voir !... Vous dites que vous ne distinguiez pas le visage, comment pouvez-vous être sûr que c'est l'enfant qui a sifflé ? Il y avait une troisième personne que vous ne voyiez pas, croyez-moi. C'est cet autre qui aura rappelé le chien quand vous avez menacé celui-ci.

— Ah ! évidemment !... Si nous admettons l'intervention d'un autre personnage... Mais, enfin vous connaissez un chien comme ça dans le pays, dame Catherine ?

— Non, bien sûr que je ne connais pas ! Pour dire vrai, les gros chiens sont à l'attache, chez nous... Seulement, ça pouvait être un Parisien en voyage avec sa bête... descendu d'une auto sur la route... ou encore des romanichels de passage.

— Je vous dis que, l'autre jour, j'ai déjà entendu aboyer le chien.

— Ah ! oui ! l'autre jour, déjà ?... Hum ! ça se complique !...

Elle hésita, hochant la tête ; puis, tout à coup, elle éclata :

— Eh bien ! mon bon monsieur, fit-elle tragiquement, j'vais vous dire ce qu'il en est. Tout ça, c'est du diabolique, foi de Catherine Le Coz qui connaît tout un chacun, ici ! Il y a pas de fillette chez nous qu'oserait grimper là-haut... Nos enfants ne vont pas vers les ruines... Ce sont des mauvais lieux et nos gosses savent trop ce qu'on raconte à leur sujet pour se risquer par-là... D'autre part, j'connais point de chien comme vous le dépeignez !... C'était pas une bête véritable, mais sûrement un animal vomi des enfers... C'est pas catholique, un molosse comme celui qui vous a arrêté ! Vous aviez beau y parler gentiment, y comprenait point, c'cabot d'malheur ! Les chiens d'cheux nous, y s'trompent pas quand c'est un ami qui leur parle... Mais peut-être qu'il n'avait même pas des oreilles pour entendre... Quant à la fillette qui n'vous répondait point et qui s'tenait là-haut, quasiment d'aplomb, comme une sorcière sur son balai, faut plutôt croire qu'elle était aussi d'l'autre monde... Ou, alors, vous avez eu la berlue, monsieur Marc. Vous étiez mal éveillé... Vous dormiez encore !

— Mais vous vous trompez, Catherine ! Je ne dormais pas du tout.

— Alors, tout ça, c'étaient des singeries du diable !... des êtres malfaisants dont un beau gars comme vous devrait pas être la victime.

— Je ne fus victime d'aucun maléfice, je n'ai couru aucun danger.

— C'est à voir !... Croyez-moi, monsieur Marc, n'retournez pas dans c'coin-là ; c'est dangereux comme tout ! Il y a assez de belles promenades autour du Voulch sans que vous fréquentiez justement les mauvais endroits... Voilà la vérité vraie, et tout le monde dans le pays ne vous dirait pas mieux que moi.

Il m'était difficile d'insister. Maintenant que Catherine Le Coz avait décidé que le chien et l'enfant étaient d'essence diabolique, elle n'en démordrait pas.

Au surplus, j'avais tiré de la brave femme tout ce qu'elle pouvait savoir, et il était probable que toute enquête, au-dehors, n'eût pas amené d'autres éclaircissements.

La jeune visiteuse du donjon et son compagnon à quatre pattes ne devaient pas être du Voulch.

Peut-être des promeneurs ?... des étrangers descendus chez quelqu'un des environs ?

Cependant, me souvenant des petits petons roses qui s'agitaient là-haut, j'optais plutôt pour des romanichels de passage.

Je cessai donc d'interroger Catherine ; mais, en évoquant ses craintes superstitieuses et tout ce qu'elle m'avait dit dans ce sens, je ne pus m'empêcher de sourire.

Si la brave femme avait connu le déplacement de mon chevalet et la transformation de mon esquisse, que n'aurait-elle pas encore imaginé sur les « esprits malfaisants » des ruines de Kéridec ?

*
* *

J'étais au travail, ce matin, dès la première heure. Le soleil n'était pas encore bien haut et la lumière, se jouant sur les aiguilles des pins et sur les pierres des ruines, soulevait en moi l'enthousiasme propice à l'inspiration. Je m'attendais un peu à quelque visite insolite, renouvelée d'avant-hier, mais je n'ai rien vu, ni rien entendu, aujourd'hui.

Et cependant, mon oreille aux écoutes et mes yeux aux aguets ont cherché en vain une silhouette enfantine dressée sur quelque aspérité, ou une toison fauve glissant au milieu des broussailles.

Depuis le commencement du jour, c'est le grand calme autour de moi, et la solitude est si complète en ce coin de lande que je me demande si dame Catherine n'a pas raison et si, l'autre jour, je n'ai pas rêvé ?

Après tout, je m'étais allongé sur le sol. J'ai pu dormir sans m'en rendre compte...

On bâtit de tels romans dans le demi-sommeil...

Une seule chose est certaine, c'est que, si mon cerveau a imaginé toute cette histoire, j'étais à mon chevalet quand, bien éveillé, j'ai cru constater la disparition de l'enfant et du chien. A ce moment-là, j'étais seul, comme lorsque je me suis allongé sur le sol... Alors ?...

Le reste ?... Réellement, je ne sais plus.

*
* *

Malgré tous les raisonnements, une obsession me poursuit : où ai-je vu ce visage d'enfant ?... Ce souvenir ne peut être une illusion, voyons !

*
* *

En cet instant, je ne rêve pas ! De cela, je suis bien certain !... Et je ne suis pas moins affirmatif sur ce nouveau mystère :

— On a touché, de nouveau, à ma toile !

C'est la constatation que j'ai faite en revenant de déjeuner.

Une main inconnue a manié, encore une fois, mes couleurs, ajoutant ici, effaçant par-là, ciselant, approfondissant, mettant en relief certains détails ou certains tons assez marqués.

Mais enfin, qui est cet *être* que je ne vois pas et qui ne cache pas son existence ? Quelle est cette personne qui prend avec moi de pareilles libertés ?

Chacun n'est-il pas maître de mener sa tâche comme il lui plaît ? Et qui peut se permettre de m'imposer ses conceptions ?

Déjà, l'autre jour, je me suis laissé assigner l'emplacement de mon tableau. Un autre a fait pour moi le choix du site, et j'ai accepté parce que je reconnaissais que ce choix était judicieux.

Mais, cet étranger, qui se mêle de ce qui ne regarde que moi seul, va-t-il continuer la plaisanterie ? Voilà qu'en mon absence, prenant possession de mes tubes, de ma palette et de mes pinceaux, il compose et retouche mon œuvre !

C'est un comble !

Mécontent, maugréant, dans mon premier mouvement de dépit, j'avais envie de tout gratter. Et, mon couteau à palette en main, j'extériorisais ma mauvaise humeur.

— J'en ai assez, vraiment ! Il va voir, ce monsieur inconnu, ce que je fais de ses conseils... Ah ! Ah ! quelle audace ! Il en a une santé, le bonhomme !

Mais voilà qu'au moment d'enlever cette peinture fraîche que déshonore mon ouvrage, ma main reste en suspens. C'est que les couleurs ajoutées ne déshonorent justement pas mon tableau. Malgré mon dépit, il me faut constater que les retouches sont heureuses !... elles ont de la valeur... elles accentuent certains traits et mettent en relief la succession des plans... Cette ombre, ici, fait ressortir la luminosité de cette clarté et cette opposition de tons donne plus de profondeur à l'ensemble.

Médusé, je regarde... mon œil un peu dur reconnaît la main d'un véritable artiste dans ces légers changements... c'est à peine affirmé, mais le résultat est prodigieux.

Et je n'ose plus porter un coup de grattoir impie à ces retouches qui transforment miraculeusement mon œuvre. En moi, un scrupule est né, et j'ai l'impression que j'accomplirais un geste de vandale si je détruisais ces merveilleux coups de pinceau.

Longtemps, je reste immobile, à la fois plein de rancune et d'admiration. Tout en moi se révolte contre cette mainmise sur une œuvre qui n'appartient qu'à moi ; mais l'artiste, en même temps, est subjugué par le concours anonyme.

Finalement, je me résous à laisser de côté cette question. Plus tard, je verrai si je dois effacer ou conserver ces couleurs. Pour le moment, une chose me paraît importante.

Il faut que je sache... Il est impossible que j'ignore plus longtemps quel artiste réside en ces parages ?... Plus il a de talent, mieux chacun doit le connaître !... Si dame Catherine ne le sait pas, j'irai au bourg interroger le maire ou les gendarmes... car, enfin, dans quel but cet inconnu se permet-il vis-à-vis de moi pareille licence ? Pour m'encourager ou pour me narguer ? Je veux savoir !

Dans cette intention, mon regard furette partout, cherchant des yeux qui épient les miens, une bouche qui se moque de mon désarroi.

Cette idée que je sers de risée à quelque personnage caché aux alentours m'est profondément désagréable ; je m'y attarde rageusement pendant quelques instants.

Puis, bientôt, je hoche la tête :

— Allons donc, personne ne me bafoue ! Nul ne m'épie sur la lande !... Celui qui possède un aussi beau talent d'artiste ne s'attarde pas à de telles mesquineries !

Parce que sa palette est riche de tons qui m'émerveillent, je lui prête, maintenant, une âme en rapport avec ses dons.

— Un maître a retouché mon œuvre par dilettantisme... Peut-être aussi parce que l'étonnement qu'il allait causer l'amusait ; mais ensuite, il est parti, vivant le rêve du moment, préférant, certainement, imaginer la scène que de faire le guet pour en suivre le résultat comme le ferait un modeste rapin...

Et j'essaye de concevoir la douceur amusée de son sourire quand sa pensée évoque mon ébahissement.

Allons, je m'en rends compte, la plaisanterie n'est pas méchante.

A présent, même, cette idée de collaboration avec un être de mystère accroît mon enthousiasme. Elle est tellement merveilleuse, cette aventure !

Et soudain, je m'aperçois de ce que je viens de dire :

Une collaboration ?... un être de mystère ?... mon enthousiasme ?...

Il est des mots créateurs de sensations !... Pendant quelques minutes, ceux-ci impressionnent mon cerveau. Bientôt, je ne sais plus où j'en suis de ma précédente indignation, et j'en arrive à me dire que l'aventure est drôle !... Elle est piquante, en tout cas, puisqu'elle m'intrigue.

Ma colère tout à fait dissipée, je me prends même à fredonner allégrement :

— Esprits, gardiens de ces lieux vénérés, soyez donc enfin satisfaits...

Maintenant, ma gaieté est revenue et je l'exprime encore par des soliloques auxquels mon ardente jeunesse me pousse quand je suis satisfait :

— Je crois bien que, cette fois, je vais faire un véritable chef-d'œuvre !... Le ciel est avec moi !

C'est évidemment de la présomption mais mes vingt ans ne sont pas tellement loin que je puisse être guéri de ce péché de jeunesse.

— Et pourquoi n'en aurais-je pas ?... Serais-je indigne des bienfaits célestes ?

Tout en moi crie qu'il n'en est rien. Je me sens un être d'exception, en vérité ! Artiste par toutes mes fibres, j'adore le bizarre et l'irréel... je crois à tout ce qui est merveilleux, surnaturel, fantastique... J'ai toutes les croyances, toutes les audaces ! J'ai foi en la beauté, en l'ardeur, en la vie ! J'escalade tous les degrés de la pensée ! Je rêve de tous les inconnus et je fais miennes toutes les conceptions !...

Mon acte d'amour s'adresse à l'univers entier :

— Continuez à m'être propices, esprits, spectres,

fantômes, réincarnés ou non !... Génie des ruines, je te salue !

Dame Catherine peut mettre tout ce qui arrive d'inattendu sur le compte du diable ; moi, je trouve que tout vient du Ciel ! Et la vie est belle quand on la regarde par le bon bout de la lorgnette...

— Les impondérables jouent leur rôle en ma faveur... ils me sont favorables... qu'ils en soient remerciés !

Et, en place de m'en effrayer, j'en fais une synthèse mystique, assez ridicule dans ses prétentions :

— Je suis celui que le hasard a choisi pour étonner le monde !... Mon tableau sera la merveille des merveilles, puisqu'une main invisible de l'au-delà aura guidé la mienne et amélioré mon travail !

En fait, je ne sais pas si l'invisible a une main, mais ça fait très bien, des phrases comme ça !

Et je ris seul, à gorge déployée, tout joyeux de l'aventure et des déductions que j'en tire. Mes vingt-sept ans, qui ignorent encore les déceptions, sont à cette heure heureux de s'épanouir avec une aussi folle ardeur.

*
* *

J'ai passé une assez mauvaise nuit. Pendant des heures, j'ai ressassé des tas de pensées plus folles les unes que les autres.

Parfois, je décidai de jouer le rôle de détective pour dénicher mon persécuteur... je rêvais de le corriger de mon immixtion dans mon travail. D'autres fois, je le parais de tous les pouvoirs et de toutes les possiblités ; selon le point de vue du moment, il devenait ange ou démon et méritait mon lyrisme ou ma malédiction...

Résultat : ce matin, j'ai mal aux cheveux, comme si j'avais fait une *bombe* carabinée !

Je crois qu'il n'y a pas que l'alcool qui grise...

*
* *

Cet après-midi, il y a eu alerte sur la lande.

C'était autour de moi, le silence complet et, tout à coup, un chant nostalgique s'élève, plutôt murmuré que lancé à tue-tête par un organe féminin.

Intéressé subitement, je dresse l'oreille. L'air est doux, mélancolique, et celle qui chante a une voix juste et musicale qui plaît à entendre et qui remue en moi un flot de sensations intimes.

Bientôt, je n'y résiste plus.

Je lâche palette et pinceaux ; puis, sur la pointe des pieds, pour ne pas faire fuir l'invisible chanteuse, je m'avance vers les ruines d'où part la voix attirante.

Malheureusement, on ne marche pas à travers des pans de murs écroulés sans faire de bruit, et, bien que je m'efforce d'être agile et discret, des pierres roulent sous mes pas et révèlent ma présence. Alors que je suis arrivé à proximité de celle qui chante et que, déjà, je distingue une silhouette blanche, j'entends celle-ci pousser un cri de surprise, puis je la vois bondir et disparaître.

Inutile de dire que je me précipite à la même allure sur les traces de celle que j'ai fait fuir.

Pendant quelques minutes, c'est une chasse éperdue sans avantages marqués en faveur de l'un des deux partis. Cependant, j'ai bientôt l'impression que je gagne du terrain, et mon rire railleur jette déjà sa note triomphante, quand une voix autoritaire commande brusquement :

— Sus ! Taïaut !... Sus ! mon chien ! Empêche-le !...

Je n'ai pas eu le temps d'enregistrer le sens de ces ordres brefs, que le gros chien dont j'ai parlé à mon aubergiste se dresse, menaçant, crocs en avant dans la gueule ouverte qui gronde sourdement.

— Oh ! ce n'est pas de jeu ! ai-je protesté machinalement.

Mais mon élan est coupé. Dans ce mince sentier qui serpente entre les ronces, les tas de cailloux et les pans de murs, il n'y a pas la possibilité de contourner la tête.

Sur une petite éminence, à vingt pas de moi, la propriétaire du chien se dresse et contemple la scène.

— Tiens bon, Taïaut ! répète-t-elle. Arrête-le !

A ma profonde stupéfaction, j'identifie Marie-Claire dans la fugitive. Et je reste coi, médusé.

— Lâche pas, Taïaut ! Lâche pas !

De l'irritation monte en moi, soudainement.

Comment, mon ancienne danseuse ne semble pas me reconnaître ! Pis encore, elle excite son chien contre moi !

A mon tour, j'oublie notre attitude courtoise du premier jour et je riposte à son attaque par une identique menace :

— Rappelez votre chien ! ai-je crié en ramassant une grosse pierre. S'il m'attaque, tant pis pour lui.

— Tiens bon, Taïaut ! se contente-t-elle de répliquer. Ne le lâche pas, mon chien.

Marie-Claire se rend-elle compte de ce qu'elle fait ? Elle affecte de ne pas regarder : grimpée là-haut, elle n'a d'yeux que pour sa bête, et elle se hausse sur la pointe des pieds comme pour mieux suivre les agissements de celle-ci.

Me narguer avec tant de dédain !

— Dites donc, vous ! quand vous aurez fini d'exciter votre chien contre moi ! Prenez garde qu'il ne me morde, ça ferait du vilain !

— Lâche pas, mon chien ! redit-elle, imperturbable, sans quitter celui-ci du regard.

Les grondements de l'animal se font plus menaçants, sa queue bat ses flancs : il bondira certainement, si je fais un mouvement en avant.

Ma rage redouble. Je trouve ma situation humiliante. L'étrange fille, là-bas, défendue par son chien, a l'air trop sûre d'elle. Croit-elle que je vais m'en retourner parce que son molosse me tient en échec ?

— Je vais l'assommer, votre chien, s'il continue de me menacer. Voulez-vous le rappeler !... Allons, éloignez vivement ce sale cabot, ou vous le regretterez.

Un éclat de rire cristallin répond à ma mise en demeure.

Furieux, je lève le bras. La pierre que tient ma main est une arme redoutable.

— Arrêtez ! ne faites pas l'imbécile ! crie subitement la jeune fille, qui a cessé de rire.

L'épithète a sonné à mon oreille comme si j'avais reçu une gifle.

— Rappelez votre chien, ou je l'assomme ! ai-je répété, hors de moi.

Mon bras est toujours levé et mon geste de colère va suivre de près ma menace.

Mais Marie-Claire a poussé un cri d'épouvante.

— Cessez de menacer Taïaut, ou il va vous sauter à la gorge !...

Son cri a eu un résultat : instinctivement, j'ai laissé retomber mon bras.

— Il faut être fou pour vouloir se colleter avec une bête pareille ! observe Marie-Claire d'un ton de suprême mépris.

Voilà bien la logique féminine : c'est moi qui vais avoir tort, alors que c'est elle qui excite son compagnon à quatre pattes.

— Pourquoi avez-vous lancé cet animal contre moi ?... Je ne lui disais rien, à votre sale cabot.

Elle me regarde de haut et, d'un air ironique :

— Vous ne lui disiez rien, riposte-t-elle ; c'est bien ce que je vous reproche. Vous pourriez lui dire merci, à mon chien !... Mon sale cabot, comme vous dites si gracieusement, est en train, tout simplement, de vous sauver la vie, et vous n'avez pas à être fier de vous... vous, homme de bon sens qui vouliez vous opposer à cette bête faisant son devoir !

— Me sauver la vie !... comment, me sauver la vie ?... Qu'est-ce qu'il a fait pour moi, votre chien de malheur ?

Mon ébahissement est sincère.

Comme elle ne m'a répondu que par un méprisant haussement d'épaules qui marque une mésestime complète, je réitère ma demande plus violemment :

— Eh bien ! dites-le ? Qu'est-ce qu'il a fait pour moi, votre terre-neuve ?

— Ce n'est pas un terre-neuve, mais il en a l'âme,

grâce à son instinct et à son intelligence, réplique-t-elle. Votre cerveau ne vous sert pas à grand-chose, il me semble, puisque... Mais rendez-vous compte vous-même... à trois mètres de vous... Taïaut vous a empêché de tomber dans une oubliette... simplement cela, cher monsieur ! Tous vos sens de civilisé ne vous auraient pas empêché de dégringoler au fond du gouffre, sans mon chien de malheur !...

— Une oubliette ?

Instinctivement, j'ai eu un frisson.

— Il y a un trou par-là ? dis-je, en devenant soudain moins violent.

— Mieux qu'un trou... un éboulement qui forme entonnoir et, dans le bas, un puits qui a bien une trentaine de mètres de profondeur... Sans mon sale cabot, vous seriez au fond, en marmelade, probablement !

Un peu troublé par la perspective qu'elle évoque, je hausse ma taille et j'allonge le cou vers l'embouchure qu'elle désigne.

— Pourtant, vous êtes passée par-là, vous ? dis-je, doutant un peu de cet abîme si proche et du métrage de son creux.

— Moi ? non ! j'ai pris un autre passage !... Vous, vous avez jugé malin de couper au plus court... Poursuivant une jeune fille à la course, vous avez cru devoir user de ruse ! Félicitations, monsieur !

Oh ! mais elle m'agace, cette jeune personne en qui je ne reconnais plus la douce Marie-Claire de l'autre jour. Pour me parler, elle use d'un ton railleur qui m'horripile véritablement... Et sa manie de comparer mes mérites à ceux de son chien !

A la dérobée, je la regarde... En moi, il y a un

désir fou de la rejoindre pour lui prouver que je n'aime pas qu'on me défie. Et malgré ma position désavantageuse, j'examine les lieux, cherchant la fissure ou l'éboulis qui me permettrait d'arriver jusqu'à elle en quelques bonds.

A-t-elle deviné ma pensée ? La voici qui siffle Taïaut.

— La voie est libre, cher monsieur, raille-t-elle encore. A vous de sauter au-dessus du vide, si le cœur vous en dit. Moi, je vous ai prévenu : la charité chrétienne ne m'oblige pas à autre chose vis-à-vis de vous.

— Marie-Claire, attendez-moi. Je veux vous parler.

— Je n'ai rien à vous dire, en revanche. Bonsoir donc !

— Oh ! ne partez pas, Marie-Claire ! Nous ne sommes pas deux ennemis... Venez converser avec moi dans la lande, s'il ne vous convient pas que je vous rejoigne ici...

— Ni l'un ni l'autre ne me plaît, en effet !... Au surplus, si j'en juge par la joie que manifeste Taïaut en me rejoignant, il faut croire que vous ne lui êtes pas sympathique.

— Voyons, Marie-Claire, écoutez-moi...

— Pas aujourd'hui, monsieur ! Une autre fois, peut-être... quand mon sale cabot aura digéré toutes les injures dont vous l'avez abreuvé. Bonsoir encore !

Et sans vouloir m'écouter davantage, elle partit, sautillant de mur en mur, avec la légèreté d'un chevreau.

Malgré mon désir de la rejoindre, je n'esquissai pas un mouvement. C'est qu'il m'avait suffi de faire trois pas en avant pour apercevoir tout à coup l'entrée de l'oubliette, que quelques pieds de chardons m'avaient dérobée jusqu'ici.

L'endroit était si bien caché qu'il en devenait cent fois plus dangereux. De toute évidence, sans Taïaut, qui m'avait empêché de passer, je serais maintenant au fond du trou, car, arrivé là en courant, il m'aurait été impossible d'arrêter mon élan ou de me cramponner à quelque chose.

Un long frisson a parcouru mon échine de bas en haut. On a beau être très brave, il est des perspectives qu'on n'envisage pas de sang-froid.

Justement, à l'autre bout des ruines, Marie-Claire, avant de disparaître, s'est tournée vers moi.

— Regardez où vous placez vos pieds ! me crie-t-elle de loin en réunissant ses deux mains en porte-voix près de sa bouche. Il y a d'autres endroits dangereux dans les ruines ; vous feriez mieux de ne point vous y promener.

Ce conseil donné, elle disparaît sous les grands sapins noirs. Comme elle me l'a dit tout à l'heure, la charité chrétienne ne lui commande rien de plus que de me prévenir du danger que je cours. Et j'avoue que son avertissement n'a pas été inutile, car, négligeant la leçon qui vient de m'être donnée, j'allais escalader murs et pierrailles, en coupant au plus court pour regagner mon chevalet.

Maintenant, je marche prudemment, contournant les obstacles et regardant bien à terre avant de poser mon pied.

C'est seulement quand je suis revenu à ma place, et assis sur mon pliant, que j'entrevois la portée de ce qui vient de m'arriver.

J'ai retrouvé Marie-Claire, mais avec quel dédain m'a-t-elle parlé ! Peut-elle être désagréable, cette jeune fille, quand on la connaît mieux... elle qui m'avait laissé, l'autre jour, une si suave impression !

Il est vrai que c'est moi qui l'ai attaquée le premier... en la poursuivant !

Je n'avais pas à la pourchasser dans les ruines : elle a pu trouver mon procédé mauvais...

Mauvais ? Mais non ! Pourquoi ?

Elle ne se fâchait pas, tant qu'il ne s'agissait que de m'échapper... Elle paraît connaître les ruines et devait être sûre de me distancer... C'est seulement quand je me suis irrité de trouver son chien devant moi qu'elle a répliqué sur le même ton aigre. Somme toute, que je le veuille ou non, elle m'a sauvé la vie...

Oui, en vérité, malgré son ton dédaigneux et ses grands airs, Marie-Claire n'avait d'abord qu'une idée : être sûre que son chien m'empêcherait d'arriver à l'oubliette... Après, dame, je l'avais apostrophée, j'avais menacé son chien ; elle estimait avoir droit à meilleur réflexe de ma part.

— Elle a raison ! convins-je. Je me suis conduit en étourneau. Son magistral « imbécile » manquait de politesse, mais non d'exactitude. Il faudra que je la remercie du service rendu quand je la verrai.

Il aurait même été élémentaire que mon premier mot fût un acte d'action de grâce, alors que mes lèvres n'ont traduit que des sentiments de fureur et de dépit... Avec quelle hauteur a-t-elle fait allusion à ma « correction de civilisé » !

Réellement, je n'ai pas de quoi être fier de moi !

Ce long examen de conscience m'a mis des grisailles à l'âme. Je n'aime pas me trouver en défaut et, en ce moment, je ne suis pas satisfait de mes faits et gestes.

Enervé, je repousse mon chevalet ; mon esprit n'est plus bien disposé à ma tâche, et je sens que je ne ferais rien de bon aujourd'hui.

J'ai serré mon attirail de peinture à la place habituelle et, pendant deux heures, j'ai parcouru en tous sens le bois de sapins et ses environs... J'aurais mieux mangé le soir et moins mal dormi la nuit, si j'avais pu rencontrer Marie-Claire pour lui exprimer mes regrets et remerciements, comme il aurait été normal que, spontanément, je le fisse plus tôt.

* * *

La matinée n'a pas été fameuse, et mon travail n'a guère avancé. C'est que je ne poursuivais pas mon tableau avec mon ardeur habituelle. J'étais distrait. Au moindre souffle du vent, croyant entendre marcher, je lâchais mes pinceaux, et, dressé, j'inspectais la lande et les ruines, avec l'espoir d'y entrevoir certaine silhouette féminine dont j'ai la hantise depuis hier.

Il n'y avait personne aux alentours, naturellement ; mais cette inquiétude suffisait à me tenir énervé et malhabile : on peint mal quand la pensée vagabonde trop ! Aussi, sentant que je ne ferais pas meilleur ouvrage l'après-midi, je me suis décidé à laisser dormir dans leur boîte mes tubes de couleur, et je suis allé me promener.

Bien m'en a pris !

Après déjeuner, j'ai d'abord suivi la route habituelle ; mais arrivé au sommet, au lieu de tourner sur la droite et de gagner la lande, j'ai continué ma promenade vers Kermodu, avec le désir de passer devant la chaumière de Mariannick, la tante de Marie-Claire.

Et voilà qu'au détour du chemin, bien après la hutte du sabotier, alors que le bois de sapins rejoint la plaine, la vue d'une jupe claire, que le vent soulevait légèrement derrière les ajoncs, me fit tressaillir.

Dans ma poitrine, mon cœur, subitement, battait la chamade. Cette jupe, bleue comme l'azur, ne pouvait appartenir qu'à Marie-Claire.

Quelques pas encore et je distinguai mieux l'apparition. Assise sur le bord du talus, son chien allongé à ses pieds, c'était bien la jeune fille. Elle tricotait, et ses longues aiguilles de caséine nacrée dansaient négligemment au bout de ses doigts fuselés.

Le chien, à ma vue, s'était soulevé et grognait sourdement.

— Couché, Taïaut ! ordonna-t-elle sans tourner la tête de mon côté.

Je m'étais arrêté devant elle, essoufflé de ma course et heureux d'avoir atteint mon but, puisque j'avais retrouvé celle que je cherchais.

— Bonjour, Marie-Claire ! dis-je aimablement. Elle ne répondit pas. Ses aiguilles continuaient leur jeu à la même cadence, comme si elle ne m'avait pas entendu venir ou qu'elle ne me vît pas.

Son grand chapeau de paille, un peu jaunie par les intempéries, ombrait son visage et m'empêchait de distinguer ses yeux.

— Je suis content de vous rencontrer, Marie-

Claire, continuai-je, malgré le grognement plus accentué du chien.

— Silence, Taïaut ! couché ! jeta-t-elle à nouveau, avec la même impassibilité.

— Votre chien me garde rancune, je crois. Vous l'avez tellement excité contre moi, hier, Marie-Claire, qu'il doit voir en ma personne un malfaiteur.

Cette fois, ses mains s'immobilisèrent et elle releva le front.

— Est-ce que, par hasard, cher monsieur, vous m'auriez rencontrée dans les bouges que vous fréquentez ? questionna-t-elle un peu sèchement.

Ses yeux durs sont rivés sur les miens et, sous l'hostilité inattendue de ce regard qu'accompagne une telle réflexion, je perds contenance.

— Je ne fréquente pas les bouges, fais-je remarquer, ahuri.

— Réellement ? précise-t-elle, imperturbable ; on le croirait, à vous entendre me nommer par mon prénom, comme si nous avions gardé ensemble les porcs de Kermodu.

Je me mordis les lèvres. Ce rappel à l'ordre n'était pas flatteur pour mon amour-propre d'homme bien élevé, et je sentais encore une fois que j'étais dans mon tort.

C'est qu'elle ne paraît pas admettre qu'un monsieur se permette de l'appeler par son petit nom, la belle demoiselle !

Son regard continue de me transpercer, comme si je lui avais causé des torts considérables !

Sans compter qu'après notre rencontre involontaire devant le sanctuaire de la Vierge Coquette, je lui suis peut-être devenu suspect... Il y a de ces antipathies inexplicables que rien ne justifie, mais qui existent quand même.

Toutes ces pensées se heurtent dans ma tête pendant que les yeux froids de la jeune fille, immobilisés sur moi, semblent défier mon audace masculine...

Après quelques secondes d'un silence assez gênant, je reprends, de plus en plus courtois, pour mieux briser sa glaciale attitude et surtout pour montrer ma liberté d'esprit :

— Je n'ai pas eu l'intention de vous froisser, mademoiselle Marie-Claire. J'ai remarqué que la coutume bretonne autorise chacun à cette familiarité du prénom... et vous êtes si jeune !

— Entre paysans de même souche, on se tutoie, même, en effet, par ici, riposte-t-elle sans fléchir. Peut-être trouveriez-vous naturel que j'appelle votre mère par son petit nom ou que les gosses du village lui donnent un sobriquet.

— Oh ! voyons, n'exagérez pas ! Je n'ai pas examiné tout ça, moi !

— Il fallait le faire si, chez vous, le respect dû aux jeunes filles n'est pas inné.

— C'est un véritable réquisitoire, petite mademoiselle ! Vous m'accablez pour rien !

J'essaye de rire, mais elle ne sourcille pas. Décidément, je ne trouve pas grâce devant elle.

— Pour rien ? a-t-elle relevé. Eh bien ! vous êtes indulgent quand il s'agit de vous !

— Et vous, très sévère à mon endroit !

— Mais enfin, réfléchissez... comparez ! Ainsi, vos camarades des Beaux-Arts vous traitaient probablement de « sacré farceur » et « d'abominable crétin » sans que vous vous en fâchiez. Je serais heureuse de voir comment vous accueilleriez ces épithètes si un monsieur inconnu vous les servait ?

— Très mal, en effet, convins-je en riant, car ses exagérations m'amusaient. Et, naturellement, vis-à-vis de vous, je suis le monsieur inconnu ?

— Justement... un étranger qui se permet de me pourchasser, de me tutoyer et d'en user familièrement avec moi, comme si j'étais une personne avec qui chacun peut tout oser.

Cette fois, ses arguments tenaient de l'exagération. Comment pouvait-elle dénaturer ainsi mes actes et mes sentiments ? Et surtout oser soutenir que je lui avais manqué de respect. Oh ! ça... Elle commençait à m'échauffer terriblement les oreilles, cette petite paysanne qui exigeait tant de respect d'un homme qui, comme moi, prétendait être bien élevé.

Une indignation me souleva.

— Eh bien ! vous en avez du toupet, vous ! m'écriai-je en haussant le ton. Quand donc vous ai-je tutoyée, s'il vous plaît ? Je voudrais bien le savoir !

— Ce n'est pas tellement loin que je l'aie oublié, riposta-t-elle vivement. L'autre jour, quand j'étais au haut du donjon, il me semble que vous ne vous gêniez pas pour me crier : « Viens ici, petite ! Allons, descends, j'ai à te parler !... » Si ça n'est pas me tutoyer, qu'est-ce qu'il vous faudrait me dire, alors ?

La nouvelle qu'elle me communiquait fit tomber subitement mon emportement.

Quoi ! L'enfant intrépide, aux petons roses qui se balançaient dans le vide, c'était elle ?

J'en étais abasourdi ! Je ne l'avais pas reconnue ! C'était tellement invraisemblable !

Vue d'en bas, elle paraissait si menue, si fragile... pas étonnant du tout que je l'aie tutoyée !

La surprise me rendit, une fois de plus, impertinent. Oubliant le *mademoiselle* qu'elle exigeait si impérativement de moi, je m'écriai, avec une sorte d'admiration blagueuse :

— Comment, Marie-Claire, c'était vous, l'audacieuse fillette qui se tenait là-haut ?

— Oui, Joseph !

Je sursautai.

— Hein !... Joseph ? fis-je, interloqué... Pourquoi ?

Elle ne me laissa pas le temps de m'étonner davantage. Et, les yeux flamboyants d'indignation, elle me jeta ces mots du haut de sa superbe :

— Puisque vous continuez à m'appeler Marie-Claire, malgré le désir que je vous ai exprimé, je pense avoir le droit, moi aussi, de vous nommer Joseph.

Une flamme empourpra mon visage.

— Ne vous fâchez pas, je m'excuse ! protestai-je, gêné de mon étourderie. Je n'ai pas fait attention... ça a si peu d'importance ! Et puis, je ne m'appelle pas Joseph.

— Ça, je m'en moque ! Si vous préférez Baptiste ou Salsifis, je me charge d'être pour vous une excellente marraine. Je veux qu'avant huit jours tous les enfants du Voulch vous appellent Salsifis.

Malgré son irritation, l'idée dut lui paraître drôle, car elle ne put s'empêcher de sourire.

— Hein ! qu'en dites-vous ? ajouta-t-elle avec moins d'âpreté, Salsifis ! C'est une trouvaille... pour un artiste !

Oh ! mais elle m'agaçait, la prétentieuse fillette !

Mon regard un peu dur, plongea dans le sien avec le désir de la foudroyer.

— Vous avez, je crois, le génie de la présomption et celui de la persécution, mademoiselle. Ce sobriquet...

— ...est de la famille des navets !... Pour un peintre, n'est-ce pas, il est de circonstance.

— Oh ! n'insistez pas ! J'ai compris !... Le mot courait déjà à l'école... C'est pourquoi je le trouve méchant dans votre bouche...

Je bouillonnais de fureur. Cependant, je me raidis, ne voulant pas paraître vexé.

— Une si jolie bouche ! repris-je plus modérément et essayant de m'en tirer par une galanterie.

— Dites donc, vous !

— Oui, continuai-je fermement, car je la voyais rougir du compliment inattendu. Une si jolie bouche n'en est que plus coupable d'exprimer des choses rosses... et même sottes comme celle-là !

Malgré mon désir de rester dans les bornes galantes, ma voix frémissait à nouveau. Notre discussion allait encore tourner à l'aigre.

— Vous n'avez qu'à être correct avec moi, observa-t-elle avec humeur. Je ne vous attaque pas, moi !

— Non, mais vous y mettez de l'acharnement... Vous cherchez à être agressive, tandis que moi, mon seul tort est peut-être d'avoir trouvé un certain plaisir... une douceur... à prononcer votre nom...

— Justement ! moi aussi j'éprouve une satisfaction à vous appeler Joseph ou Salsifis... C'est amusant ! Et puisque chacun ne cherche que son plaisir...

— Taisez-vous ! Vous devenez odieuse ! criai-je, réellement furieux cette fois. Vous ne sentez pas que... sur mes lèvres... en moi-même, c'était un hommage... une ferveur... un respect !... Insulte-t-on la Vierge, quand on l'appelle Marie ?

Je ne comprends pas encore pourquoi, au milieu de cette singulière querelle, j'ai éprouvé subitement le besoin d'exprimer de tels sentiments... Sentiments que j'étais loin de ressentir à cette minute-là, car, en réalité, j'étais fâché contre Marie-Claire. Une chose est sûre, c'est que celle-ci fut toute saisie par mes paroles. Elle ouvrit la bouche pour riposter quelque chose d'agressif ; mais, soudain, elle rougit violemment et baissa la tête. Machinalement, ses doigts reprenaient leur ouvrage.

Il y eut un silence que troubla seul le cri d'un moineau piaillard. Dans le lointain, vers la mer, une sirène de bateau fit entendre son long hululement.

Bientôt, la jeune fille releva le front.

— Mais qui vous a appris mon nom, monsieur ? questionna-t-elle. Je ne me souviens pas de vous l'avoir dit.

Cette fois, son ton rentrait dans la note courtoise de la conversation.

— Je me suis renseigné, répliquai-je. Votre souvenir... votre robe blanche... vous n'étiez pas comme les autres ! J'ai voulu savoir. N'oubliez pas que j'ai eu l'honneur d'être, au Voulch, votre premier danseur... et... il y a aussi notre rencontre devant la Vierge Coquette...

— Oui, pénible réminiscence !

— Evidemment !... Il aurait mieux valu qu'elle n'eût pas lieu... J'étais navré, croyez-le bien...

Je bafouille véritablement, car je manque de sincérité. L'incident du sanctuaire m'a laissé complètement froid. Il y a longtemps que je n'y pense plus ! Je ne crois pas, d'ailleurs, à toutes ces légendes inventées par l'imagination fertile de nos paysans, qui n'ont guère d'autres moyens à leur portée pour satisfaire le mouvement cérébral de leurs méninges trop souvent inemployées. Une légende, c'est joli, c'est poétique, mais hormis ce côté pittoresque, ça n'a aucune base solide.

Je me crois très fort, parce que je conclus sur ce thème énergique :

— Enfin, nous n'y pouvons rien, qu'affirmer notre volonté de ne pas nous prêter à l'irréparable...

— Piètre volonté !... disons mieux : affirmer dans la mesure de nos moyens...

Oh ! si elle subordonne notre libre arbitre à celle d'une force obscure, nous n'en sortirons pas !

Une seconde, j'examine son petit visage sérieux et pensif. Il est indiscutable qu'elle croit dur comme fer à la réalité de cette légende.

L'idée de ce danger qu'elle sent peut-être planer sur nous me met de bonne humeur.

Malgré la correction qu'elle exige de moi, je suis prêt à lancer quelque railleuse boutade, quand un phénomène imprévisible arrête la phrase ironique sur mes lèvres.

Marie-Claire est assise, alors que je me trouve debout. Je n'ai pas eu encore l'occasion de l'examiner sous cet angle. C'est peut-être pourquoi je ne me suis pas encore aperçu de sa réelle beauté.

Ses yeux, levés sur moi, sont immenses et lumineux, l'ovale de son visage est d'un modelé parfait ;

la bouche est mignonne, petite, rouge comme une cerise ; le teint, éclatant de pureté, semble avoir la transparence laiteuse de la perle. Jamais, comme en cette minute, je ne me suis rendu compte de tout ce que pouvait recéler de splendeurs la beauté féminine d'une vierge de vingt ans.

J'en demeure muet, la gorge subitement sèche, et je n'éprouve plus du tout le besoin de la contredire et de railler ses croyances ridicules.

Peut-être même est-ce pour cela que tout à l'heure, sans m'en rendre compte, je lui ai parlé de la douceur avec laquelle je prononçais son nom.

Devant deux grands yeux comme les siens, quelles bêtises ne débiterait pas un garçon de mon âge !

Elle avait repris son travail.

De nouveau, l'ombre de son chapeau me cachait son visage, et je ne voyais plus que ses doigts fuselés qui remuaient les aiguilles.

J'étais resté debout devant elle, tout troublé par ma découverte et navré par les paroles de colère échangées tout à l'heure, alors que, probablement, mon subconscient en avait souhaité d'autres, combien plus amicales. J'en étais accablé.

Il y avait tout à coup comme un vide dans ma tête, et je ne trouvais plus rien à dire.

Au surplus, le soleil tapait dur sur la route, une torpeur s'épandait, dans la campagne, causant une sorte de malaise physique.

Au bout d'un moment, cependant, me rendant compte que le cliquetis de ses aiguilles ne cesserait pas son monologue mécanique et que j'avais mieux à faire que de demeurer en contemplation devant elle, sans rien dire, je me décidai à rompre le silence.

— En venant par ici, c'est vous que je cherchais, *mademoiselle* Marie-Claire, dis-je en appuyant fortement sur le *mademoiselle* octroyée.

Elle ne parut pas le remarquer ; néanmoins, elle cessa de se confiner dans son silence plus ou moins hostile.

— Vous me cherchiez, moi ? s'exclama-t-elle spontanément, sans quitter son travail.

— Oui, parce que, hier, surpris de trouver devant moi ces oubliettes inattendues, j'ai négligé de m'excuser et aussi de vous remercier de votre vigilante attention : vous m'avez sauvé la vie, probablement.

Elle haussa les épaules avec insouciance.

— Vos remerciements étaient inutiles, cher monsieur ; mon devoir, comme je vous l'ai dit, étant de vous prévenir du danger couru, puisque je connaissais celui-ci... Mais vous parlez d'excuses ?

— Oui, j'ai couru derrière vous... vous pourchassant dans les ruines et essayant de vous atteindre, sans penser ensuite à justifier auprès de vous ma conduite.

— Oh ! Votre justification, je la devine, une jeune fille est seule, c'est un plaisir, pour un garçon de votre âge, de la rejoindre... pour bavarder ou pour lui faire peur !

— En quoi vous vous trompez. Je ne poursuivais pas d'aussi noirs desseins !

— Vraiment ?

— Je vous l'affirme ! Je ne vous avais pas reconnue, tout d'abord... Je pensais à quelqu'un d'autre... Oui, depuis que je peins de ce côté-là, je cherche à surprendre certain visiteur insolite qui se permet de me jouer des tours en mon absence.

— Un visiteur ?

— Oui... quelqu'un que je n'arrive pas à découvrir.

— Comment ? Il y aurait une autre personne que vous ou moi sur la lande ? Je n'y crois guère !

— Il en vient certainement une troisième, affirmai-je. A différentes reprises, quelqu'un a touché à mon tableau... pour y changer quelque chose.

Du coup, le tricot s'immobilisa, pendant que la jeune fille levait vers moi un visage attentif.

— Votre tableau a été détérioré ?

— Non, heureusement ! On ne l'a pas abîmé ! On s'est contenté d'en rectifier certaines lignes, certaines couleurs. Bref, entendant des pierres rouler dans les ruines, j'ai pensé que ce devait être mon mystificateur, et j'ai voulu le rejoindre. C'est seulement quand je vous ai vue au sommet d'un pan de mur que je vous ai reconnue... C'est justement pour vous présenter mes regrets de cette chasse inqualifiable que je suis monté jusqu'ici... Au fond, vous avez bien fait de vous fâcher, tout à l'heure, à ce sujet. J'ai dû vous paraître très mal élevé, hier ?

Elle eut un geste vague.

— Une franche explication vaut mieux qu'un malentendu, répliqua-t-elle un peu sentencieusement.

— Alors... de cela, mademoiselle, vous ne m'en voulez plus, maintenant ?

— Si ce que vous m'expliquez est vrai, allez et ne péchez plus, comme dit notre curé.

— Merci... Et de notre grosse querelle de tout à l'heure, il ne reste rien non plus ?

— Il ne tient qu'à vous de ne pas la faire renaître :

jamais je n'accepterai qu'un garçon de votre âge me parle familièrement.

— Qu'il n'en soit plus question, puisque j'ai agi par étourderie et que je ne récidiverai plus.

— Soit ! N'en parlons plus ! Je ne veux pas la mort du pécheur...

Il y eut de nouveau un silence. Peut-être jugeait-elle que ces loyales explications suffisaient à sa satisfaction : mais moi, je voulais encore autre chose. D'abord, il me fallait rompre la glace que notre altercation avait élevée entre nous. Je tenais à reprendre avec elle le ton cordial, presque amical, dont nous avions usé lors de notre première rencontre. En vérité, cette petite Marie-Claire, qu'on disait si sage et si réservée, m'était extrêmement sympathique, et j'étais désolé de l'avoir heurtée par ce qu'elle nommait si sévèrement une familiarité incorrecte et de mauvaise aloi. J'en appelle à tous les hommes de cœur, qui pourraient avoir à se reprocher un tel malentendu avec une femme bien élevée, pour comprendre la sincérité de mes regrets et le désir de réparation qui était en moi.

Ensuite, je voulais interroger la jeune fille sur le mystérieux visiteur de la lande, cet artiste peintre qui se plaisait à me mystifier ! Puisque cette jeune personne avouait connaître ce coin-là et qu'elle le fréquentait en dépit de sa mauvaise réputation qui en faisait un objet de terreur pour les paysans, elle pouvait me fournir certains renseignements utiles.

Mais il faisait chaud sur la route. Toujours debout devant l'orpheline, le soleil me cuisait dans le dos et ma position était inconfortable pour poursuivre l'entretien.

Je regardai donc autour de nous, cherchant un meilleur endroit. A quelques pas de là, une tache d'ombre semblait m'inviter au repos.

— Voulez-vous me permettre de m'asseoir aussi sur ce talus... à l'abri des ajoncs ? Le soleil tape dur et je voudrais bien vous interroger au sujet de ce visiteur que je n'arrive pas à surprendre.

Tout en parlant, je m'étais assis sur le bord de la route, séparé d'elle par un espace vide d'au moins deux mètres, afin qu'elle n'eût rien à reprocher encore à mon attitude.

Sans mot dire, du coin de l'œil, Marie-Claire avait suivi mes gestes. Ma réserve dut lui être agréable, car elle ne protesta pas de me voir ainsi assis à ses côtés. Cependant, pour ne permettre aucune équivoque, elle s'était remise sagement au travail, et la laine filait vite de nouveau, entre ses doigts déliés qui, machinalement, poursuivaient leur tâche.

— A différentes reprises, ces jours-ci, j'ai entendu les aboiements d'un chien dans les ruines... je pense qu'il s'agissait du vôtre, mademoiselle ?... Dois-je en conclure que vous venez souvent dans ces parages sans que je vous aie encore aperçue ?

— J'y allais tous les jours quand vous n'y étiez pas.

— Mon Dieu ! Est-ce ma présence qui vous en a chassée ?

— Pour parler avec franchise, je suis forcée de répondre par l'affirmative.

— Oh ! J'en suis désolé !... Ce lieu me plaisait beaucoup à reproduire ; cependant, si vous en manifestez le désir, je n'y reviendrai plus... du moins à certaines heures que vous choisirez.

Un étonnement passa dans ses grands yeux d'enfant, et, un moment, elle garda le silence. Puis, se tournant vers moi, elle m'examina.

— Vous êtes un drôle d'artiste, murmura-t-elle. Je croyais qu'un vrai peintre faisait passer son art avant toutes choses.

— Pas avant les égards qu'il doit à une jeune fille, affirmai-je pompeusement, car j'exagérai ma courtoisie, puisque cela flattait sa vanité. Vous m'avez traité si rudement, tout à l'heure... et hier encore, bien que vous m'ayez sauvegardé d'une chute dangereuse... que je n'ai pas du tout envie de vous mécontenter une nouvelle fois.

Elle secoua la tête, et un sourire amusé vint entrouvrir ses lèvres.

— Tout de même pas au point de n'oser plus agir à votre guise ?...

— Ma foi... la crainte de vous déplaire...

— Mon opinion n'a rien à voir dans vos projets et dans votre travail. Je ne compte pas, moi ! Achevez votre tableau, monsieur, je serais navrée que mon bon plaisir vous privât d'une œuvre assez bien commencée, si j'en crois ce que j'en ai vu déjà.

— Comment ? Vous avez vu mon tableau ! m'écriai-je, avec la vanité heureuse qui anime tous les artistes quand on leur parle de leur œuvre.

Son simple compliment me faisait déjà oublier tous les griefs que j'accumulais contre elle depuis une heure.

— Oui, il m'est arrivé deux fois d'examiner, en passant, ce que vous aviez fait.

— Et vous avez trouvé que c'était ressemblant ?
Ma question enthousiaste la fit sourire.

— Je ne suis qu'une petite provinciale et ne m'y

connais guère en peinture, s'excusa-t-elle modestement. Je trouve que votre tableau ressemble bien à ce qu'il veut reproduire. Les ruines sont vivantes auprès des hauts sapins noirs, et le beau soleil de notre Armor sauvage leur donne de l'éclat. C'est, en vérité, le seul jugement que je sois capable de porter en pareille matière.

— Il me suffit, et j'en suis fier ! ripostai-je, joyeux et flatté. J'ai tant le désir de réussir ! Ce coin rustique m'a plu si fortement dès que je l'ai aperçu !

Une mélancolie noya ses grands yeux graves.

— Oui, dit-elle lentement. L'endroit est unique... je l'adore ! Ces pans de murs, ce donjon, ces pierres, c'est toute mon enfance... toute ma vie ! Leur passé, leur présent, leur avenir, bornent mon horizon... comme si ces ruines m'avaient servi de berceau et devaient un jour donner un but à mon existence esseulée.

Son souffle, coupé par une fugitive émotion, la fit se taire quelques instants ; mais elle reprit bientôt, le ton plus flexible :

— Il me semble parfois que tout ce décor m'appartient... Je suis l'enfant des ruines, en vérité... comme si les autres n'avaient pas le droit d'y venir et d'en jouir ! Il m'arrive de regarder d'un mauvais œil ceux qui osent s'y aventurer !

— Comme moi ?

— Oui, comme vous, puisque vous y avez élu domicile, en quelque sorte.

— Je ne me suis jamais rendu compte que j'avais troublé votre solitude... Au Voulch, on m'avait dit que personne ne se risquait à venir se promener par là.

— A cause de la mauvaise réputation des lieux peut-être ?

— Justement. Les gens racontent des choses étranges. Ainsi, on dit que je suis téméraire... chacun me déconseillait de venir sur la lande.

— A la vérité, les habitants du village n'y montent guère, en effet.

— Mais peut-être y a-t-il d'autres visiteurs, des étrangers ?... un peintre de passage ?

— Je ne crois pas.

— Vous connaissez bien les alentours ?

— Très bien puisque la maison de ma tante se dresse de ce côté.

— Je sais. Mais êtes-vous sûre qu'il n'y a pas dans la région, en dehors du village, des Parisiens qui habiteraient par là ?

— Vous me l'avez déjà demandé l'autre jour, quand j'étais au faîte du donjon.

— Vous aviez donc bien saisi le sens de ma question ?

— Je vous ai répondu ce que je vous répète aujourd'hui : sur la lande, il ne vient jamais personne... sauf au printemps, quand l'herbe n'est pas brûlée et que le berger de la ferme voisine y mène paître ses moutons. Mais en cette saison trop chaude, qui donc se plairait dans nos friches roussies par le soleil, balayées par les vents du large ?

— Cependant, je suppose qu'un autre peintre peut trouver, comme moi, le site intéressant.

Mais elle hocha pensivement la tête.

— Non. Je ne crois pas... d'ailleurs, il n'y a guère de gens de passage au Voulch. Quelquefois, le dimanche, des promeneurs de Brest viennent respirer l'air pur de nos côtes ; mais c'est un vrai voyage, et les autocars ne déversent pas grand monde... Vous avez pu vous en rendre compte, puisqu'ils s'arrêtent devant l'auberge de Catherine Le Coz.

— Les étrangers sont rares, en effet... Mais j'ai mal posé ma question. Il y a, aux alentours, des châteaux et de belles maisons dans lesquels les habitants ne résident qu'une partie de l'année... Chez eux, il y a certainement des invités, durant l'été ? Pouvez-vous donc me dire si vous connaissez un peintre, un artiste quelconque, qui logerait dans la région ?

Une fois encore, elle hocha sa tête brune :

— Je ne vois pas.

— Et cependant, affirmai-je à nouveau, quelqu'un est venu sur la lande quand je n'y étais pas. De ceci, je suis sûr : on a touché à mon tableau, et celui qui l'a fait n'était pas un profane.

— S'il n'a pas nui à votre œuvre, c'est le principal !

— Evidemment... mais, tout de même, j'aurais aimé savoir.

— Tout ce que je puis vous dire, c'est que je n'ai jamais vu personne se diriger par là. En revanche, les lieux ont mauvaise réputation. Si vous voulez admettre une intervention surnaturelle...

Je ne la laissai pas achever :

— Ah ! ça, non !... mille fois non ! Je ne crois pas à toutes ces sornettes-là !

— Je n'ose être aussi affirmative, moi, murmura-t-elle avec un geste de doute. Les vieilles gens racontent tant de choses !... Pour tous, c'est un lieu maudit.

— Il faut croire qu'ils ne savent ce qu'ils débitent,

puisque vous venez de m'affirmer que, tous les jours, vous vous promenez par là. Or, je n'ai jamais entendu dire que vous y ayez été victime d'un accident.

— Il ne m'est jamais rien arrivé sur la lande, en effet, répliqua-t-elle, le regard plus sombre soudainement. Mais qui vous assure, malgré la prédilection marquée que j'ai pour ce coin-là, que le génie des lieux m'ait été favorable : je suis seule, orpheline, sans famille, sans appui... tous ceux que je pouvais aimer sont morts... Me trouvez-vous tellement privilégiée et mon sort est-il tant à envier ?

— Hélas ! beaucoup d'autres sont orphelins et plus dénués encore que vous... bien qu'habitant loin des ruines de Kéridec.

— Evidemment ! fit-elle, songeuse. Tout est relatif !... Je n'ai jamais connu la faim, moi !

Abandonnant son ouvrage, elle avait croisé ses mains dans un geste de piété, pendant que son regard se perdait vers le large. Il me parut que ses lèvres remuaient pour une muette oraison.

— Ne nous plaignons jamais, reprit-elle gravement, au bout d'un moment. Il faut éviter de maudire le sort, de crainte qu'il ne nous accable davantage.

— Le ciel a mesuré nos joies et nos douleurs, répondis-je avec philosophie. Mais il ne s'agit pas de la volonté de Dieu, à laquelle il est sage de nous soumettre docilement, il était question, tout à l'heure, du génie des ruines, auquel je dénie tous les maléfices dont on le charge trop généreusement.

— Parce qu'il vous laisse tranquille, peut-être ?

— Non, pas seulement pour moi, mais parce qu'il semble s'être montré particulièrement généreux avec vous, quoi que vous en pensiez. Il vous a littéralement comblée.

— Moi !

Elle m'examinait sans comprendre, croyant que je raillais. Mais je lui expliquai ce que je voulais dire :

— N'avez-vous jamais constaté tous les dons répartis sur *l'enfant des ruines,* comme vous vous appeliez tout à l'heure ?

— Je ne vois pas.

— Parce que vous êtes aveugle ou que vous ne voulez pas voir. Vous êtes jolie... des yeux immenses, un teint de lis, un front à faire rêver, une bouche qui donne le vertige, des cheveux bouclés que toutes les filles à la ronde doivent vous envier... me faut-il ajouter des mains mignonnes, des pieds de Cendrillon et une taille faite au moule ?... En résumé, une beauté assez rare en cette Bretagne où la race, étant plus sportive qu'affinée, exige de ses filles des pommettes saillantes et un visage court, carré, parsemé de taches de rousseur.

Elle partit d'un éclat de rire amusé.

— Eh bien, s'écria-t-elle, vous n'êtes pas avare de compliments, vous, quand vous parlez à une jeune fille ! Heureusement, mes compagnes auront leur tour quand vous vous adresserez à elles.

— Oh ! ça, jamais !

— Mais si ! Elles ont leur charme également, et aucune femme n'est plus agréable à regarder qu'une jeune Bretonne de quinze ans. Quant à moi, je suis de pure race armoricaine, je vous l'affirme, et je n'ai rien de surnaturel ; je pense que c'est à mon père et à ma mère que je dois mon physique, beaucoup plus qu'au génie des ruines. Aussi, malgré toutes vos belles théories, cher monsieur, je ne crois pas que le spectre qui hante la lande ait aidé à ma fabrication.

Elle s'était levée et pliait son ouvrage.

— Je me sauve, j'ai promis à ma tante de revenir assez tôt pour m'occuper du repassage. Au revoir donc, mon beau monsieur !

Gaminement, elle pinça sa jupe et fit une gracieuse révérence.

— Votre humble servante vous salue, monsieur le faiseur de compliments ! A une autre occasion !

— Oh ! oui, mademoiselle Marie-Claire. Promettez-moi de revenir sur la lande... J'aurais tant de joie à vous montrer mon tableau !

— Mais je n'y connais rien, hélas !

— Pardon ! vous m'inspireriez !

Elle s'éloignait déjà. Alors, se détournant, elle me lança gaiement :

— Prenez garde, monsieur l'artiste ! A votre place, moi, je surveillerais mes paroles. Le génie des ruines n'accepte peut-être pas que vous puisiez de l'inspiration en dehors de lui. Et comme, justement, il a l'air de s'intéresser à votre tableau, prenez bien soin de ne pas lui déplaire !

Elle était trop loin maintenant pour que je pusse répondre à ses taquineries ; force me fut donc de ressasser en moi-même ma riposte.

— Le génie des ruines !

Comment, elle aussi avait la prétention de me faire avaler cette couleuvre !... Voyons ! j'avais toute ma raison, moi ! Et je savais bien que fantômes, spectres, génies et farfadets n'existent que dans l'imagination des gens !... Quant à mon tableau, eh bien, on verrait si j'allais me contenter d'une aussi stupide explication... S'il me fallait monter la garde pour surprendre l'audacieux anonyme qui se jouait de moi, j'étais prêt à le faire... et je lui ferais payer cher ses agissements, au bonhomme !... Le génie des ruines ! Réellement, on me croyait plus bête que je n'étais !

Et c'est en monologuant aussi maussadement que je regagnai mon auberge.

*
* *

J'ai fait une bonne séance de travail aujourd'hui, et j'ai l'impression d'avoir regagné le temps perdu hier.

La lande était déserte, comme d'ordinaire ; autour de moi, c'était la solitude complète, et cette sensation d'isolement absolu me donnait une plénitude de satisfaction.

Cependant, malgré moi, je dressais parfois l'oreille, m'attendant toujours à entendre le roulement de quelque caillou sous un pas léger ou le bruissement rapide d'une foulée de chien.

Inutile attention ! Vaine attente ! Marie-Claire n'est pas venue par ici.

*
* *

C'est toujours la même solitude. Les ruines sont muettes et aucune main sacrilège n'est venue manier mes pinceaux.

*
* *

Vais-je me plaindre de ce que la mariée soit trop belle ? Je jouis là-haut d'une liberté complète, et mon mystificateur a renoncé à me persécuter plus longtemps. Cependant, ce silence qui m'entoure me semble maintenant bien pesant... Sans m'en rendre compte, je m'étais habitué déjà à sentir des présences invisibles autour de moi.

Ou peut-être l'âme enfantine, qui ne meurt jamais au fond de l'être humain, s'attardait-elle inconsciemment sur l'idée d'un génie prometteur de faits surnaturels...

*
* *

Mon tableau avance ; bientôt, il sera fini !

J'en suis content, il répond à ce que je souhaitais.

*
* *

Dommage que Marie-Claire ne revienne pas sur la lande ; j'aurais aimé lui montrer ma peinture avant le point final.

C'est une idée absurde, évidemment, puisque cette jeune paysanne ne s'y connaît pas ! Tout de même, celle qui dit adorer les ruines pourrait exprimer son avis sur ce site où elle a grandi. La manière de voir d'un profane a souvent une utilité !... même quand il s'agit de l'opinion d'une simple fillette, n'ayant pour juger un tableau que son amour exclusif du paysage qu'il représente.

*
* *

Ce soir, pendant que je marchais sur le chemin du retour, la même image me poursuivait : celle d'une fière jeune fille, au visage de madone, si doux et si grave en même temps... avec deux nattes... deux nattes enfantines et sans aucune recherche de coquetterie... deux nattes flottant sagement sur le dos...

Cela devient de l'obsession !

*
* *

Ça ne pouvait durer !

Mon zèle est tombé tout d'un coup, au moment du « ouf » final.

Avant de mettre une signature au bas de ma toile, je me suis accordé une journée de repos. Et toute la journée, j'ai déambulé dans la campagne.

Ce matin, j'ai suivi le ruisseau vers la mer et, cet après-midi, je suis monté au sanctuaire de la Vierge Coquette, d'où la vue sur l'immensité des dunes et de l'Océan me procure toujours un religieux émoi.

Dix bonnes minutes accordées à ma contemplation, puis je reprends ma promenade vers Kermodu. Peut-être, sans vouloir l'admettre, est-ce l'espoir de rencontrer Marie-Claire qui me conduit dans cette direction. Il est certain que, si je l'aperçois, je lui demanderai de pousser une pointe vers la lande, pour y examiner une dernière fois mon tableau... Quand celui-ci sera mis à sécher dans ma chambre, il deviendra difficile de venir le voir. Catherine Le Coz s'étonnerait d'apercevoir la jeune fille en ma compagnie. C'est donc avant que je le porte à l'auberge qu'il m'est possible de le lui montrer.

Justement, voici la place où j'ai trouvé la petite Bretonne, l'autre jour.

Elle était assise là, sur le bord du talus, et, moi, j'étais là-bas...

Cette réminiscence m'est agréable : en vérité, l'étrange fillette accapare volontiers ma pensée !

Mais aujourd'hui, la tricoteuse n'est pas ici. Fort à propos, je me souviens qu'elle habite plus loin encore et, en flânant, je poursuis ma promenade.

Jamais, je n'avais eu l'occasion de visiter cette partie du pays. Ce long cordon poussiéreux, sans arbres, sans horizon, sans poésie, qu'est la grande route traversant le plateau uniforme, avait toujours découragé mes pas.

Cette fois, je m'y hasardais bravement. Pour réaliser mon désir, j'avais le courage de braver la poussière, la chaleur et la campagne sans ombre !

Mais il était dit que je ne rencontrerais pas Marie-Claire de ce côté-là. Déjà, j'avais fait un bon bout de chemin. Devant moi, s'allongeait le long reptile blanc du chemin départemental ; à droite comme à gauche, c'était la lande infinie.

Je ne vis même pas la maison de Marie-Claire qu'on m'avait annoncée, pas plus que la ligne onduleuse du sentier qui devait se dresser quelque part par là... C'était le désert, c'était l'infini...

Je revins sur mes pas, un peu déçu de mon inutile recherche, et, pour raccourcir la longueur du retour, je me jetai à gauche, dans la campagne, vers le bois de sapins dont la sombre ramure devait me séparer de la lande où m'attendait mon attirail de peintre.

Ce fut sous les hauts dômes noirs dressés vers le ciel, au milieu de la petite forêt, que je découvris celle que je cherchais.

Allongée à l'ombre, son chien à ses pieds, l'orpheline lisait.

A ma vue, un pli de contrariété plissa son front blanc ; mais je ne lui laissai pas le temps de manifester son mécontentement.

— Mademoiselle Marie-Claire, permettez-moi de vous saluer, dis-je tout de suite... Justement je vous cherchais.

Elle arqua ses grands sourcils et un vague dédain se dessina sur sa lèvre railleuse.

— Vous me cherchiez, monsieur ? s'étonna-t-elle. Que pouvez-vous avoir encore à me dire ?... rien de bien pressé, probablement !

— Pardon, mademoiselle... Il suffit que la chose me semble nécessaire pour que j'aie cru devoir me mettre à votre recherche.

— Que puis-je pour vous ?

— Voilà ! Mon tableau est achevé.

Un nuage insaisissable passa, en éclair, sur son visage, si vite que je me demandais si je n'avais pas rêvé.

— Complètement terminé ? questionna-t-elle, surprise.

— Oui, mademoiselle.

— Ah !... Et alors ?

— Avant de le transporter chez moi... dans ma chambre, c'est-à-dire à l'auberge de Catherine Le Coz... j'aurais voulu que vous le voyiez...

— Moi !

— Pour avoir votre avis.

— Oh ! pourquoi ? je ne suis guère savante en peinture.

— Vous m'avez dit l'autre jour des choses très justes.

— J'ai exprimé simplement ma pensée, fait-elle modestement et sans marquer la sotte joie qu'un profane, habituellement, ne manquerait pas de ressentir en pareil cas.

— C'est pourquoi je serais heureux d'entendre votre avis, continuais-je. Vous aimez les ruines, vous les connaissez sous tous les angles ; je voudrais savoir si j'ai su rendre l'émotion qu'elles dégagent... leur mystère, leur sauvage beauté, leurs aspects multiples ?

— C'est bien la première fois que j'entends dire que l'avis d'une petite campagnarde puisse être utile à un artiste, remarqua-t-elle en souriant. J'ai toujours pensé que celui-ci puisait sa foi en lui-même... en lui seul, et quelquefois avec beaucoup d'assurance.

— Justement ! reconnus-je, l'artiste est souvent trop confiant dans son talent. La présomption l'aveugle ! Celui qui doute souhaite toujours faire mieux et il travaille avec la volonté de se parfaire.

— Peut-être.

Ma voix se fit plus convaincante, afin de la décider.

— Personnellement, je vous affirme qu'il n'est pas un avis que je ne pèse... Ainsi, votre ignorance de l'art de peindre peut vous faire dire des choses inutiles ou injustifiées.

— Et même absurdes !

— C'est possible ! Mais elle peut aussi vous faire exprimer des remarques très judicieuses... lesquelles m'ouvriront des horizons dont je tiendrai compte, je vous l'assure !

— Vous m'en verrez toute confuse, s'excusa-t-elle par avance.

— Alors, c'est dit, mademoiselle Marie-Claire ? insistai-je. Vous venez voir mon tableau ?

— Réellement, vous y tenez ?

— Evidemment, puisque je vous cherche à cette intention depuis midi...

Elle se leva, souriante, mais ne voulant pas retenir mes compliments par trop flatteurs :

— Oh ! je me rends compte que c'est mon amour de ce coin-là qui vous fait attacher tant d'importance à mes modestes observations... sans quoi, n'importe quelle gosse du village pourrait vous rendre le même service.

En parlant, elle donnait de petits coups sur sa jupe pour faire tomber des brindilles de mousse qui y adhéraient.

Et c'est seulement alors que je remarquai l'élégance de mon interlocutrice. Elle n'avait pas les jambes nues, mais, dans ses mignons sabots de cuir verni qui brillaient comme un miroir, deux pieds gainés de soie bien transparente s'agitaient coquettement.

Ces bas de soie me rappelèrent les réflexions de Catherine Le Coz, et j'examinai mieux les atours de la jeune fille.

Sa robe est en drap léger et moule bien la taille ; le petit tablier est un fouillis de soie et de dentelle ; les mains, qui faisaient marcher l'autre jour les aiguilles du tricot, sont très blanches, très soignées, avec des ongles légèrement teintés de rose, comme les demoiselles de Paris... de vraies mains de patricienne !

Et je reste médusé devant cette paysanne d'opéra-comique, qui tient à la main un livre dont le titre : *Quatre-vingt-treize,* me déconcerte. Cette petite demoiselle est donc capable de s'intéresser aux luttes vendéennes qui suivirent la Révolution ? Même racontée par Victor Hugo, cette période-là est plus poignante que folichonne, et j'admire en moi-même cette enfant de la campagne qui se délasse à une telle lecture.

Cependant, après quelques minutes de marche, nous arrivons, elle et moi, sur la lande.

Et, tout de suite, Marie-Claire se dirige vers mon chevalet. Je me garde bien de prononcer un mot pour l'inciter à parler ; mais mes yeux, rivés sur son visage, cherchent avant tout à saisir ses premières impressions.

Tout d'abord, la jeune fille s'est arrêtée à un mètre du tableau, et là, en silence, elle examine celui-ci.

Sa physionomie ne laisse rien percer ; son regard est immobile, bien que, parfois, ses paupières se plissent comme pour diminuer l'intensité de sa vision et mieux voir l'ensemble d'un seul coup.

Un long moment passe ainsi. Pas une seule fois, elle n'a jeté un coup d'œil sur les ruines, pour s'assurer d'un détail ; elle doit si bien connaître le site qu'elle n'a pas besoin de points de comparaison.

Enfin, elle fait un mouvement en avant et murmure, comme au sortir d'un songe :

— Vous avez un très beau talent, monsieur... D'abord, ceci est d'une reproduction rigoureuse ; ensuite, vous avez bien su rendre l'intensive mélancolie que dégagent ces ruines abandonnées... une sauvage poésie règne dans cette peinture et vos vieilles pierres parlent à l'âme.

Je l'écoute, profondément ému, troublé par son langage. Un des maîtres des Beaux-Arts aurait employé de telles expressions ; il y aurait peut-être mis plus de critiques en même temps que plus d'emphase, plus d'enthousiasme, alors que Marie-Claire parle d'une voix simple, convaincue, comme s'il était naturel qu'elle exprime de tels sentiments ou, plutôt, comme si elle les partageait avec moi.

Catherine Le Coz m'avait dit que Marie-Claire avait une certaine instruction ; néanmoins, j'admire, en mon for intérieur, la nature qui distribue l'intelligence et les dons impartialement entre tous les individus. Cette villageoise a une âme d'artiste et, sous le rapport de la compréhension, je m'aperçois que le destin l'a faite mon égale.

Cependant, la jeune fille s'était rapprochée de la toile, au point de pouvoir la toucher. Et voici que sa main se dressait vers le haut, là où la frondaison des sapins formait un écran sombre au-dessus du donjon.

Et toujours de sa même voix lente qui semblait lointaine, elle observa :

— Ici, il faudrait peut-être une grande tache de lumière... de ce bleu du ciel, irradié de soleil, que donnent les nues par beau temps, vers la onzième heure du matin... Ce rayonnement de clarté ferait vivre tout ce coin-là.

Impérieusement, pour me rendre compte, mon regard fouillait vers le fond de la lande le décor qu'elle évoquait.

— Il n'y a pas de percée par là, cependant... Voyez vous-même : le paysage est totalement fermé par la cime des sapins.

— Je sais, répondit-elle sans avoir besoin de suivre

la direction que mon bras désigne... Il n'y a plus de trouée, en effet... la nature, abandonnée à elle-même, s'est développée considérablement en largeur autant qu'en profondeur. Cependant, il y a quelques années, une tache de ciel éclairait la forêt de ce côté... et je vous assure que tout était d'autant plus vivant à l'entour.

Je reste saisi, sa remarque m'ouvre des horizons... plus que je ne prévoyais, tantôt !

Et c'est à mon tour de rester grave, de réfléchir en soupesant bien ma suggestion.

— Il me faudrait alors remanier toute cette ramure, ai-je murmuré, un peu hostile à tout changement.

— Oh ! si peu !... insiste-t-elle. Les arbres sombres, sur transparence claire, ne s'en détacheront que plus noirs encore.

« Mais il ne faudrait faire cette tache éblouissante qu'au milieu du jour, avant d'aller déjeuner, continue-t-elle. Vous choisiriez comme ciel l'azur qui règne là-bas au coin du bois, entre les deux derniers arbres... Cette clarté doit être bonne !... Et vous reviendriez, le soir, juger sous un autre éclairage le résultat de votre retouche... Normalement, à cette heure, toutes les couleurs devront s'harmoniser, concorder, se fondre en une seule masse symétrique, chaque ton sympathisant avec son voisin, pour le charme des yeux. »

Je ne réponds pas, tant je suis saisi par ces observations et les termes qu'elle emploie. Elle me déconcerte totalement, cette fillette qui marque une telle compréhension de l'œuvre de la nature et dont les sensations rutilent magiquement comme une palette savamment graduée ! Quel admirable don d'artiste est en elle ! J'en suis éberlué...

Mes impressions d'ancien élève des Beaux-Arts, qui a étudié de longues années avant de pouvoir définir logiquement ce qu'elle exprime instinctivement, avec simplicité, en sont quelque peu mortifiées.

Néanmoins, je ne refuse pas d'admettre qu'elle a raison et que ses remarques sont de bon aloi.

Mais, comme j'ai gardé le silence pour mieux soupeser toutes ces considérations, elle tourne la tête vers moi.

Devine-t-elle le trouble qu'elle a mis en mon âme ? Avant que j'aie eu le temps de lui exprimer une approbation, plus ou moins franche, elle s'excuse de son audace, et je vois son visage quitter son air illuminé pour redescendre sur terre et revêtir une expression confuse.

— Je parle, je parle ! se disculpe-t-elle. Je vous demande pardon d'avoir osé vous donner un conseil. Je dis ce que j'aimerais voir... et, probablement, c'est une sottise que j'exprime ! N'en tenez pas compte, monsieur, votre tableau est superbe ! Il est la fidèle copie de ce qui existe actuellement ; n'est-ce pas, avant tout, cette ressemblance que doit rechercher un peintre de talent ? Rendre ce qu'il voit !

Ah ! permettez ! Dans un peintre, il y a l'artiste. A celui-ci d'interpréter et de traduire ! Cette tache de clarté que vous prônez instinctivement doit, en vérité, donner une meilleure composition, puisqu'elle éclaircit toute cette ombre.

— Elle n'existait autrefois, répète-t-elle doucement, comme si elle voulait se faire pardonner son audace. Je n'ai aucun mérite à vous la signaler.

De nouveau, le petit visage sérieux se tourne vers les grands sapins noirs et reprend sa mine songeuse, comme si l'orpheline revoyait tout un monde absent, tout un passé disparu...

— Demain, je viendrai faire cette retouche, décidai-je brusquement. Je crois... oui, sincèrement, je crois que vous avez raison !

Je suis presque fier d'avoir eu le courage d'avouer que son conseil est bon !

Mais, changeant de voix et, tout à coup, moins grave, plus communicatif, je demande :

— Alors, à part ce détail, il est bien, mon tableau ?

— Magnifique.

— Il vous plaît ?

— Je crois bien. C'est un joli morceau !

— Je suis content, car je l'ai fait avec amour. Ces ruines me charmaient... elle me disaient quelque chose.

— Oui, elles parlent aux cœurs. Un véritable artiste comme vous devait en sentir la sauvage beauté.

— Et puis, dis-je avec un clignement d'œil taquin, il est entendu que le génie des ruines m'a accordé sa protection.

Cette raillerie à propos des croyances populaires, dont elle refuse de nier le côté imaginatif, ne la démonte pas.

— Un bon génie, en effet, a protégé votre travail, réplique-t-elle simplement.

— Oh ! mademoiselle Marie-Claire, vous ne voulez pas dire qu'il est pour quelque chose dans le résultat de mon tableau ?

— Pourquoi pas ? L'émotion rendue est peut-être son œuvre : il vous l'a fait ressentir, en tout cas ! Ne niez rien ! Sait-on jamais ?

Je hausse les épaules. Je ris ! J'accepte tout ce qu'elle veut ! En cette minute, je suis content. Ma tâche est finie, mon tableau est réussi ! J'ai vu l'émotion que Marie-Claire a éprouvée en le regardant ; en faut-il plus pour faire trouver la vie belle ?

Avant de nous séparer, j'ai demandé à la jeune fille de revenir demain.

— Venez voir, l'après-midi, l'effet donné par la tache de clarté que vous me conseillez. Je compte sur votre visite, mademoiselle Marie-Claire, il faut que vous soyez présente quand je mettrai ma signature.

— C'est entendu !

Une bonne poignée de main a scellé cette promesse. Cette fois, toute mésentente a disparu entre nous.

En vérité, la jeune provinciale s'est montrée si compréhensive à mon art qu'elle a grandi subitement de cent coudées dans mon imagination. Maintenant, je pense à elle comme à un camarade, à un bon copain capable d'apprécier un effort de travail.

O sensations puissantes du véritable artiste qui a créé quelque chose, joies profondes de la réussite, toute mon âme heureuse vous exaltait en un chant joyeux, jeté librement dans la campagne endormie, pendant que, seul, je redescendais allégrement vers le village.

*
* *

Ce matin, j'ai donc mis, en peinture, un peu de ciel bleu au-dessus des arbres qui dominent le donjon. Indiscutablement, cette clarté met une note lumineuse dans tout ce sombre ! J'ai hâte de savoir quelle sera tantôt ma nouvelle impression quand je retrouverai ma toile, après quelques heures passées loin d'elle. « C'est par trop de recherche que l'artiste se perd... » J'espère bien ne pas constater la vérité de ce dicton.

*
* *

Rien ne peut rendre le désespoir qui m'a saisi quand j'ai revu mon tableau cet après-midi : de quoi devenir fou !

Telles furent, en effet, mes premières sensations devant l'effarante transformation que mon persécuteur lui avait fait subir.

Car il est revenu, cet anonyme qui use avec moi de tant de sans-gêne ! Et, cette fois, il a dépassé toute mesure !

Quand je pense à cette minute-là où j'ai constaté ses surcharges, je sens encore mon sang frémir dans mes veines !

Mais je dois essayer de raconter les choses avec calme...

D'abord, j'ai déjeuné ; puis, ensuite, lentement, en fumant une cigarette, j'ai regagné la lande où mon tableau se dressait sur son chevalet comme je le quitte chaque jour, durant mon absence du midi.

Donc, tout mon attirail était en place, rien ne paraissait avoir été dérangé... Je me souviens même qu'avant de partir, le matin, j'avais rangé mes pinceaux dans leur boîte, après les avoir bien nettoyés... Ils sont dans le même état.

Tout, d'ailleurs, sauf mon tableau !

Et, cette fois, il y avait de quoi perdre la tête !

Qu'on en juge : là, au-dessus des ruines, une main sacrilège — cette main inconnue qui s'acharne après moi ! — n'avait pas craint d'ajouter la silhouette d'un château... Oui ! un grand château du Moyen Age, avec ses tourelles à clochetons et ses hauts toits d'ardoises !... un château, en vérité, qui n'était qu'une grande construction translucide... qu'une silhouette à peine esquissée... Un grand fantôme de château chimérique, aux murs transparents, libérés de la matière... tel un spectre impondérable... ou un ectoplasme aux contours nuageux et imprécis... Enfin, une fantasmagorie diaphane, à travers laquelle la forêt apparaissait avec sa gamme de verts aux tons multiples.

Et devant cette addition qu'un odieux personnage avait osé m'infliger, des larmes de désespoir me montèrent aux yeux ; je ne sus que gémir et me lamenter !

— C'est abominable ! tout est gâché ! Mon travail est perdu !... Oh ! comme je suis malheureux ! Jamais, je n'aurai le courage de recommencer !... Et, d'ailleurs, une autre fois, serais-je sûr de réussir aussi bien ? Il y a de quoi devenir fou !

Pendant quelques instants, en vérité, je crus que j'allais perdre la tête, et je ne sais plus à quelles extravagances le désespoir me poussait.

La colère aussi me dominait et, si mon mystificateur s'était trouvé devant moi, je crois qu'il aurait passé un mauvais quart d'heure.

— Ce lâche ! ce misérable, qui m'attaque derrière le dos ! Qu'est-ce que je lui ai fait ? Mais qu'il vienne donc un peu s'expliquer et on verra s'il trouvera mon « merci » à son goût !

Bref, j'avais perdu tout sang-froid et je ne maîtrisais plus ma fureur.

Ce fut la voix de Marie-Claire qui me rendit à la raison.

— Eh bien ! monsieur Marc, qu'est-ce qu'il y a ? Vous parlez tout seul et je vous vois gesticuler, depuis mon arrivée sur la lande, comme si vous vous battiez avec un invisible adversaire.

— Regardez, mademoiselle ! lui dis-je sourdement.

D'un bras frémissant, je lui montrai la surcharge de ma toile.

D'un bond, elle m'avait rejoint.

— Vous voyez, mon tableau est fichu !... Tout mon travail est perdu ! Je n'ai plus qu'à recommencer !

— Comment, perdu ? fit-elle en s'inquiétant.

Ses yeux anxieux interrogeaient les miens.

— Voulez-vous dire que la tache de soleil que je vous ai conseillée hier...

Mais je l'interrompis :

— Il s'agit bien de cette trouée de lumière. Vous ne voyez donc pas ? Mais regardez !... cette maudite juxtaposition ?

Mon doigt vengeur désignait le malencontreux château esquissé au-dessus des ruines.

— Ah ! Il ne manque pas d'audace, le peintre de malheur qui m'a joué ce mauvais tour !... Si je le tenais, je vous assure qu'il prendrait quelque chose ! Sale type ! sale crétin !

La jeune fille ne répondit pas. Le front grave, les lèvres serrées, elle s'était mise à examiner la catastrophe.

— Eh bien ! qu'est-ce que vous en pensez ? Vous ne dites rien, mademoiselle... Vous ne voyez pas que c'est irréparable ?

Elle leva les yeux vers moi, s'inquiéta une seconde de ma physionomie bouleversée ; puis, toujours en silence, se remit à l'examen du tableau.

Son calme me faisait enrager ! J'aurais voulu l'entendre partager mon indignation.

Je ne pus m'empêcher de le lui dire un peu vertement, car ma patience était incapable d'attendre plus longtemps qu'elle exprimât une impression.

Alors, timidement, elle leva la main vers mon paysage et son index hésitant désigna le château fantomatique qui déshonorait mon ouvrage.

— C'est... ce château qui vous déplaît ?

— Il me semble !

— Ah !

— Vous ne trouvez pas que c'est une abomination ?

Elle hésita :

— Je... je ne sais pas !... Je ne m'y connais pas.

— Enfin, vous ne voyez pas que c'est affreux ?

— Si vous le dites...

— Comment ! Vous ne vous en rendez pas compte ?

Elle eut un geste vague. La violence de mes questions ne lui permettant pas, probablement, d'exprimer ses vraies impressions.

Devant son hésitation, je me rendis compte de mon emportement et, plus doucement, je reposai ma question :

— Voyons, mademoiselle Marie-Claire, dites-moi sincèrement ce que vous pensez de cette addition ?

— C'est que je n'ose pas ! avoua-t-elle en souriant. Vous avez l'air tellement fâché.

— Oui, je m'emporte, je m'emporte ! Tout de même, vous devez comprendre combien je suis malheureux de voir mon ouvrage gâché.

— C'est que je ne trouve pas qu'il le soit autant que vous le dites, observa-t-elle doucement.

— Comment ? Vous... ? fis-je, suffoqué.

— Dame... ces ruines... ce... vieux château qui semble apparaître à son ancien emplacement... ce donjon ressuscité dont les hautes murailles se confondent avec l'image réelle...

— Eh bien ?

— ... Je trouve cela très beau, moi !...

— Très beau ?

— Oui, c'est poignant !... C'est vague, mais c'est splendide ! Il y a du rêve qui se mêle à la réalité. Je ne sais pas comment dire... ni expliquer ce que je ressens. C'est magnifique, parce que ça émeut... jusqu'aux larmes ! C'est une évocation ou une résurrection !... Ce doit être le château tel qu'il était jadis... le passé vivant apparaissant, comme dans le *Rêve* de Detaille, au-dessus du présent endormi... l'âme des vieilles pierres s'éveillant... ou se matérialisant !... Le génie des ruines prenant corps et légitimant toutes les légendes... Moi, je... je...

Elle s'arrêta. Des larmes, soudain, jaillissaient de ses yeux.

— Oh ! C'est splendide et terrible à la fois ! Je ne croyais pas qu'une image pût dire tant de choses et contenir tant d'émotion !...

Je l'avais laissé dire, révolté d'abord par son appréciation inattendue ; puis, bientôt, troublé par les impressions qu'elle révélait et qui, au fur et à mesure qu'elle les exprimait, semblaient jaillir de mon tableau.

C'est qu'elle n'avait pas tort. C'était inimaginable ! Il se dégageait maintenant de ma toile quelque fluide mystique qui troublait l'âme en son tréfonds... Ce château immatériel qui n'enlevait rien au paysage, puisqu'il ne voilait aucun détail, était devenu profondément émouvant... Il éveillait des sentiments multiples, il parlait au cœur ; il faisait naître des émois insoupçonnés... Dans ma première surprise, je ne m'étais pas rendu compte de cet état d'âme qu'il créait ; mais à présent, comme si Marie-Claire m'avait retiré des yeux la taie qui me cachait la vérité, je voyais toute la beauté mystique de cette construction spectrale, et je constatais le trouble particulier qu'elle jetait en mon moi subconscient.

Si bien qu'à force de regarder mon paysage ainsi transformé, je sentais ma gorge se serrer sous une émotion profonde, assez nouvelle.

Sans que je l'aie voulu et sans que ma volonté pût intervenir à temps, sous l'effet de ce sentiment nouveau, inexplicable, mes lèvres laissèrent passer, comme celles de ma compagne, ces paroles inattendues :

— Oui, c'est très beau !... C'est effarant, mais c'est merveilleux !... prodigieux !

Et cette conclusion stupéfiante, après ma colère de tout à l'heure, me laissa tout désarçonné.

A plusieurs reprises, je passai ma main sur mon front, pour y ramener ce que je nommais des pensées plus saines : car était-ce bien moi, véritablement, qui trouvais de la beauté à cette surcharge ? Moi qui m'émouvais au point de la trouver « merveilleuse » ? C'était à croire qu'un hypnotisme inattendu bouleversait toutes mes idées !

Quelques minutes passèrent de complet silence, pendant lequel je m'efforçai de reprendre mon équilibre normal ; puis, je vis Marie-Claire s'essuyer les yeux, et je l'entendis s'excuser, d'une voix un peu gênée, de son émotion.

— C'est bête comme tout de pleurer devant un tableau, mais j'aime tellement les ruines que, de les voir sous cet aspect... cette apothéose... m'a véritablement bouleversée.

— Oh ! ne vous en défendez pas, mademoiselle. L'art possède des beautés qui nous émeuvent autant que le pourrait faire une joie profonde ou un chagrin intime. Moi-même, je l'avoue...

Comme je ne précisais pas mieux ma pensée, tellement gêné d'avoir montré si ouvertement mon trouble, elle observa :

— C'est heureux que l'idée d'ajouter au site ce château extraordinaire vous soit venue. Vous pouvez vous vanter d'avoir réussi un effet d'art miraculeux !

— Mais ce n'est pas moi qui ai fait cela ! protestai-je, un peu embarrassé, mais trop loyal pour accepter un compliment que je ne méritais pas.

— Vous l'avez souhaité ou imaginé, et votre main, machinalement, a obéi...

— Du tout !... C'est encore mon mystificateur inconnu qui m'a joué ce mauvais tour.

— Vous dites « mauvais tour » ?

— Indiscutablement.

— Alors, vous allez effacer ?

Je haussai les épaules.

— Est-ce que je le puis sans nuire au reste ? Si mon tableau avait été sec, un peu d'essence aurait suffi. Mais avec cette peinture fraîche qui se mêle à la mienne, il faudrait tout gratter et recommencer.

— Tant mieux ! fit-elle délibérément. Comme ça, vous ne pourrez détruire cette vision de l'ancien castel...

— Oui, mais cette image symbolique est tout à fait *pompier*... c'était bon au temps du romantisme...

— C'est tout de même plus beau que le style cubiste ou l'art décoratif, avec ses lignes floues qui sont à la mode.

— Question de goût.

— Je préfère votre toile, puisqu'elle émeut l'âme et fait naître des tas de sensations.

— Mais que voulez-vous que j'en fasse, à présent ? J'avais rêvé de la présenter au Salon d'Automne.

— Qui vous en empêche, maintenant ? Tout est permis à l'artiste, quand il crée la beauté !... Tout à l'heure, vous avez admis que c'était merveilleux !

— En effet ; mais j'ai parlé ainsi parce que j'étais sous l'effet d'une émotion... comme sous un charme.

— Les visiteurs du Salon peuvent aussi ressentir le même émoi.

— Oui... oui... évidemment ! Mais de quel titre désignerai-je ce tableau désormais ?... *Mirage ?... Fantôme ?*

— Comment comptiez-vous le nommer ?

— *Les Ruines de Kéridec.*

— C'est trop sec pour une telle évocation, et puis, les ruines passent au second plan.

— Hélas !

— Nommez votre toile *Le Génie des Ruines...* ce sera tout à fait ça.

— Hum ! je ne vois pas...

— Oh ! si. Rendez-vous compte... Les vieux murs ont une âme, ils vivent par leur passé... par ce qu'ils ont vu autant que par ce qu'ils évoquent. En vérité, c'est le spectre du château, aussi bien que celui de ses anciens habitants, qui rôde sur la lande. Et puisque vous n'admettez pas que les morts puissent revenir troubler les vivants, ne pouvez-vous admettre, du moins, que ces pierres évoquent quelque chose et que, dans leur ambiance, le souvenir persiste de leurs anciennes splendeurs ?... C'est peut-être même là ce malaise indéfini qu'elles causent aux visiteurs capables de les comprendre... *Le Génie des Ruines,* il dit tout, ce titre-là !

Une fois encore, j'étais émerveillé des suggestions de ma jeune compagne. Cette enfant des champs disait des choses et ressentait des émotions véritablement au-dessus de son âge et de sa condition !

— Vous avez raison une fois de plus, mademoiselle Marie-Claire, convins-je en effet. Vous serez la marraine de ma toile. En souvenir de vous, je la désignerai sous le titre que vous proposez : *Le Génie des Ruines.* Puisse l'âme des vieilles pierres, que vous invoquez avec tant de conviction, protéger mon œuvre et la conduire au succès !

— Oh ! oui, approuva-t-elle. Ce serait justice que

vous obteniez le premier prix car c'est du beau travail... Voyez-vous, moi, si j'étais riche, je vous achèterais votre tableau... Je le trouve magnifique !

— Alors, fis-je, flatté de cette naïve admiration, si vous, vous voulez me faire un grand plaisir, moi, de mon côté, je vous promets de tirer de cette toile une petite reproduction que je vous offrirai... et pour que cette copie ait un peu de valeur, je vous jure qu'elle sera la seule que je ferai jamais de ce tableau.

— Oh ! chic ! fit-elle joyeusement. C'est une bonne idée... Je ne demande pas mieux que de posséder cette reproduction-là... Mais, ajouta-t-elle avec un peu de réserve inquiète, vous avez parlé de quelque chose que je devais faire pour vous, en échange ?

— Oui... me servir de modèle.

Un déplaisir couvrit ses traits charmants.

— Vous voulez faire mon portrait ! s'exclama-t-elle avec un léger recul de défiance.

— Pas précisément... laissez-moi vous expliquer. Ce tableau est fini et je vais en commencer un autre... Jusqu'ici, je n'étais pas très fixé sur le sujet de ce prochain travail ; mais tout à l'heure, pendant que vous parliez, j'ai admiré l'expression extatique de votre visage... une vraie figure de madone ! Enfin, votre candeur, cette gravité convaincante qui n'appartient qu'à vous... tout, depuis votre sourire jusqu'à vos grands yeux rêveurs, me donne le désir d'essayer de vous reproduire.

— C'est bien ce que je disais : vous voulez faire mon portrait ! répéta-t-elle, réticente.

— Pas du tout ! Je désire faire un tableau qui soit un pendant à cette première toile... Son titre serait :

L'Enfant des Ruines ! Et pour peu que je sois assez habile à saisir votre expression, ma toile ne sera pas un navet à côté de l'autre, je l'espère bien.

Elle ne répondit pas tout de suite. Son petit visage enfantin s'était tourné vers le donjon et elle examinait en silence l'idée que je venais d'émettre.

— *L'Enfant des Ruines ?* murmura-t-elle au bout d'un instant. Ce serait joli !... Tout de même, fit-elle plus haut, il ne faudrait pas que cette seconde toile soit une répétition de la première... les ruines ont divers aspects, il faudrait en trouver un qui soit totalement différent du précédent.

— Nous le chercherons ensemble, si vous voulez.

— Soit ! fit-elle, se décidant. Cela m'amuse de vous aider un peu... Oh ! se reprit-elle avec confusion, je sais bien que je suis incapable de vous apporter la moindre assistance ; mais ce sera intéressant de vous regarder travailler !

— Eh bien ! c'est entendu ! Demain, je viendrai avec une toile neuve et nous déciderons ensemble du meilleur point de vue à choisir.

— Demain ?... C'est que je ne pourrai pas venir le matin.

— Pourvu que je vous trouve ici, après déjeuner...

— Oh ! oui ! L'après-midi, j'ai tout mon temps ! J'apporterai mon tricot.

— Parfait ! L'Enfant des Ruines sera une tricoteuse, jambes nues, en sabots de bois, avec un chien couché à ses pieds. Ça vous va ?

— C'est très bien jusqu'ici.

— Gardez cette même robe claire... votre coquetterie ne nuira pas à l'ensemble, puisqu'elle vous est habituelle.

— A moins que vous ne préfériez me voir revêtue de la robe effilochée de Mignon... avec mes deux longues nattes et le petit bonnet des fillettes d'ici ?

— C'est une idée ; je crois que ce serait encore mieux !

Au fur et à mesure que nous échangions ces projets, je croyais voir mon futur tableau se dessiner, prendre corps, et l'enthousiasme me soulevait. Maintenant que j'avais associé à ma tâche l'image de la jeune Bretonne, il m'aurait été pénible de devoir y renoncer.

— Vous verrez, petite mademoiselle, ce sera magnifique ! Et pour vous remercier de votre peine, en plus de la petite reproduction que je vous ai promise, je vous offrirai encore un joli colifichet... ce que vous voudrez, à votre choix !

A cette offre si spontanée, il me parut voir une lueur railleuse illuminer les grands yeux sombres qui me fixaient.

Mais, en souriant, Marie-Claire observa simplement :

— Voilà qui est bien parisien ! A Paris, on prend les filles par la coquetterie, je crois ?

— Mon Dieu, en Bretagne aussi, il me semble ! Ainsi, vous ?...

— Moi ?

— Eh bien ! vous êtes toujours délicieusement parée : des bas de soie, un tablier de dentelle, des ongles roses !... Sapristi ! Oseriez-vous dire que la Bretonne ne rêve pas de futilités comme les autres ?

Un nuage passa sur le front enfantin et, un peu brusquement, Marie-Claire observa :

— Cependant, toutes les jeunes filles d'ici, je vous

l'affirme, pensent davantage à bien faire leur tâche journalière qu'aux atours qu'elles mettront le dimanche.

— Peut-être les autres... Mais vous, jolie mademoiselle ? Je suis sûr que vous ne songez qu'à étrenner une nouvelle robe.

De nouveau, les grands yeux se sont durcis. Malheureusement, comme je suis lancé, je n'y prends pas garde. Un gars de mon âge se croit beaucoup de choses permises vis-à-vis d'une demoiselle qui porte des toilettes trop recherchées pour son humble condition. D'ailleurs, je suis si content du programme qui la lie à moi, pour mon futur tableau, que je deviens très familier.

— Savez-vous, petite amie, que, depuis notre première rencontre, j'ai beaucoup pensé à vous ?...

Mais je ne poursuis pas plus longtemps cet entreprenant discours !

Elle s'est levée, un peu pâle et plus raidie que jamais.

Sa lèvre est ironique quand elle me jette, comme elle le ferait d'un os à un chien, un brusque adieu :

— Bonsoir, monsieur ! L'heure du dîner approche et ma tante m'attend...

Sans se soucier de mon air penaud, je la vois s'éloigner tranquillement, après avoir sifflé son chien... Elle n'a même pas eu un mot de colère contre moi ! Pour elle, il semble que je n'existe pas, moi et mes galanteries intempestives.

Désarçonné par sa rapide décision, je reste planté, debout à la même place, la regardant partir si fièrement.

— Ah bah ! Elle n'accepte même pas un compliment, la belle demoiselle ! Alors, pour quoi ou pour qui soigne-t-elle tant sa toilette ?

Son dédain m'a cinglé ; mais je vois la fine silhouette s'éloigner et se rapetisser de son même pas mesuré qui semble n'avoir rien à craindre de personne — son chien la protège, naturellement ! Je reconnais que si ses atours sont un peu trop recherchés pour la nièce d'une modeste paysanne, son attitude et son maintien, en revanche, ont toujours été impeccables.

Elle est même très réservée, cette jeune fille qui parle si bien.

Je me souviens aussi, soudainement, que dame Catherine m'a dit que la fillette était irréprochable et d'une conduite qui ne laissait rien à désirer.

Alors, qu'est-ce qui m'a pris ?

Je me traite d'idiot, de triple sot, de malappris. Quel besoin ai-je eu de parler pareillement à cette petite ?... Et si, demain, elle n'allait pas revenir ? Je n'aurais, en tout cas, que ce que je mérite !

Un peu triste maintenant, je plie mon chevalet et je le cache avec ma boîte à l'endroit habituel. Puis, mon tableau à la main, je reprends la route du village.

Je marche moins allégrement ; une brume est tombée en moi, sans véritable raison, car mon crime n'est pas très grand d'avoir fait à Marie-Claire quelques remarques galantes sur son élégance... Généralement, les femmes aiment que les hommes admirent leurs toilettes. D'ailleurs, la jeune fille ne s'est pas fâchée et elle n'a pas relevé mon observation. Oui, mais elle est partie... et elle ne m'a pas dit : « A demain ! » comme il aurait été naturel.

La marche ne dissipe pas mon malaise.

Il y a d'ailleurs de l'électricité dans l'air, et l'orage n'est pas loin. Le ciel est sombre, les oiseaux volent bas, en piaillant à qui mieux mieux ; au fond de l'horizon, on voit accourir d'épais nuages qui ne demandent qu'à se déverser sur la campagne alourdie.

J'ai juste le temps de rentrer chez moi, et j'allonge si bien le pas que les premières gouttes d'eau ne commencent à tomber qu'au moment où j'atteins mon auberge.

*
* *

Catherine Le Coz ne possède pas l'observation fine de Marie-Claire. Ma bonne hôtesse a admiré ma peinture, évidemment ; mais elle m'a parlé du peintre en bâtiment qui tient une boutique à Ploudalmézeau. Il paraît qu'il fait des paysages admirables !

Brave femme ! Sa naïve remarque a tempéré mon enthousiasme, que l'admiration de la petite Bretonne avait si bien exalté.

Je me dis, à présent, que ma toile n'est ni un chef-d'œuvre, ni une croûte ; c'est simplement un bon travail où j'ai mis assez d'émotion, puisque, tantôt, Marie-Claire a pleuré.

Mais qu'est-ce que je dis ?

J'ai réussi à mettre de l'émotion ?... Paroles présomptueuses !... Est-ce mon travail personnel qui a ému la jeune fille, ou ne serait-ce pas le grand château immatériel qu'un inconnu a ajouté au décor ?

Question troublante qui met complètement à plat mon amour-propre !

Dans ma chambre, tout songeur, j'ai examiné à nouveau mon paysage... La surcharge est très fine, très délicate... comme si elle s'était glissée entre les feuilles des arbres. Cette construction irréelle est indiscutablement réussie, bien que sa pâte translucide en marque à peine les contours... Oui, parbleu ! toute l'émotion du tableau provient de cette évocation, et mes coups de pinceau n'y sont pour rien !...

Tout à coup, une idée coupe mon examen. Lâchant là mon tableau, je consulte la liste des tubes que Carmindo, mon marchand de couleurs, m'a établie avant mon départ de Paris...

C'est bien ce que je pensais : je n'ai jamais acheté de « cristal ». Je ne m'en sers pas et il n'y en avait certainement pas dans la boîte que j'ai laissée là-haut, pendant le déjeuner. Cependant, l'artiste inconnu s'en est servi pour surcharger mon tableau...

Il possédait donc, à sa portée, une boîte de couleurs ?

Cette supposition enfièvre mon cerveau, et j'ai hâte d'être à demain pour pouvoir examiner mes brosses, que j'avais si bien nettoyées ce matin. Peut-être a-t-il aussi usé de ses propres pinceaux ?...

*
* *

Catherine Le Coz a une boîte de cartes postales de la région, qu'elle tient à la disposition de ses clients, moyennant quelque rétribution. Parmi ces cartes, quelques-unes sont très anciennes et datent d'avant la guerre. Jaunies par le temps, salies même, elles n'ont jamais trouvé preneur, mais l'aubergiste les a gardées.

J'ai cherché dans ce fond de boîte s'il ne contenait pas encore des vues de l'ancien château de Kéridec.

J'en ai trouvé trois, que je me suis empressé d'acquérir ; et maintenant, heureux de ma trouvaille, je rapproche ces cartes postales de la silhouette énigmatique.

Deux d'entre elles sont identiques ! L'inconnu, pour parfaire son œuvre, a donc pu se servir d'une ancienne photographie : ce sont bien les mêmes bâtiments, les mêmes toits, les mêmes clochetons qu'il a profilés. Mieux, même, il est entré dans certains détails qui sont scrupuleusement exacts... trop exacts, en vérité, car il lui était difficile de les produire de mémoire.

Ceci n'implique pas que mon mystificateur habite le Voulch, et pas davantage qu'il soit étranger.

Il peut aussi bien connaître à fond la région, se souvenir de l'ancien château ou s'être servi d'une carte pareille à celles que je viens d'acheter à Catherine.

J'ai interrogé cette dernière, elle ne se souvient pas d'avoir vendu une vue du château depuis de longues années. Il faudra que je me renseigne au bourg.

J'essaye de limiter mes recherches et je n'y parviens que très difficilement. Néanmoins, j'ai l'impression d'avoir percé un peu la personnalité de cet être merveilleux.

Cet homme, qui use de tubes de couleurs que je ne possède pas, ne doit pas habiter très loin des ruines, puisque, en l'espace de deux heures, il a pu se procurer les documents voulus pour surcharger avec exactitude mon paysage... ou, alors, il faudrait admettre qu'il préméditait son acte et qu'il avait pris ses précautions... Dans ce cas, il lui aurait fallu aussi me guetter pour s'assurer que j'avais fini de peindre...

Il est évident que toutes ces déductions sont extrêmement ténues et laissent beaucoup de marge à toutes les possibilités. Une chose me semble étrange : c'est que, au village, on n'ait jamais su qu'un peintre existait dans la région ; et également que Marie-Claire, qui fréquente journellement les ruines, ne l'ait jamais rencontré. Il est vrai que, jusqu'ici, cet étranger ne vient qu'en mon absence, quand je vais déjeuner, et que la jeune paysanne est elle-même allée prendre son repas...

Voilà réellement, un monsieur qui prend beaucoup de précautions pour accomplir une bien petite chose ! La joie qu'il éprouve à me mystifier compense-t-elle tant de circonspection ?

*
* *

Je n'ai pas mis Catherine Le Coz au courant de la surcharge de mon tableau.

Si je l'avais fait, tout le village l'aurait su et se serait gaussé de moi. Les gens d'ici, naturellement, auraient incriminé les ruines et leur mauvaise réputation. Je crois entendre mon hôtesse déclarer, avec un trémolo dans la voix :

— Je vous ai prévenu, mon bon monsieur ! Ces ruines sont hantées ; un mauvais esprit les habite. N'y retournez plus, il va vous arriver malheur.

Marie-Claire, bien que moins affirmative que

Catherine, ne suspecte-t-elle pas aussi les lieux ? Elle trouve sacrilège que je raille l'esprit des ruines !

C'est curieux que la vieille débitante, aux préjugés archaïques, se rencontre sur ce point avec la jeune et moderne paysanne qu'est la nièce de Mariannick. L'une et l'autre chercheraient à troubler mon bon sens qu'elles n'agiraient pas autrement.

*
* *

Il pleut, et cette petite pluie fine, qui tombe sans discontinuer depuis hier, jette une note mélancolique sur la campagne. Je n'ai pu quitter mon auberge et je rôde dans la maison comme une âme en peine.

Brrr ! Elles ne sont pas gaies, les plaines de Bretagne, quand il pleut !

*
* *

Ce matin, malgré la pluie, je suis allé voir le curé du Voulch, puis le maire du pays. Ni l'un ni l'autre n'ont pu me fournir de renseignements.

Au prêtre, j'ai dit la vérité et raconté les mystifications dont j'ai été l'objet. Lui, au moins, ne croit pas au surnaturel :

— Cette histoire est troublante... On se joue de vous, c'est évident ! Je crois qu'un jour ou l'autre vous finirez par découvrir le pot aux roses...

Le maire m'a tenu un autre langage :

— Je ne connais aucun artiste peintre dans la région, et je crois qu'il n'en existe pas... même assez loin d'ici. Dans tous les cas, je tiens à vous prévenir qu'aucun d'eux n'aurait choisi le site où vous vous complaisez. C'est un lieu dangereux que hantent de mauvais esprits. Par deux fois, des hommes du village, traversant la lande la nuit, s'y sont cassé une jambe sans qu'on comprenne comment l'accident leur était arrivé.

— Ils étaient ivres, peut-être, et, comme il y a des pierres...

— Heu ! c'est ce que prétendent les mauvaises langues ; mais les pauvres diables s'en sont toujours défendus ! Quoi qu'il en soit, moi, à votre place, je n'irais pas peindre dans ce coin-là.

J'ai remercié M. le maire de ses bons conseils, mais ce n'est pas la chute de ses deux administrés qui me fera croire aux revenants ! La moitié des hommes de la campagne s'enivrent dès qu'il y a une fête ! Quelque noctambule attardé aura voulu raccourcir sa route en traversant la lande, et, comme il y a des murs éboulés et que ses jambes n'étaient pas très solides, une rencontre malheureuse était inévitable... d'où l'accident qu'on impute aux esprits ! D'ailleurs, un peu de réflexion prouve qu'il fallait que les accidentés aient fait quelques libations pour oser traverser les ruines à une heure avancée.

De plein jour et à jeun, les paysans n'osent même pas s'y aventurer ! Encore plus, sont-ils trop crédules et trop froussards pour s'y rendre la nuit. Ce ne pouvait donc être qu'une idée d'ivrogne qui les conduisait par là ; comme j'ai eu l'honneur de le dire à M. le maire !

*
* *

L'épicier, qui est en même temps marchand de chaussures et débitant de tabac, ne possédait aucune carte postale ancienne. Il m'a dit qu'il y a des années que sa provision est épuisée et qu'il ne voit pas où je pourrais m'en procurer...

Ce n'est donc pas chez lui que mon mystificateur a pu trouver à se documenter.

Bref, partout où j'ai cherché quelques éclaircissements, je n'ai obtenu que des renseignements négatifs...

Ils sont stupides, avec leurs revenants ! Je n'ai jamais entendu dire qu'un fantôme ait fait la tâche d'un vivant. Jusqu'ici, ces êtres imaginaires se contentaient de remuer des chaînes et de promener leurs longs suaires blancs dans les endroits les plus incongrus. Encore ne le faisaient-ils que par les nuits sombres et dans des lieux temporairement inaccessibles.

Mais en plein jour... et dans la plaine !

Et puis, je déraisonne à mon tour ! Je ne vais pas me mettre à examiner les vraisemblances d'une pareille fable !

Et c'est ça qui me met en rogne, je ne trouve aucune explication raisonnable... aucun indice... je ne trouve rien !

*
* *

Enfin, un rayon de soleil va me permettre de grimper là-haut.

Il était temps ! Depuis deux jours que je suis enfermé et que, pour toute société, je n'ai que Catherine et ses bavardages, je commençais à avoir le cafard...

*
* *

Marie-Claire n'est pas venue, mais, après ces deux jours de pluie, elle pouvait se demander si je monterais dans la lande à la première éclaircie.

Justement, l'herbe est mouillée, la terre humide et le vent un peu frais ; je n'aurais pu travailler sérieusement aujourd'hui, surtout qu'il me faut chercher le site qui va servir de fond à mon nouveau tableau. Mais pour trouver celui-là, le sol n'est pas favorable aujourd'hui. Par endroits, il y a de grandes flaques de boue que le soleil n'a pas encore eu le temps de sécher, et je ne tiens pas à patauger là-dedans.

Mon attirail avait un peu souffert de la pluie ; j'ai dû vider ma boîte qui était remplie d'eau. Mes pinceaux et ma palette n'avaient pas servi depuis le nettoyage que je leur avais fait subir, j'ai pu m'en assurer, mais ceci ne m'a pas surpris, je m'y attendais : *l'autre* a employé ses tubes et ses accessoires personnels.

*
* *

Après la façon dont Marie-Claire m'avait quitté l'autre jour, je craignais fort que la jeune fille ne revînt pas, et j'étais décidé à aller à sa recherche une nouvelle fois, quitte à lui faire les plus plates comme les plus exagérées excuses.

Cependant, après déjeuner, je l'ai trouvée là-haut, assise sur une pierre, son chien à ses pieds ; elle tricotait activement en m'attendant.

Sa vue m'a fait plaisir.

Allons, elle n'a pas trop mauvais caractère, la

susceptible demoiselle !... A moins que tout ça ne soit que comédie et que, au fond, mes galanteries lui soient plus agréables qu'elle ne le laisse paraître.

Cependant, je dois reconnaître qu'elle était un peu silencieuse, aujourd'hui.

Selon ce qui avait été convenu l'autre jour, elle avait revêtu une robe très simple et natté ses cheveux en deux longues tresses. Ses pieds nus flottaient dans de grossiers sabots de bois, avec lesquels elle paraît avoir quelque difficulté à marcher.

Cette tenue uniformément bleue et un peu simplette la rajeunissait encore, lui donnant les apparences d'une sauvage fillette de la campagne.

Je l'ai félicitée de son accoutrement. Elle m'a répondu un peu froidement :

— Je tiens toujours ce que je promets... à vous de ne pas me le faire regretter !

Je n'ai pas relevé son allusion. Un moment, j'avais eu l'idée de m'en tirer par une raillerie un peu hardie : puis, craignant de lui voir plier bagage une nouvelle fois, j'ai préféré m'abstenir. Elle commence à m'impressionner désagréablement, cette gamine des champs, qui a l'ambition d'être traitée en demoiselle et qui exige tant de courtoisie de ma part. Si je n'avais pas un tel besoin d'elle comme modèle, avec quelle joie je lui servirais le langage que méritent ses illusoires prétentions ! Il me semble même que j'éprouverais un réel plaisir à détruire l'ordre savant de toute sa petite personne !... sa robe claire si impeccablement lavée, repassée, et ses deux nattes sombres tombant si sagement de chaque côté de son visage.

Oh ! oui, quelle joie de chiffonner tout ça et

d'abattre cette majestueuse sérénité dans laquelle elle s'enveloppe !

*
* *

Je lui ai dit :

— Mademoiselle Marie-Claire, que pensez-vous du site nouveau que j'ai choisi ?

— Il est très bien ! a-t-elle déclaré sans lever les yeux de dessus son tricot.

— Comment pouvez-vous savoir ? Vous ne l'avez pas regardé.

— En effet, mais je me rends compte... ce pan de mur, à droite, le donjon à gauche, avec ces ronces auprès de moi... c'est parfait !

— Vous auriez pu vous déranger et venir le voir de plus près.

— Non, car ceci dérangerait ma pose, et je voudrais bien que vous en ayez tracé le croquis auparavant.

— Eh ! mon Dieu ! vous la reprendriez ensuite, la pose !

— Ma jupe ne serait plus dans les mêmes plis, et vous avez eu bien du mal, tout à l'heure, à les harmoniser. Mieux vaut attendre avant que je ne bouge.

C'est vrai ! J'ai mis du temps à bien disposer sa jupe... mais la vérité m'oblige à dire que ses mollets blancs et ses petits petons roses me troublaient quelque peu, vus d'aussi près...

*
* *

Je n'en reviens pas de la facilité avec laquelle Marie-Claire a accepté de venir poser sur la lande.

Il ne me semble pas que ce soit par sympathie pour moi, puisqu'elle est toujours prête à se fâcher au moindre compliment que je lui décoche.

Hier soir encore, elle est partie très raide et un peu rapidement, parce que je lui ai dit qu'elle devait avoir beaucoup de succès auprès des garçons du village !

Il n'y avait réellement pas de quoi me lancer un regard aussi foudroyant que celui qu'elle m'a adressé.

Bref, cet après-midi, en la retrouvant à sa place habituelle et l'air plutôt guindé, j'ai préféré lui adresser tout de suite les excuses destinées à ramener le sourire sur ses lèvres.

— Je n'ai pas eu l'intention de vous blesser, hier soir, mademoiselle Marie-Claire. Les jeunes gens aiment à badiner quand ils sont avec une jeune fille. Personnellement, je tiens à vous assurer de mon respect le plus profond.

Elle a peut-être trouvé que j'exagérais, car elle tourna la tête vers moi pour m'examiner.

Un étonnement se lut sur son visage mobile, mais elle garda le silence, trop surprise peut-être pour trouver une réponse. Finalement, elle éclata de rire.

— Oh ! ce n'était pas la peine de prendre le soin de vous excuser... Je n'ai pas attaché d'importance à vos paroles. Vous n'êtes pas quelqu'un, je le regrette, monsieur, dont l'opinion puisse me chagriner.

— Ah ! vraiment ! fis-je, interloqué. Et pourquoi ?

— Parce que, pour la petite Marie-Claire, un monsieur qu'elle ne connaît pas et qui, sans qu'elle lui en ait fourni l'occasion, se croit permis de prendre un ton déplacé avec elle, ne compte pas du tout... Je ne tiens qu'à l'estime des gens comme il faut, croyez-le bien, monsieur ; les autres m'indiffèrent !

Le boulet, lancé en plein dans la poitrine, était envoyé d'une voix légère, chantante, pleine de charme railleur.

— On ne peut, avec plus de grâce, dire aux gens qu'ils sont de piètres sires, remarquai-je, un peu déconfit. Je viens de vous assurer de mon sincère respect, mademoiselle, vous auriez dû en tenir compte.

Elle était devenue grave.

— Mais c'est que je ne tiens pas du tout, monsieur, à tenir compte de vous... ni de vos paroles, ni de vos regrets, ni de quoi que ce soit qui se rapporte à vous.

— Vous êtes dure ! observai-je, démonté par son hostilité persistante, qu'elle semble exagérer à plaisir.

— Pas du tout, je suis franche ! A quoi bon, par politesse, essayer de nous leurrer mutuellement ?... Nous sommes étrangers l'un à l'autre, restons-le ; et par votre insistance, ne me faites pas regretter d'avoir consenti à poser devant vous. C'est pour l'art que je l'ai fait et surtout pour mes chères ruines, que je suis heureuse de voir revivre sous votre habile pinceau.

— Ce n'était pas par amour de l'art que vous avez dansé avec moi le jour du pardon.

— Ah ! oui. Je vous ai accordé la faveur d'une danse, et aussi celle d'accepter de vous un morceau de nougat... De grâce, ne me le reprochez pas ;

j'ignorais que vous en tireriez avantage et qu'il me faudrait me méfier de vous !

L'étrange fillette ! Elle débitait ses petites tirades d'un air calme et d'un ton réfrigérant dont je sentais toute l'ironie. On aurait dit, véritablement, qu'elle cherchait à être désagréable.

Mais quelque chose, en moi, se révoltait devant sa mauvaise foi. Est-ce que je lui avais jamais fourni l'occasion d'avoir à se méfier de moi ?

Elle en avait des mots cinglants ! Je n'étais pas homme à accepter une telle réputation sans protester... ma vanité masculine, d'ailleurs, éprouvait soudain le besoin de vaincre cette hostilité qu'on m'imposait. Et quand je repris la conversation, on devine quel ton exagérément courtois je me plus à employer :

— Je suis heureux, mademoiselle, que vous n'ayez pas oublié notre rencontre initiale. Justement, que vous le vouliez ou non, en acceptant la friandise que je vous ai offerte ce jour-là, vous m'avez donné droit à votre sourire.

— Oh ! à un pardon, c'était tout naturel ! Nos mœurs cordiales d'ici autorisent bien des petites licences entre filles et garçons.

— Mais le sourire que vous me refusez aujourd'hui, je l'ai eu ce jour-là.

— Ce qui veut dire ?

Une rougeur avait tout à coup envahi sa figure angélique, comme si le souvenir de sa bonne grâce passée lui était apparu dangereux.

— Je ne vous étais pas seulement étranger, alors, expliquai-je doucement. De vous à moi, il y a eu un lien de sympathie, à ce moment-là.

— Je ne vois pas où vous voulez en venir? balbutia-t-elle, prise de court.

— C'est une constatation que je fais... J'ai eu votre sourire... Vous m'avez aussi été favorable en m'accordant une danse... deux, même ! Ce qui tient à prouver que vous montriez quelque indulgence au monsieur inconnu que vous méprisez si fort aujourd'hui.

— Je ne vous méprise pas. Je désire simplement que nos relations n'aillent pas plus loin.

— Mais pourquoi, grand Dieu ?

— Oh !... Ne vous rappelez-vous pas ?... Me faut-il toujours rafraîchir votre mémoire ?

— Je vous en serais reconnaissant.

Une confusion empourpra à nouveau son visage enfantin.

— Je pense à notre rencontre devant le sanctuaire, expliqua-t-elle avec gêne. Ne vous souvenez-vous pas que le hasard s'est joué de nous, le jour du pèlerinage !... Oh ! n'en prenez pas ombrage, monsieur ; mais j'estime que le plus sage, pour déjouer le sort, c'est de nous considérer mutuellement comme si nous étions deux dangereux adversaires... deux pestiférés !

Une ombre a passé sur mon entrain. Cette enfant a peut-être raison en pensant qu'une sournoise menace plane sur nous. Cependant, il me semble que ce n'est pas en nous fuyant que nous conjurerons les dieux ligués contre nous, si tant est qu'ils nous soient désobligeants.

Je le lui dis.

— Je crois, au contraire, mademoiselle, qu'il faut empêcher notre imagination de faire des siennes...

L'absence et l'éloignement contribuent beaucoup à faire marcher les cerveaux. Tenez, cette dernière nuit, j'ai mal dormi en pensant que, peut-être, ma liberté de langage vous avait fait de la peine. Or, il m'a suffi de cinq minutes de conversation avec vous pour dissiper tout malentendu... Depuis quelques instants, je vois les nuages quitter votre joli front et le sourire refleurir sur vos lèvres.

— Parce que votre courtoisie a remis les choses au point.

— Eh bien ! je pense que, pour tout, il doit en être ainsi... Tenez, pour que l'incident de la Vierge Coquette ne nous écrase plus de sa menace, je vais tout de suite vous exposer quels sont mes projets d'avenir... Vous verrez qu'il n'y a place pour une jeune fille d'ici à aucune équivoque.

— Oh ! réellement ? protesta-t-elle. Je n'ai aucun droit à vos confidences.

— Pardon, mademoiselle ; nous sommes, vous et moi, pliés sous une même menace qu'il faut conjurer de compagnie... La plus grande sincérité est de mise... Je suis fils unique et j'ai une maman adorable qui a fait pour moi des rêves d'avenir magnifiques... Je sais qu'elle réserve à son sacripant de fils une délicieuse Parisienne qu'elle serait heureuse de voir devenir sa fille... J'ai, de mon côté, décidé que ce serait le plus tard possible que je me marierais ; mais, lorsque viendrait pour moi l'heure de prendre femme, je me rangerais alors aux conseils de ma mère... Voilà la situation telle qu'elle me concerne, petite mademoiselle... Vous voyez qu'il n'y a place dans mes projets d'avenir à aucune influence de la Vierge Coquette et que notre rencontre devant la légendaire Madone ne peut porter atteinte à ma liberté ni compromettre la vôtre...

— Je vois surtout, monsieur, que vous ne croyez pas à l'influence du sort pour forcer votre volonté ou celle de Mme votre mère.

— En effet, je n'y crois pas, car je suis bien décidé à ne pas dévier d'un point de la ligne de conduite que je me suis tracée... même s'il me fallait briser une attirance inattendue... ce qui n'est pas le cas, avouons-le franchement...

— J'envie votre belle assurance, car, moi aussi, j'ai fait des rêves d'avenir ; mais je n'ose pas, comme vous, les préciser. Je sais que nous sommes dans les mains de la Providence et, que nous le voulions ou non, il nous faudra subir ses décisions... ne me marier jamais, peut-être ?... avoir un mari que j'aimerai... ou épouser, plus tard, un homme que je n'aurai pas prévu et qui ne répondra pas du tout à l'idée que je me forge de celui que je souhaite un jour rencontrer !...

— Vous aussi avez dit *plus tard ?*

— Oh ! oui. Le plus tard possible !... J'ai bien des choses à faire avant de songer au mariage ! Et c'est pourquoi je m'épouvante de tout ce qui, de près ou de loin, pourrait mettre obstacle aux projets que je nourris, ou qu'on a nourris pour moi, depuis ma plus tendre enfance.

— Eh bien, mademoiselle Marie-Claire, ne trouvez-vous pas, quand nous nous expliquons loyalement, comme en ce moment-ci, que nous ne sommes pas deux adversaires, mais plutôt deux alliés. Ainsi, maintenant, je vois en vous une brave petite camarade prête à me porter secours dans le danger qui nous menace mutuellement, et je veux croire que, de votre côté, vous vous sentez plus forte de ma vigoureuse assurance et de mes intentions bien définies sur le programme de vie future.

— Oui, évidemment ! fit-elle rêveusement.

Ses yeux erraient dans le sous-bois, vers quelque lointaine vision.

— Evidemment, répéta-t-elle. Le ciel admet que notre ferme volonté peut nous sauver de bien des périls... C'est pourquoi j'estime qu'il faut mieux que nous ne mettions aucun flirt entre nous... pas même d'inutiles compliments.

Mais je trouvai que ma compagne prononçait ces mots avec beaucoup trop de conviction, et je la raillai allégrement de la tenace superstition qu'elle laissait percer.

— Voyons, petite demoiselle, vous ne prenez réellement pas à la lettre l'étrange légende de la Vierge Coquette ?

— Je n'en sais trop rien, monsieur ! J'ai vu tant de choses extraordinaires ! Et je vous assure qu'on en raconte de bien plus singulières encore sur le pouvoir mystérieux de notre protectrice.

— On raconte !... on raconte ! Vous le dites vous-même, ce ne sont que des racontars !

— Dont j'ai pu vérifier moi-même les concordances... des choses tellement inattendues que je n'ose vraiment pas nier.

— Heu !... Le hasard fait tant de miracles, en apparence ; mais approfondissez un peu le fond de l'histoire...

— Comment peut-on approfondir les vérités d'une légende ?

— En les transposant dans la vie réelle... dans l'actualité.

— Je vous écoute...

— Ainsi, admettons par exemple qu'un Grand d'Angleterre n'étant pas encore marié traverse notre village... Le hasard le fait se rencontrer devant notre sainte madone avec vous... il y a même une poignée de main amicale échangée, volontairement ou non, de part et d'autre... Croyez-vous que, réllement, à la suite de cette rencontre, vous soyez destinée à devenir pairesse d'Angleterre ?

Elle se mit à rire, l'idée l'amusait.

— Non, en effet !... La rencontre est improbable, mais le mariage qui en résulterait serait encore plus invraisemblable.

— Eh bien ! on peut multiplier de tels exemples à l'infini... moi et la princesse héritière d'un pays voisin ? Ou me voyez-vous épousant la petite-fille de Rockfeller ? Vous, unie à un évêque anglican ou à un pope de l'Eglise russe, etc.

— Mais vous choisissez vos exemples dans la classe des grosses fortunes, alors que, vous et moi, sommes de simples mortels.

— Ah ! bien, il fallait le dire que votre Madone n'osait pas toucher aux grands de ce monde et qu'elle réservait sa sollicitude aux pauvres diables sans sou ni maille... Votre Vierge est prudente, semble-t-il ; elle laisse les puissants s'occuper seuls de leurs mariages... comme ça, elle n'a pas d'histoires avec eux...

— Non ! Je n'ai pas exprimé de telles choses ! protesta-t-elle, scandalisée.

— Mais vos paroles voulaient le dire... Hum !

mademoiselle Marie-Claire, avouez-le ? Ce n'est pas de la foi que vous avez, c'est de la superstition.

— Mon Dieu, vous avez une telle habileté à décortiquer mes humbles croyances, que vous allez sûrement me prouver que j'ai tort.

— Parfaitement... Vous n'avez pas raison, dans tous les cas, de vouloir faire accroire que la Vierge peut contraindre une belle fille d'ici à épouser un vieux barbon qu'elle n'aime pas, tout simplement parce qu'ils ont passé, à la même minute devant son sanctuaire... Je respecte toutes les croyances et j'aime les légendes, qui sont presque toujours poétiques et charmantes ; mais, grâce à Dieu, j'ai assez de raison pour me rendre compte de ce qu'elles renferment de vrai ou de déraisonnable... Celle de la Vierge Coquette est délicieuse et il est certain que votre bonne Madone doit être indulgente aux amoureux... Mais, croyez-moi, petite fille crédule, ne rêvez pas trop : jamais vous n'épouserez le roi d'Angleterre, même si vous le rencontriez devant le sanctuaire.

Tout en parlant sur ce ton amusé, les aiguilles de Marie-Claire allaient bon train et mes pinceaux amalgamaient leurs teintes.

Comme elle se taisait, un peu grave, après ma pittoresque protestation, je repris, sur un ton plus libre de bonne camaraderie :

— Allons, mademoiselle Marie-Claire, ne prenez pas au tragique mes paroles ! Gardez vos illusions, puisqu'elles vous paraissent belles. Mais de grâce, en ma faveur, essayez un peu d'oublier la légende et ma menace... Nous nous sommes heureusement expliqués là-dessus ; les choses, vues de près, ont un tout autre aspect que de loin ; l'imagination ne joue plus son rôle amplificateur et l'on est tout étonné de s'être fait une montagne d'une simple élévation du terrain.

— Oui, vous avez raison... Et du moment que vous avez, comme moi, un but à atteindre, nous pouvons opposer nos deux volontés à tous les maléfices du diable.

— Alors ?... Bons camarades ?... sans arrière-pensée ?

— Oui : bons camarades, bien franchement !

Une loyale poignée de main a scellé notre entente.

Et voilà qui est bien, car il était absolument ridicule qu'entre Marie-Claire et moi cette hostilité injustifiée et batailleuse durât plus longtemps.

*
* *

C'est étonnant comme cette petite fille des champs sait tenir sa parole. Depuis qu'il est entendu qu'une bonne camaraderie doit régner entre nous, elle ne marque plus aucune aigreur dans ses propos. Il est vrai que, de mon côté, je m'efforce de ne pas l'effaroucher.

Néanmoins, j'admire comme il est facile de s'entendre, quand on le veut de part et d'autre.

Il y a quelques jours, nous étions en somme, elle et moi, deux étrangers. Elle me faisait grise mine dès qu'elle m'apercevait et je la traitais avec une courtoisie glaciale qui n'avait rien de bien encourageant.

Maintenant, j'ai l'impression que nous sommes de bons copains.

Vers deux heures de l'après-midi, elle arrive sur la lande et, s'installant à quelques pas de moi, sur un petit tertre de terre, elle tricote bien sagement, pendant que je poursuis mon tableau.

Notre réunion est correcte et amicale. Je lui parle de mes années d'études aux Beaux-Arts et des difficultés du début. J'évoque nos farces d'atelier, nos monômes d'étudiants. Quelquefois, je m'amuse à la faire rougir en lui donnant certains détails sur les joyeuses compagnes de nos soirées bruyantes.

De son côté, elle raconte sa vie monotone et sage d'orpheline sans joies. Il n'y a pas eu grand-chose de bien plaisant dans l'existence modeste qu'elle a vécue jusqu'ici et elle est vite au bout de ses souvenirs : sa pension de Brest, ses vacances ici ; puis, de nouveau, l'école... et c'est tout !

Il est probable que sa vie entière se résumera dans ce même thème : « Sa maison, son village », jusqu'au jour où elle se mariera...

Marie-Claire mariée !

Je la vois dans les bras de quelque rustre des alentours qui la pliera aux rudes travaux... Elle élèvera des mioches barbouillés dont ce lourd paysan la gratifiera... Réellement, l'existence qui attend cette fine et délicate fleur des champs est plutôt décevante...

*
* *

J'ai remarqué que toutes les jeunes Bretonnes tricotent. C'est une manie ou une maladie, à moins que ce ne soit la conséquence d'un vœu collectif, tant la jeunesse féminine de ce pays semble vouloir s'absorber en cette occupation.

Marie-Claire ne déroge pas à ce délire. Sans même

qu'elle regarde son tricot, ses doigts, machinalement, conduisent la laine et agitent les aiguilles.

— Quel plaisir une femme active peut-elle trouver à faire un travail aussi insipide que le tricot ? ai-je observé tantôt.

— Il occupe les doigts sans embarrasser l'esprit, a-t-elle répondu. La pensée reste libre de tourner dans son cycle ; c'est la meilleure manière que je connaisse de passer son temps à rêver !

Evidemment ! Sous cet angle-là, le tricot a du bon ! Reste à savoir si cette rêverie prolongée, à laquelle les femmes se complaisent, est hygiénique pour leur moral et leur physique ?...

Je suis si habitué, maintenant, à voir Marie-Claire à sa place habituelle, avec son inséparable compagnon auprès d'elle, que je suis déçu quand j'arrive le premier sur le plateau et que je n'aperçois pas sa fine silhouette claire.

*
* *

Nous nous querellons quelquefois, Marie-Claire et moi... Oh ! simples taquineries qui ne tirent pas à conséquence et font passer le temps. Ces petites escarmouches-là mettent d'ailleurs un peu d'entrain entre nous ; sans elles, nos séances de pose seraient véritablement mornes et monotones, par moments.

Ainsi, tantôt, il en est résulté presque une vraie querelle. J'avais félicité Marie-Claire de si bien tenir la pose. Elle ne remue pas, c'est merveilleux !

— Ma parole ! on croirait que vous n'avez jamais fait que ça !

— C'est cependant la première fois que je sers de

modèle ; mais je me suis toujours imaginé que c'était très difficile de satisfaire un peintre : le silence est de rigueur et l'immobilité plus encore.

— Or, vous tenez à me donner satisfaction ?

— Dame !... pour mériter ce que vous m'avez promis.

Sa voix est railleuse. Je lève les yeux.

— Le colifichet ? dis-je malicieusement en cherchant à saisir sur son visage le petit pli de mécontentement que j'ai déjà remarqué quand je fais allusion à la recherche de ses toilettes.

Elle ne bronche pas.

— Je n'oublie pas la reproduction de votre premier tableau, précise-t-elle.

— C'est entendu ; mais il y a encore le fameux colifichet...

— Evidemment ! réplique-t-elle simplement. Il y a ça aussi !

Je suis ravi ! Mon insistance la force à démasquer sa coquetterie et j'ai l'impression d'avoir remporté sur elle une petite victoire.

Malheureusement, je ne m'en contente pas, et c'est en affectant le plus grand sérieux que je m'informe :

— Et pourriez-vous me dire, petite amie, à ce sujet, quel est l'objet qui vous fera le plus de plaisir ?

— Un collier de perles véritables, riposte-t-elle très calmement.

— Peste ! dis-je en ricanant. Rien que ça !

— Dame ! je ne vois pas autre chose. J'ai tout ce qu'il me faut... il n'y a que le collier qui me manque.

Elle a parlé si gravement que je commence à me demander si elle raille toujours.

Ma palette s'est abaissée et j'ai cessé subitement de peindre. Maintenant, je la regarde... Et devant ce petit sphinx qui ne jette même pas un coup d'œil de mon côté, je sens tomber mon ironie.

— Petite mademoiselle, êtes-vous sincère quand vous me demandez un collier de perles ?

— Ça, oui, je suis, pour une fois, savez-vous ! comme dirait Mlle Beulemans.

— Vous désirez véritablement ce bijou ?

— Parfaitement !... pour récompenser ma bonne volonté à poser l'*Enfant des Ruines.*

— Mais vos séances de pose ne valent pas ça, malheureusement, dis-je en m'efforçant de tourner la chose en moquerie.

— Oh ! Je sais que je puis attendre : un artiste peintre n'a pas le sou et ne peut payer un si gros cadeau.

Mes yeux subitement s'immobilisèrent sur les siens.

— Ne me mettez pas au défi, enfant terrible !

— Parce qu'il ne faut pas provoquer les fous, dit la sagesse des Nations.

— Justement.

— Alors, je n'en parle plus, fait-elle d'un ton léger.

Et sans la moindre amertume, elle ajoute :

— Je me passerai du collier, voilà tout !

C'est dit sagement, comme tout ce qui vient d'elle.

L'incident semble clos, mais quel démon me tente de le pousser plus avant ?

C'est que, tout à l'heure, j'ai cru voir je ne sais quelle lumière ironique dans ses yeux. Et maintenant, c'est comme si une fièvre intérieure forçait ma langue à parler.

Alors, sottement, je poursuis :

— Et pourtant, vous avez de si jolis yeux, petite fille... et une bouche si mignonne, si rouge !... Je crois que, pour un baiser de vos lèvres, je volerais le collier de ma mère !...

— Pas de ça ! fait-elle brusquement. Qu'est-ce qui vous prend ?

A son tour, elle s'arrête de travailler et me regarde.

— On ne doit jamais prononcer de tels blasphèmes !... D'ailleurs, ajoute-t-elle avec dédain, les perles d'une autre ne me font pas envie... Je n'aimerai jamais que celles qu'on achètera pour moi.

— Ah ! ne continuez pas ! Pourquoi me tentez-vous ?

Sans même me rendre compte de ce qui se passe en moi, je me suis dressé et je vais vers elle d'un pas d'automate.

— Me le donneriez-vous, Marie-Claire, ce baiser, si je vous offrais le collier que vous désirez ?

Ma voix est rauque, ardente, et pourtant c'est à peine si elle traduit le feu qui s'est subitement allumé dans mes veines.

Debout, à un mètre de Marie-Claire, je me penche vers elle, avec des yeux fous.

Une ombre a passé sur le visage de la jeune fille et je vois ses grands yeux me fixer avec étonnement.

Un moment, elle m'examine, comme si elle me découvrait tout à coup... comme si elle soupesait mon trouble ! Maintenant, ses prunelles descendent vers son chien qui dort auprès d'elle. Et elle lui parle :

— Hein ! Taïaut ! N'entends-tu pas, mon chien ?... Tu aimes les suborneurs, toi, petit ? Qu'est-ce que tu en dis de ces beaux messieurs qui offrent la lune aux petites bergères de Bretagne ?... Prends garde, mon chien ! Ils sont dangereux, tous ces corrupteurs !

Avec quelle puérilité enfantine elle parle à la bête ! Une gosse, en vérité, qui admoneste ses poupées sans tenir compte de ceux qui l'entourent.

Moi, j'en ai la gorge sèche.

A sa voix, cependant, le chien s'est dressé en bâillant. Il est prêt, déjà, à obéir à ses ordres. Elle n'a eu besoin que de lui dire « Prends garde ! » pour qu'il se tourne vers moi et me montre ses crocs.

— C'est malin de mettre votre chien entre nous ! fais-je, rageur, en reculant d'un pas. Il faut croire que je vous fais peur ou que vous ne vous sentez pas capable de conserver votre sérénité...

Pourquoi ai-je mis tant de sourde rancœur dans ma voix ? Qu'est-ce qui me prend ?

Elle ne paraît pas m'avoir entendu. Son visage est de marbre et toute sa personne, insensiblement, s'est raidie. C'est comme un mur de glace qui la séparerait de moi subitement.

Avec calme, elle regarde l'heure à sa montre de poignet ; car elle porte une montre tous les jours, la petite paysanne qui paraît si sage et qui parle froidement de colliers de perles aux garçons ! Et comme l'heure indiquée sur le cadran ne semble pas répondre à son attente, elle lève le bras pour coller la montre à son oreille.

Tous ces gestes sont faits avec un flegme imperturbable, sans même jeter un regard de mon côté. Je ne compte pas pour elle, moi et mes réflexes imbéciles ! Elle sait qu'au moindre geste que j'esquisserais vers elle, son chien me sauterait à la gorge.

Maintenant, je la vois ranger ses aiguilles et enrouler sa laine.

Qu'est-ce qu'elle va faire ? Me quitter... comme l'autre jour ? Cette supposition me coupe bras et jambes !

— Oh ! non ! Ne partez pas, Marie-Claire ! Je n'ai voulu que plaisanter... Tenez, je retourne à mes pinceaux.

Machinalement, j'essuie la sueur qui rend mon front si moite tout à coup. En gagnant mon pliant, j'ai l'impression que mon être physique est tout chambardé... Il y a du vide dans ma tête !... Mes jambes sont molles... Qu'est-ce qui s'est passé ? Qu'ai-je dit ?... Je ne sais plus ; ça a été tellement inattendu !

Un désarroi monte en moi.

— Oh ! je n'ai pas calculé... je n'ai pas voulu ça ! Mon Dieu ! Croyez-moi, Marie-Claire : ma volonté n'y est pour rien !

Lamentables excuses qui sont sincères, cependant, et qui expriment bien la vérité.

Les mains de la jeune fille ont cessé de rouler le malencontreux tricot qui, en cette minute, semble être le thermomètre de ses décisions.

D'un air sombre, elle me regarde ; un instant, ses yeux impérieux s'enfoncent dans mes pauvres prunelles confuses et implorantes. Et voilà que, soudain, son rire éclate librement.

— Coquin de soleil ! fait-elle légèrement. J'ai cru que vous aviez perdu la tête, monsieur Marc !

Elle rit et elle reste !...

Je respire ! D'un seul coup, il semble que j'aie retrouvé mon équilibre.

— Oui, quel soleil ! ai-je répété machinalement. On étouffe !...

La chaleur a bon dos ; mais puisque la jeune fille prend aussi gaiement cette... disons, alerte ! je lui en veux maintenant de l'avoir indirectement provoquée.

— Une autre fois, petite fille, ne demandez pas un collier de perles à un homme ! Ça fait naître en lui toujours de drôles d'idées !

— Oh ! proteste-t-elle, j'ai dit des perles comme j'aurais dit un château ! Vous parliez de colifichets... Alors, j'ai cherché quelque chose de très cher qu'un modeste artiste ne pouvait pas m'offrir, puisqu'en dehors du tableautin que vous m'avez promis, je ne veux rien accepter de vous... C'était pour rire, quoi ! Et mon exagération devait vous le faire comprendre.

Dans son beau regard franc, il n'y a place pour aucune équivoque, et c'est en moi seul qu'il faut chercher la cause de mon subit émoi.

Je souris... un sourire piteux... au souvenir de toutes les folies dont j'ai été capable, pendant quelques instants !... Allons, je me rends compte maintenant que c'est ma fatuité masculine au service de mes instincts qui a, tout simplement, provoqué la désagréable erreur...

Il est très bien que les choses tournent ainsi à la plaisanterie... pourtant, en moi-même, je suis un peu mortifié : l'homme, décidément, se rapproche de l'animal...

Et je n'en suis pas plus fier pour ça...

*
* *

En vérité, cette histoire grotesque m'a troublé la cervelle. Je n'ai eu aujourd'hui aucun goût pour travailler et ma main n'a fait rien de bon !

Il faut que je secoue en moi cette sorte de léthargie : je suis venu en Bretagne pour peindre et non pour paresser !

Il y a un mois, tout ce qui se rapportait aux ruines m'enthousiasmait et je trouvais cent sites à reproduire. Maintenant, tout me paraît inférieur à mon rêve...

*
* *

Marie-Claire est une bien gentille compagne...

La pauvre gosse, étonnée de mon attitude, me suit des yeux, surprise, inquiète peut-être, de mes hésitations.

Ce qui est merveilleux en elle, c'est qu'elle ne m'interroge pas et ne fait aucune réflexion. On croirait qu'elle comprend ces perplexités de l'artiste, ce travail d'enfantement qui précède l'inspiration, ou ces doutes déprimants qui brisent momentanément l'effort.

Tantôt, elle n'était pas là quand je suis arrivé sur la lande, et son absence m'a désarçonné comme s'il manquait tout à coup un objet indispensable dans le paysage.

Mais bientôt, un chant plaintif se module quelque part, au milieu des ruines.

J'écoute, un peu troublé par la voix faible, mais harmonieuse, qui s'épand, tombant des nues.

Et je lève les yeux...

Là-haut, Marie-Claire a repris sa place sur le faîte du donjon. Statuette gracile découpée sur l'azur, pieds nus s'agitant dans le vide ; l'image enfantine est ressuscitée. Et, de nouveau, monte en moi le désir impulsif de fixer la pose dangereuse.

Mais je ne vais pas encourager cette jeune fille à conserver une aussi redoutable position.

— Marie-Claire, voulez-vous descendre, tout de suite ! C'est insensé, à votre âge, de vous exposer pareillement.

— Ohé ! ohé ! Bonjour, monsieur Marc !...

— Voulez-vous descendre, imprudente !... Si vous ne venez pas tout de suite, je vais aller vous chercher.

— Ah ! non ! Vous êtes trop terrien, vous, mon beau monsieur...

— Attendez, j'arrive !

— Non ! non ! Je descends ! Vous allez vous tuer !

Et je l'entends qui grommelle :

— Ce que ça peut être agaçant, un homme ! Il faut toujours que ça empêche les femmes de faire ce qui leur plaît... Monter ici ! Comme s'il en était capable, lui, un monsieur de la ville !

Son ton apitoyé me donne envie de lui montrer qu'un homme de mon âge peut, autant qu'elle, accomplir toutes les escalades. Je m'élance pour la rejoindre ; mais j'ai à peine franchi la ceinture de ronces, que son chien se dresse devant moi, crocs en avant, comme l'autre fois.

— Voyons, Taïaut, tu me connais... laisse-moi

passer… Elle est en péril, ta maîtresse : je vais la rejoindre.

Mais l'animal ne connaît rien aux complaisances ! Comme s'il avait une consigne à garder, et parce que j'essaye de l'amadouer, il se fait menaçant.

— Sale bête, va !… Tu es idiot, mon pauvre chien ! Si ta maîtresse avait besoin d'être secourue, je ne pourrais même pas l'approcher.

— Quand vous aurez fini, monsieur Marc, de vouloir circonvenir mon chien !

Marie-Claire est devant moi, rieuse, moqueuse, et si jeunette avec sa petite robe courte et ses deux longues nattes dorées qui pendent sur chaque épaule. Ebloui de son sourire, j'oublie de la gronder.

— Il ne faut plus monter là-haut, mon petit. Je vous assure que c'est très dangereux.

— Oh ! non ! Je l'ai fait des centaines de fois.

— Il suffirait d'un faux pas…

— Oui, mais voilà : les jeunes filles de mon pays ne font pas de faux pas.

Elle rit, et sa joie fait fondre mes dernières velléités de reproche.

« Les jeunes filles de mon pays ne font pas de faux pas… » Comme elle a dit ça sagement ! J'en suis tout remué…

Pourquoi, à cette minute-là, le souvenir de sa mère a-t-il traversé mon cerveau… sa mère à laquelle on attribue tant d'histoires scandaleuses…

Si, petite Marie-Claire, les jeunes filles de votre pays font quelquefois des faux pas… Mais je ne vous en parlerai pas, car ce serait mettre du drame dans vos grands yeux clairs… à vous, l'enfant du péché… l'enfant du faux pas !

Décidément, il y a de la brute dans l'homme. A l'instant même où je faisais ce rapprochement entre Marie-Claire et sa mère, je pensais que la sévérité de nos familles bien pensantes ferait peser sur les frêles épaules de la petite le poids de la faute de la mère... Marie-Claire est de celles qu'on n'épouse pas... de celles à qui on peut manquer de respect... *Telle mère, telle fille !* dit un dicton populaire.

Sous l'influence de pareilles pensées, je dois avouer que quelque chose d'impur s'est éveillé en moi, et je regarde soudain ma compagne avec des yeux brillants et quelque peu lubriques...

Ah ! çà ! est-ce que mon trouble de l'autre jour va recommencer ?

Mais Marie-Claire a-t-elle lu sur mon visage ce que je ressentais ? La voilà qui change de figure et cesse de sourire.

— Allons, monsieur Marc, à l'ouvrage ! me crie-t-elle rudement. Vous n'avez guère de temps à perdre. Je prévois que je ne vais plus pouvoir venir tous les jours sur la lande ; il faut avancer votre tableau, si vous ne voulez pas qu'il reste en rade.

Sa menace a fait sur moi l'effet d'un coup de cravache stimulant.

— Comment ? Mon tableau rester en rade ?

— Evidemment, si vous ne l'achevez pas très vite.

— Mais on ne peut faire de bonne peinture à longueur de journée. Si je vais trop vite, mon paysage sera raté.

— Si vous n'y travaillez pas, ce ne sera pas meilleur.

*
* *

Désastre : il a plu toute la nuit et les averses se succèdent toute la journée.

Au cours d'une éclaircie, je me rends aux ruines et je trouve mes pinceaux baignant, une nouvelle fois, dans l'eau qui déborde du petit récipient où je les avais laissés.

Retour couleur du temps : j'ai l'âme triste... triste comme la physionomie de la terre, noyée dans la grisaille... comme celle des nuages sombres qui cachent le bleu du ciel... comme celle de la mer qu'une brume alourdit...

J'ai l'âme couleur du temps...

O mélancolie !...

*
* *

Ce matin, le ciel m'a souri. Le soleil était revenu ; j'ai retrouvé Marie-Claire pleine de bonne volonté et j'ai travaillé avec enthousiasme.

Ma petite compagne m'a parlé d'un voyage à Brest qu'elle doit faire avec sa tante. A cette intention, elle a commencé un chandail de laine blanche.

— Pour mettre avec une jupe bleue, m'a-t-elle expliqué.

Ce voyage semble devoir jouer un rôle important dans la vie de la jeune fille. C'est la deuxième fois qu'elle y fait allusion et le ton qu'elle met à en parler, les somptueux préparatifs vestimentaires qui précèdent le départ, marquent certainement que ce voyage en la grande cité bretonne revêt un intérêt primordial pour mon modèle.

L'après-midi est franchement lumineux, et j'espère bien en profiter encore pour avancer mon ébauche.

*
* *

Toujours la même activité de Marie-Claire. Décidément, le voyage à Brest doit avoir lieu prochainement. Ne va-t-il pas terminer nos bonnes séances ?... J'en ai peur et j'ai cherché en vain à me renseigner. Marie-Claire sourit, mais ne répond pas.

*
* *

Est-ce que mes pensées, se reportant sur le peu que je connais de la vie de mon modèle et de son caractère, seraient un obstacle à parfaire mon œuvre ? Je n'ai pu parvenir à fixer l'expression de la bouche enfantine, en corrélation avec le regard.

Pourtant, c'est net : ces yeux perdus dans le vague et semblant chercher quelque chose, ce sourire singulier et tout à fait personnel, marquent-ils de l'ironie ou un défi au mauvais sort ?

Je n'y suis pas. Serait-ce que son âme m'échappe ?... Me faudrait-il mieux étudier la psychologie de ma compagne ?...

*
* *

— Je n'avance guère en ce moment, me suis-je plaint à Marie-Claire.

— Pourtant, fait-elle, je vous vois brosser à grandes touches tout un paysage de verdure et de pierrailles.

— Oui, évidemment, telle est l'apparence. Le fond, ça va très vite. Mais quand j'en arrive, comme à l'instant, à fixer votre visage, il me faut mettre beaucoup de soin, apporter beaucoup de minutie pour bien préciser l'ingénuité de vos traits, le sourire de votre bouche au contour si souvent malicieux et rieur à la fois. Et vos yeux... vos yeux, Marie-Claire !

En parlant des deux magnifiques perles enchâssées sous son front délicat, je ne puis me défendre contre l'admiration qui m'empoigne. Cela ne lui échappe pas.

— Ah ! s'exclama-t-elle, un peu gênée. Ils vous font peur, mes yeux !

— Presque ! Ils sont si profonds, si troublants !...

Et malgré moi, disant ces mots, je baisse la voix et ma main cesse de promener le pinceau. Je la contemple et je laisse échapper, à mi-voix :

— Vous avez des yeux... des yeux à faire damner un saint.

Cette réponse la fait rire. Ironiquement, elle répond.

— Oui-da !... Pourtant, vous n'êtes pas un saint, cela ne se conteste pas... Quant à être un damné !...

— Qu'en savez-vous ?

— Ce que j'en sais ?... Mais, mon bon monsieur, jamais damné sur la terre n'eut aussi bonne mine que vous, ce me semble ! Les traits d'un damné doivent être tourmentés, ses yeux hagards ! Bref, tout, sur sa physionomie, doit refléter des tourments démoniaques... tandis que vous !... Ah ! non, vous êtes d'un drôle !...

Son rire perlé, qui ruisselle en cascade, m'enchante. Je souris largement en l'écoutant. Néanmoins, j'affecte une mine contrite et je marque un regret :

— Je suis douloureusement surpris, Marie-Claire,

de ne point susciter en vous un sentiment de pitié généreuse et réconfortante pour moi. Me faudrait-il donc prendre devant vous les apparences d'un malade mourant de consomption, ou bien celles d'un pauvre diable que le feu de l'enfer lèche de flammes brûlantes ?

Elle rit de plus belle, protestant :

— Oh ! non !... Ni l'un ni l'autre, car, personnellement, je n'admire que les gens bien portants.

Quel démon me pousse à la taquiner ?... Je poursuis :

— Et il en est un sans doute que vous admirez plus particulièrement ?...

Ses traits se figent instantanément. De nouveau, elle ne veut pas paraître comprendre.

— Quoi ?... Que voulez-vous dire par cette admiration particulière ?

Il y a de la hauteur, presque de la sécheresse, dans son ton.

— Je veux dire, répliquai-je en cherchant bien mes mots pour qu'elle ne se fâche pas, qu'il se trouve au village un assez grand nombre de jeunes gens bien portants qui font les farauds auprès des demoiselles. Peut-être en est-il un, parmi toute cette jeunesse, qui aurait pu trouver grâce devant vous et forcer votre admiration ?

Elle hausse les épaules.

— Un ! pourquoi, un ? Mais tous, mon bon monsieur ! me réplique-t-elle, moqueuse. Tous !... Et qu'ils soient de Kéridec ou d'ailleurs ! J'ai toujours admiré, pas plus, pas moins, nos paysans quand ils sont solides, robustes et bien portants.

A cette minute, son regard prend une telle expression d'ironie, que j'ai l'impression qu'elle me raille.

Alors, je n'insiste plus... Je me sens ridicule !

*
* *

Aujourd'hui, notre séance de pose a été interrompue par un orage d'une violence extrême. Dans ma hâte de mettre au point un détail qui me tourmentait hier, je ne l'ai pas vu venir, et Marie-Claire, peut-être par crainte de troubler mon travail, ne m'a pas mis en garde contre la menace atmosphérique.

Où avais-je donc la tête ?... Pour moi, passe !... Mais ma petite compagne a été mouillée... Il n'en faut pas davantage pour qu'elle ait pris froid, avec une robe aussi légère que la sienne !

Quoi qu'il en soit, la suite imprévue de ce déluge inattendu met en relief, une fois de plus, les singularités d'existence qui entourent la jeune fille : je suis allé chez elle, à Ty Bianet, et c'est le mauvais temps qui m'y a conduit. Voici comment.

Alors que je m'appliquais à retoucher l'expression du bas du visage, en surveillant sur le modèle les moindres contractions, afin d'en bien saisir les détails, les nuées fondirent sur nous.

Ce fut un sauve-qui-peut général que retarda, pour moi, la mise à l'abri de mon attirail, tableau et chevalet compris.

Marie-Claire, qui connaît à fond les ruines et leurs ressources, avait gagné un réduit entre deux pans de murs qu'un épais couronnement de lierre transformait en tonnelle. Taïaut, n'ayant pas l'air d'aimer les coups de tonnerre et les éclairs, se tassait derrière elle, pour ne rien voir et ne rien entendre.

Pendant que je me hâtais à protéger de mon mieux mon tableau et mon matériel, les calant sous leur abri habituel avec des pierres, afin que le vent ne puisse rien emporter ni déchirer, la pluie, en cataractes, transperçait avec rage mes vêtements. Les éclairs ininterrompus blêmissaient de leur lividité les ruines sinistrement dressées dans le ciel d'Apocalypse, tandis que le fracas du tonnerre multipliait ses coups impressionnants.

— Heureusement que je ne suis pas facilement sujet aux rhumes et que la température demeure lourde, malgré l'orage, me disais-je. Je suis complètement trempé !

Mes yeux allèrent vers Marie-Claire qui suivait avec inquiétude tous mes mouvements.

Tout à coup, un craquement terrible nous fit tressaillir et Taïaut hurla plaintivement.

— Venez vite, monsieur Marc ! Ne restez pas ainsi sous la pluie ! Nous pouvons tenir deux dans cet abri ! me cria-t-elle aussitôt d'une voix angoissée.

J'avais achevé de ranger tout mon attirail de peinture. En quelques enjambées, je fus près d'elle.

— Comme vous voici fait ! observa-t-elle avec intérêt. Vous êtes tout mouillé.

— Ce n'est rien, répondis-je pour la tranquilliser. Il fait encore chaud et la pluie n'est pas froide à cette époque.

— Je suis habituée aux orages de ce pays : ils sont traîtres ! Nous sommes à proximité de la mer et le vent du large va s'élever et souffler vers nous, dans quelques minutes, produisant un notable abaissement de température. Vous pouvez attraper du mal à rester ainsi.

— Et vous ?

— Oh ! moi... rien à craindre. J'ai reçu à peine quelques gouttes d'eau.

— Alors, tout est bien.

— Ah ! non !... Je ne tiens pas à ce que vous tombiez malade et que votre tableau reste en plan. Pour que vous puissiez sécher vos habits, il faut à tout prix sortir d'ici, et au plus vite.

— Mais où voulez-vous que nous allions ?... Le village est loin et je ne connais aucun abri dans la campagne, autour de nous.

— Il y a la maison de ma tante, heureusement. Nous ferons un grand feu de broussailles dans la cheminée ; vos vêtements seront vite séchés !...

— Mais il faut gagner cette demeure.

— Oui, évidemment... Néanmoins, en courant sous les futaies, nous risquerions moins d'être mouillés qu'en demeurant au plein air. D'ailleurs, la course nous empêchera de prendre froid en stimulant notre chaleur naturelle... Regardez Taïaut. Il a l'air de se demander ce que nous attendons sous cette voûte de verdure que l'eau traversera bientôt.

— En effet, ça peut continuer quelque temps encore.

— C'est probable !... Alors, c'est dit ?... Nous partons ?

— Ma foi, j'accepte bien volontiers, si vous êtes certaine que cela ne doit pas gêner votre tante.

— Ma tante trouverait, au contraire, très mauvais que nous risquions un rhume quand sa maison est si près d'ici.

— Allons-y donc ! Si vous voulez me montrer la route, je suis à votre disposition.

— Nous allons passer par le sous-bois... de ce côté-là, c'est à deux pas ! Ce qui m'inquiète, ce sont vos chaussures... Moi, avec mes sabots, je ne redoute pas l'humidité, tandis que vous...

— Tant pis !... En route !...

La perspective de pouvoir sécher mon costume m'était agréable, mais celle de connaître l'endroit où vivait l'orpheline ne l'était pas moins.

Nous traversâmes la lande en courant ; puis, contournant les ruines où l'herbe abondamment mouillée nous montait jusqu'aux genoux, nous gagnâmes le bois.

Sous les arbres, les rafales de pluie nous étaient épargnées ; mais, par contre, j'éprouvais la sensation désagréable de sentir tomber sur moi les grosses gouttes d'eau isolées que retiennent les ramures. Heureusement dix minutes de course assez vive nous suffirent pour apercevoir Ty Bianet que je n'avais pas su découvrir au cours de mes promenades. Le seuil en fut bientôt franchi.

Dans la demi-obscurité de la pièce où nous entrâmes, Mariannick Guillerme, des lunettes sur le nez, s'appliquait à raccommoder des vêtements. Entendant la porte s'ouvrir, elle leva les yeux ; un bon sourire détendit ses traits à notre vue.

— Oh ! mes pauvres enfants !... Vous êtes complètement trempés ! s'écria-t-elle en abandonnant l'ouvrage commencé.

Avec une autorité qui me surprit un peu, Marie-Claire décida :

— Vite, tante, un bon feu d'épines !... moi, je

vais changer de robe ; mais mon compagnon est transpercé et il faut trouver le moyen de lui prêter d'autres effets, en attendant que les siens soient séchés... Tu connais Monsieur, Mariannick ? Je t'ai parlé du peintre Marc Abel qui habite chez Catherine Le Coz... celui qui s'intéresse tant aux ruines de Kéridec ?

— Je sais, je sais ! répondit la tante en s'affairant déjà. Le facteur m'a parlé quelquefois de vous, monsieur. Il paraît que vous êtes un grand artiste et que vous faites des choses merveilleuses... Mais quittez donc votre veste, elle doit vous glacer. Tordez-la ! Oui, c'est cela, sur le seuil... ne craignez rien !... un coup de balai chassera l'eau dehors.

J'avais suivi ses conseils à la lettre et elle approuvait chacun de mes gestes.

Tout en discourant, elle saisit une fourche et en piqua une botte d'ajoncs amoncelés dans un coin de la pièce. Puis elle l'apporta dans l'âtre immense que possède toute chaumière bretonne.

Bientôt, la flamme monta, pétillante et joyeuse. Des crépitements secs, suivis de petites explosions qui projetaient de brillantes étincelles, vite éteintes, se firent entendre. Et c'est avec béatitude que je m'approchai de l'âtre et tendis mes mains vers le feu.

Marie-Claire avait disparu par une porte s'ouvrant derrière un rideau, dans le fond de la pièce principale.

D'un œil curieux, j'avais fait l'inventaire de celle-ci.

Une rangée de grandes armoires en chêne sculpté s'alignait contre un des côtés du mur. Un beau buffet ancien, une horloge rustique et une longue table, que deux bancs à dossiers ouvragés encadraient, occupaient l'autre côté, celui où s'ouvraient la fenêtre et la porte de la rue. A un bout de la vaste pièce, la monumentale cheminée se dressait, avec un lit clos tout contre elle, alors qu'à l'autre extrémité une armoire, auprès du rideau, ménageait un coin discret pour faire certains travaux de nettoyage. C'est de ce côté-là que se trouvait l'ouverture par laquelle Marie-Claire avait disparu.

Somme toute, pour une maison paysanne, le mobilier était de choix et je m'en étonnai. Un véritable goût avait présidé à cet aménagement. Tout l'ameublement était ancien et le chêne noir brillait comme s'il était verni. Je ne pus m'empêcher de songer qu'un antiquaire de Paris aurait offert un bon prix de tous ces meubles séculaires... Pourquoi donc Catherine Le Coz prétendait-elle que Mariannick était presque pauvre ? Certains meubles valaient une petite fortune, le lit clos surtout, dont les portes finement travaillées représentaient le baptême de saint Jean-Baptiste et Jonas dans le ventre de la baleine.

Ce devait être là que couchait la vieille Bretonne, car il était l'unique lit dressé en cette grande pièce. Il était probable qu'une chambre avait été aménagée pour Marie-Claire là où elle était occupée à changer de costume.

J'aurais bien voulu connaître ce petit coin intime qui lui était réservé. Plus que tout autre chose, il m'eût révélé le caractère personnel de mon énigmatique modèle, si sage et si coquette en même temps.

Mais, derrière elle, la jeune fille avait soigneusement refermé porte et rideau et je ne pouvais que faire des conjectures au sujet de cette autre pièce.

Je m'étais assis, dos au feu, sur la marche de l'âtre immense construit sous le manteau de la cheminée et, tout en poursuivant mes observations, j'offrais mon buste à la chaleur pour sécher ma chemise. Bientôt, Marie-Claire revint.

— Oh ! mais, s'écria-t-elle, vous ne pouvez rester ainsi, monsieur Marc ! Vous êtes complètement mouillé !

Et, se tournant vers sa tante, elle l'apostropha de son ton décidé qui me surprit encore :

— Voyons, Mariannick, n'y aurait-il pas dans l'armoire quelques vieux vêtements d'homme que tu pourrais prêter à Monsieur pour qu'il se change ? Il va attraper du mal !

— Je crois bien, en effet, que j'ai toujours conservé les habits de mon défunt homme, répondit placidement la paysanne.

— Eh bien ! qu'est-ce que tu attends, s'il te plaît ? Remue-toi, voyons !

— C'est qu'ils n'ont rien de bien élégant.

— Et après ?... Allons, donne-les vite ! Je t'assure qu'ils sembleront magnifiques à M. Marc, quand il aura quitté ceux qu'il a sur le dos pour le moment.

— J'avoue que... mais je suis très ennuyé de vous donner tant de mal, madame, ajoutai-je, gêné du ton un peu vif dont usait l'orpheline avec sa tante.

Cette dernière s'était retournée vers moi en souriant.

— Ne vous en faites pas, mon bon monsieur, je vous les apporte tout de suite, mes vieux vêtements... Les voici, d'ailleurs ! Ils n'étaient pas loin !... Tenez, mettez-vous là, derrière cette armoire où je range mes casseroles, vous pourrez y changer de costume à votre aise.

Ce programme ne demanda que quelques instants et, bientôt, je reparus vêtu d'un habit breton à multiples boutons et à gilet brodé, le tout beaucoup trop ample pour moi.

La jeune fille, à ma vue, se mit à rire.

— Vous êtes magnifique, ainsi fait ! remarqua-t-elle gaiement. Un vrai travesti !

— En tout cas, c'est chaud, fis-je à Mariannick, reconnaissant malgré mon accoutrement.

— Vous avez l'air de votre grand-père, ainsi affublé. C'est très évocateur, railla encore la jeune fille qui était de belle humeur.

Et me montrant le bout de la table, sur laquelle une serviette blanche avait été jetée en guise de nappe :

— Tenez, prenez place sur ce banc, en face de moi, cher vieil aïeul. Nous allons faire la dînette comme cela a dû arriver quelquefois, jadis, au possesseur de ces habits... Voici du pain, du beurre et du bœuf froid ; servez-vous, mon brave monsieur. Mariannick est en train de nous préparer une tasse de café bien chaud, ce qui achèvera de nous remettre d'aplomb... Buvez... Tenez, nous allons trinquer au cher vieux passé !

— Je suis réellement confus de vous donner toute cette peine, madame, m'excusai-je à nouveau auprès de la vieille paysanne que les remarques de Marie-Claire semblaient égayer. Quant à trinquer, comme me le propose si gentiment votre nièce, je commence par élever mon verre en votre honneur, madame, et avec tous mes remerciements pour votre si aimable accueil.

Mais la vieille Bretonne retint mon bras qui portait le verre à mes lèvres.

— Non, fit-elle gravement. Pour la première fois que vous portez un toast en ces lieux, il faut que ce soit en l'honneur de ma nièce...

— De Mlle Marie-Claire ? Mais, en même temps qu'à vous, je bois aussi à elle qui m'a servi de guide en ce refuge bienveillant et chaud.

— Non, non ! A elle seule ! insista la paysanne... A sa famille, à son passé... à tous ceux qu'elle aime et qui ne sont pas là...

Surpris et même un peu interdit, je regardai la vieille femme, puis la jeune fille qui était devenue toute songeuse. Pourquoi me conviait-on à rendre cette sorte d'hommage à Marie-Claire ? Elle était encore bien jeune pour recueillir, la première, cette marque de respect... Je ne comprenais pas, mais je me devais d'obéir à l'injonction de la tante. Je repris donc mon verre et le tendis galamment vers Marie-Claire.

— Je bois à vous, petite demoiselle... à vos grands yeux, à votre avenir que je souhaite merveilleux... Enfin, à tous ceux que vous aimez, aussi, puisque votre tante le désire.

— A tous ceux qui ne sont pas là, répéta religieusement la vieille femme.

— Oui, balbutia gravement la jeune fille qui semblait ne s'étonner de rien. A tous mes chers absents... et aussi au château de Kéridec... à ses ruines... à votre tableau... acheva-t-elle avec un pâle sourire.

Et l'amour-propre d'un artiste peintre est fait de telle inconsciente suffisance que, à moi qui venais de trouver étrange qu'on me fît boire en l'honneur d'un tas de gens que je ne connaissais pas et qui étaient morts ou absents, il me parut naturel qu'on honorât mon tableau, qui n'était ni un être vivant ni un objet présent !

*
* *

Voilà qui dérange un peu toutes les conceptions que je me suis faites sur Marie-Claire. Jusqu'à ce jour, elle m'est apparue sous diverses couleurs : la jeune vierge en blanc de la procession ; la prétentieuse fillette qui réclame tant de courtoisie des garçons ; la gosse imprudente en haut du donjon ; la petite paysanne tricotant sur les talus de la route ; le modèle aux sensibilités artistiques étonnantes... finalement, la nièce adulée de Mariannick ! Toutes ces diverses personnalités forment déjà un ensemble à plusieurs aspects, assez difficile à fixer ; mais maintenant, je ne sais plus... je suis tout dérouté !

Voici pourquoi :

Depuis deux jours, la pluie tombant fine et dru, tout travail sur la lande était devenu impossible.

A l'auberge de Catherine, le temps me paraissait joliment long ; aussi, aujourd'hui, profitant d'une éclaircie, vers le milieu du jour, j'ai mangé très vite et je suis sorti, gagnant prestement la maison de Mariannick.

— Une visite de remerciement à faire entre deux sorties, m'étais-je dit, pour justifier tant d'empressement à retourner là-haut. La tante et la nièce m'ont si bien accueilli et soigné l'autre jour que c'est le moins que je puisse faire que d'aller leur porter, de vive voix, un amical merci.

Et j'avais hâté le déjeuner, pour profiter du court répit que me laissait la pluie.

Quand j'arrivai à la maisonnette, les deux femmes n'avaient pas encore mangé. Elles se mettaient seulement à table...

Et c'est là que commencèrent mes étonnements.

Oh ! ce ne sont que des riens, évidemment ; mais liés bout à bout, ils constituent toute une chaîne d'observations.

D'abord, comme je l'ai constaté l'autre jour, sans qu'il y ait arrogance d'une part ni obséquiosité de l'autre, la vieille Mariannick marque une sorte de déférence vis-à-vis de sa nièce. Ainsi, celle-ci mange seule sur la grande table de bois, pendant que Mariannick s'installe sur la marche de l'âtre et prend son repas, sur ses genoux, dans une écuelle de terre rouge avec une cuillère de bois.

En revanche, le couvert était dressé soigneusement pour Marie-Claire, sur une jolie nappe ; les verres étaient de cristal, les fourchettes d'argent et les assiettes de porcelaine. Le cidre fut apporté, non dans des bouteilles quelconques, comme il est l'usage chez les paysans, mais dans une cruche de grès. Cette recherche, si rare dans les intérieurs bretons que j'ai vus jusqu'ici, fit que je m'excusai du dérangement causé par mon arrivée. J'aurais pu croire que j'étais la cause directe de toute cette mise en scène si la table n'avait été déjà dressée avant que je sois entré.

Cependant, Marie-Claire paraissait à l'aise. Cette sorte de luxe dont on l'entourait lui semblait évidemment naturel. Je la vis s'installer sans façon devant l'unique couvert, sur une haute chaise ancienne, assez curieuse de forme. De son siège, elle avait l'air de trôner à la place d'honneur. D'un geste, elle m'invita à prendre place près d'elle, à sa droite, comme l'aurait fait une maîtresse de maison.

— Mais je ne mange pas, mademoiselle. J'ai déjà terminé mon repas. On déjeune à midi exactement, chez Catherine Le Coz.

— Je sais... Nous-mêmes, d'habitude, avons déjà mangé à cette heure ; mais nous sommes en retard, aujourd'hui. Néanmoins, pour me tenir compagnie, vous prendrez bien un verre de cidre et, tout à l'heure, une tasse de café. Ma dînette sera moins solitaire.

J'acceptai avec plaisir, content d'avoir un prétexte pour demeurer auprès d'elle ; mais j'étais gêné de l'adjectif *solitaire* dont elle avait usé en présence de la vieille femme.

En silence, le repas commença. Marie-Claire acceptait très simplement les mets que sa tante lui présentait. Elle prenait les plats, choisissait un morceau à son gré et ne s'occupait pas si sa parente se servait à son tour. Un peu gêné, j'observai :

— Mme Guillerme ne participe-t-elle pas à votre repas ? Je serais navré de changer quelque chose à vos habitudes.

Elle me regarda, surprise et sans comprendre.

— Pourquoi ma tante se priverait-elle de manger parce que vous êtes là ?... Elle se servira à sa guise.

Je n'insistai pas ; son ton était tellement étonné ! Je me rappelais, au surplus, qu'il arrive souvent, dans le peuple, que les mères se plaisent à servir leurs filles comme si elles étaient leurs servantes.

Je me souvenais aussi de ce que m'avait dit Catherine Le Coz de cette nièce si pompeusement parée depuis l'enfance ; de cette jeune fille si distante de ses compagnes et qui ne se mêlait aux plaisirs du village que par une sorte de condescendance.

L'attitude de Marie-Claire, tantôt, justifiait vraiment tous ces commérages. Mais pourquoi ma petite amie, qui paraît ordinairement si simple, semblait-elle accepter aussi facilement que sa vieille tante remplisse auprès d'elle, dans une sorte de servitude, cette tâche domestique ?

J'en étais gêné au fond de moi-même. Néanmoins, je dois l'avouer, mon « moi » masculin y puisa quelque audace... Lorsque vint le café, j'admirais un peu plus qu'il n'était normal les yeux bleus, le teint clair et la bouche rieuse de ma voisine.

Elle était vêtue d'une robe assez collante, dont la coupe faisait ressortir les contours du buste ; le corsage était échancré et la gorge ronde bien tentante... tous avantages assez troublants pour moi !

Le fait est que cette fillette adulée était un morceau de choix. Il me passa dans l'idée qu'elle était peut-être offerte à mon audace et que, jusqu'ici, je n'avais pas « su y faire ». De quelles sottises, vraiment, se leurrent parfois les garçons !

Un moment, derrière le dos de sa tante, j'essayai de prendre la main si blanche posée sur la table. Mais, prestement, les doigts agiles se dérobèrent. Et, un peu grondeuse, Marie-Claire me sermonna :

— Soyez donc sérieux, monsieur Marc !... Qu'est-ce qui vous prend tout d'un coup ?

Dans l'état d'esprit où j'étais, je n'attachai pas d'importance à cet échec et j'essayai d'y pallier de mon mieux :

— Vous êtes jolie, Marie-Claire, et je ne puis pas résister au désir de vous le dire.

— J'aimerais mieux que vous gardiez pour vous cette opinion.

— Mais il m'est impossible de conserver pour moi cette vérité !

Un pli railleur tira les coins de sa bouche.

— Alors, taisez-vous si vous n'avez rien d'autre à raconter.

— Comment pourrais-je observer le silence quand, au contraire, l'envie me prend de chanter vos louanges !

— Je n'ai pas besoin de compliments et vous savez que je ne sollicite pas du tout votre admiration. Remballez votre marchandise, cher monsieur !

Je me mordis les lèvres, une nouvelle fois désarçonné par ce ton sans réplique dont elle rabat mes velléités d'audace. Pourtant, je ne me tins pas pour battu.

— Et cependant, insistai-je avec chaleur, y avez-vous songé ?... Si je vous aimais vraiment, Marie-Claire ?

— Si ? répéta-t-elle tranquillement. Nous restons donc tout à fait dans le domaine des suppositions vagues. Eh bien, mon bon monsieur, si jamais un pareil malheur vous arrivait, ce serait une vraie catastrophe pour vous.

— Pourquoi ? répétai-je, perdant de plus en plus la tête devant sa faible défense.

Elle eut un soupir de contrariété.

— Oh ! comme vous êtes agaçant ! Je vous ai déjà répondu sur ce sujet... n'y revenons plus, je vous en prie ! Vous et moi, nous sommes deux bons camarades... rien de plus ! Contentons-nous de cet excellent lien entre nous et n'allons pas compliquer notre existence par des simagrées qui ne serviraient à rien... sinon à briser notre bonne entente !

— Des simagrées ? protestai-je, ne me rendant pas à de si minces arguments. Tout de même, si j'étais sincère ?... Marie-Claire, je vous en prie, envisagez la chose.

— Dieu ! que vous êtes fatigant, monsieur Abel ! dit-elle avec ennui. Il faut toujours que vous fassiez des suppositions désagréables !

Puis, s'animant :

— Voici la situation : nous avons été mouillés l'autre jour et nous sommes venus nous mettre au sec et au chaud ici. Vous en prenez prétexte, aujourd'hui, pour nous faire une visite de remerciement... C'est très bien, mais tout est là ! Il n'y a rien de plus, à présent, qu'il y a quarante-huit heures, sinon que la pluie vous a introduit chez nous où, jusqu'ici, vous n'aviez jamais mis les pieds.

— Comme vous expliquez tout ceci sévèrement, Marie-Claire ! A croire qu'il ne reste rien de cette grande faveur que vous m'avez faite en m'introduisant chez vous... Enfin, malgré vos grands airs fâchés, je ne peux m'empêcher de vous trouver exquise et de vous le dire.

— Exquise, c'est vite dit et ça ne rime à rien ! Allons, restons-en là ! Voilà que vous me servez un mets insipide et lourd qui va me troubler la digestion... Comprenez-vous enfin ?

Toute notre conversation avait eu lieu à voix basse, d'un ton contenu. Peu à peu, Marie-Claire avait parlé plus fort, si bien que les derniers mots de sa protestation parvinrent aux oreilles de la vieille Bretonne. Aussi, se tournant vers sa nièce, la tante l'interpella en breton, auquel je ne compris rien; mais je l'entendis plusieurs fois prononcer mon nom. Sa voix gutturale, aux sons rudes, me fit soupçonner quelque sévère réflexion.

Pourtant, Marie-Claire l'approuva tout de suite :

— Tu as raison, ma bonne Mariannick ; ce Monsieur est insupportable ! Cent fois, je le lui ai dit. Il s'obstine à me faire la cour !

Se tournant vers moi, me menaçant, elle tendit dans ma direction un doigt effilé dont je remarquai l'ongle soigné.

— Fi ! dit-elle, le vilain camarade qui me contraindra un jour ou l'autre à suspendre nos bonnes séances de pose. A moins que, d'ici là, il ne m'oblige à lui fermer, sans façon, notre porte au nez... ce que je regretterais vivement, mais ce que je ferais, néanmoins, sans tergiversation, s'il en était besoin.

— Comme ce serait malin ! Mettre un ami à la porte tout simplement parce qu'il vous trouve jolie !

— Je ne vous empêche pas de me juger à votre idée... Ce qui me déplaît, c'est que vous me le disiez !

— Vous préféreriez, peut-être, que je vous dise que vous êtes laide et que vous me déplaisez ?

— Ce serait du dernier galant ! Mon pauvre ami, ne pouvez-vous pas tout simplement rester correct et ne rien dire ?

Elle se mit à rire, puis ajouta aussitôt ce commentaire :

— Décidément, les hommes sont de drôles d'animaux ! On n'arrive jamais à les satisfaire ! Il leur faut toujours plus qu'on ne leur accorde. Ils sont insatiables de nature ! Et avec leur appétit frénétique, ils détruisent les meilleures choses... telles l'amitié et la confiance, qui sont si agréables entre gens de bon ton, même de sexes différents...

La réprobation dédaigneuse de ces paroles me fit hausser les épaules, mais je ne cherchai pas plus longtemps à la convaincre, puisqu'elle ne me répondait que par des menaces de répression.

Enfin, pourquoi s'obstine-t-elle à ne pas vouloir me prendre au sérieux, alors que, justement, je me sens devenir de plus en plus sincère ?...

*
* *

Avec cette pluie qui tombe sans discontinuer, je ne puis pas aller achever mon tableau dans la lande, et cette inaction me pèse.

J'essaye de ronger mon frein en me disant qu'il faut faire contre mauvaise fortune bon cœur. Pour tuer le temps, et puisque je ne peux pas poursuivre l'œuvre entreprise, je vais aller à Brest. Justement, ma provision de couleurs s'épuise, et quelques-uns de mes pinceaux sont à remplacer ; j'en profiterai pour procéder à un réassortiment.

Le voyage par l'autobus qui relie la côte nord à celle de l'ouest, en traversant l'intérieur du pays breton, est vraiment délicieux. Le charme mélancolique qui se dégage de la lande déserte, aux maigres cultures, fait assez vite place à l'allégresse d'une suite de riants vallons à la végétation abondante.

Brest est une ville très gaie et très vivante, que je m'imaginais pas sous cet aspect éveillé. Ce qui me frappe, ce n'est pas tant la beauté des rues et des magasins luxueux que l'animation qui règne sur les trottoirs, surtout dans la rue qui descend vers le port et vers l'arsenal.

Tout ce mouvement me ravit, subitement ; il me change du Voulch et des chemins déserts.

Comme j'avais le temps, j'ai procédé à tous mes achats avant d'aller déjeuner. Puis, après m'être convenablement restauré, je suis allé m'asseoir à la terrasse d'un café où, cédant à la douceur du farniente, j'ai contemplé béatement le mouvement ininterrompu des passants.

La foule bigarrée coule lentement. Les uniformes des marins et des officiers de marine s'entremêlent aux belles toilettes féminines et aux tenues plus modestes des ouvriers des arsenaux se rendant à leurs occupations.

Il y a tant de monde qui va et vient devant moi, que je me demande si tous les habitants de Brest ne sont pas dans la rue à cette heure. Une fois déjà, en Belgique, à Charleroi, j'ai eu cette même impression de foule oisive déambulant, sans motif apparent, sur les trottoirs et les chaussées. Serait-ce que certaines cités ouvrières ont un besoin invincible de bougeotte et que leurs habitants s'astreignent à une quotidienne promenade digestive et reposante ?

Je n'ai pas le temps d'approfondir le problème. Une vision me fait sursauter.

Est-ce que je rêve, ou suis-je devenu fou ?

Sous mes yeux, se faufilant entre des groupes de promeneurs, une magnifique conduite intérieure passe au ralenti. Elle vient du port et remonte vers la ville haute. Or, dans cette auto, j'ai cru apercevoir une silhouette et un visage bien connus : ceux de Marie-Claire !

J'ai eu peine à retenir une exclamation de surprise. La jeune fille était assise auprès d'un homme jeune, qu'elle me cachait en partie et dont je ne pouvais complètement distinguer les traits. Mais c'était bien elle, je ne me trompais pas ! Et me voici tout bouleversé, à présent, car ce n'est pas la Marie-Claire de tous les jours, en nattes blondes et en costume de paysanne bretonne, qui est passée devant moi. Non !... C'est une réplique de celle-ci, en toilette de ville, gantée et chapeautée comme une élégante Parisienne.

D'un bond, je me suis dressé, et, sans même réfléchir, j'ai jeté vivement une pièce de monnaie sur le marbre de la table, sans souci du prix réel de ma consommation. Puis, précipitamment, je me suis mis à suivre le véhicule.

Mais celui-ci avait beau gravir assez lentement la rue, je ne pouvais le rejoindre. Si le conducteur éprouvait des difficultés à avancer, en raison de l'affluence, je rencontrais moi-même les mêmes obstacles à un déplacement rapide. Pourtant, je voulais savoir !... Si, seulement, j'avais eu la chance de rencontrer quelque voiture de louage ?

Rien !

Une fièvre m'avait saisi. Sans me rendre compte du singulier réflexe né de mes impressions, je m'étais mis à courir, coudes au corps et cœur battant, halluciné par l'auto qui s'éloignait. Je ne m'apercevais même pas que j'étais un objet de curiosité pour la foule qui s'étonnait de ma course précipitée. Il est toujours comique et curieux de voir un homme courir ; son agitation fait naître des commentaires, et les rires fusent sur son passage...

Mais plus je me hâtais et plus la circulation encombrait la rue et retenait mes pas. Il me devenait visible que la distance s'allongeait entre moi et la voiture que je voulais rejoindre.

Bientôt, celle-ci augmenta de vitesse ; je la vis s'éloigner, puis disparaître, tout là-haut, à un tournant de rue...

La sueur perlait à mon front et l'angoisse m'oppressait si bien que, instinctivement, mon pas se ralentit devant l'inutilité d'une poursuite vaine.

Je me sentis alors soudain très malheureux. De n'avoir pu rejoindre ma jeune compagne, c'était en moi une déchirure... une catastrophe !

— Mon Dieu ! cet homme !... qui est-il ? Quel lien le rattache à Marie-Claire ?

Tout mon être évoqua le couple entrevu... l'invraisemblable rapprochement de la jeune fille et d'un inconnu dans une auto de luxe... La vision fut cruelle.

Comme un chancre rongeur, la certitude s'imposa en moi que c'était pour cet homme que Marie-Claire s'était faite belle... pour lui qu'elle se réservait... pour lui qu'elle me dédaignait !

Singulière clairvoyance, qui, tout à coup, devenait atroce.

Quelque chose, en effet, me mordait douloureusement au profond de moi-même, et, sans que je définisse encore cette souffrance intime, je laissais couler des paroles de rage :

— La perfide ! Elle ne m'a rien laissé deviner !... Elle se jouait de ma sincérité et s'amusait de ma confiance... J'étais aveugle et ne me rendais pas compte... Les heures étaient si douces en cette solitude de la lande immense et du ciel sans nuages... dans cet air vivifiant, sous le soleil chargé d'effluves... devant ce cadre merveilleux !... Sans réserve, je m'abandonnais peu à peu à la confiance et à l'amitié... J'avais oublié tout contrôle de moi-même et je ne me méfiais pas de l'influence qui émanait de cette enfant primitive, mais charmante.

Après de telles pensées, un attendrissement me saisit. J'écrasai d'un doigt rageur une larme au coin de ma paupière. Et parce que cette humidité était montée à mes yeux, tout un voile, soudain, se souleva pour moi.

— En suis-je là, vraiment ? constatai-je, éperdu. Je souffre : je suis donc jaloux !... Mais alors ?... Folie ! Je n'aime pas Marie-Claire !... Cette fillette n'est qu'une paysanne coquette, légère et étourdie... rouée peut-être !

Oh ! Oui ! Effroyablement coquette, surtout !

Maintenant, des choses m'apparaissaient que je n'avais jamais voulu voir jusque-là... des choses malpropres, dont la seule pensée me faisait souffrir, un fer rouge appuyé sur ma chair.

Ah ! je comprends maintenant d'où venait l'argent, les toilettes, les colifichets ! Je comprends l'attitude de Mariannick, dont elle n'est la nièce, sage et bien élevée, qu'aux regards des gens du pays... La vieille y trouvait son profit !... Quelle honte et quelle boue !

Ces suppositions malsaines étaient si vexantes et

pourtant si vraisemblables que, un moment, il me sembla rentrer dans mon bon sens.

— Parbleu ! Un homme comme moi n'aime pas une jeune fille comme Marie-Claire : il se trouble à son contact, et c'est tout !... La vérité c'est que, depuis trois mois, je mène une vie trop calme et trop sage. Habitué du quartier Latin, je n'ai jamais été privé de compagnie féminine... Après les nuits un peu fatigantes de Paris, celles du Voulch sont trop raisonnables. Il est tout naturel que j'aie un trop-plein d'ardeur et de vitalité.

Soulagé par cette orientation de mes pensées, je respirai plus librement, bientôt, un pâle sourire se dessina sur mes lèvres.

— Allons, j'aime mieux ça !... Ma parole ! J'en faisais une question de sentiment !... C'est beaucoup moins dangereux !

Je me demandais seulement ce que j'allais faire pour soigner mon excès de sagesse.

— M'amuser, c'est bien simple !... Le mieux est que je reste ici ce soir. Dame Catherine, ma bonne hôtelière, ne sera point trop inquiète en ne me voyant pas rentrer par l'autobus ; elle comprendra qu'un garçon de mon âge soit resté une nuit à Brest. J'irai au théâtre... au bal, même ! Et, ma foi, une soirée de gaieté, un moment d'abandon en galante compagnie, cette concession faite à l'animalité... tout cela aura tôt fait de me rendre mon équilibre. Dès demain, je me trouverai d'aplomb.

Il est trois heures. L'autobus qui va au Voulch part à cinq heures, mais je n'ai plus à m'en occuper.

Que vais-je faire, en attendant la nuit et ses plaisirs

équivoques ? Le cinéma me paraît tout indiqué ; il me permettra de changer d'idées...

*
* *

Je suis allé au cinéma. Le film m'a paru insipide ! D'ailleurs, je n'arrivais pas à le suivre. Ma pensée était loin, en dépit de ma volonté d'en limiter les ébats.

Tout à coup, vers cinq heures, au beau milieu d'une scène gaie, une impulsion soudaine m'a fait abandonner mon fauteuil et me précipiter dehors.

— Il faut que je retourne *là-bas* tout de suite ! Je dois m'assurer si elle n'est pas à Ty Bianet.

C'est que, subitement, je me suis dit que, peut-être, j'avais été victime d'une illusion d'optique ! Marie-Claire, que j'accuse de mille torts, n'était-elle pas, tout simplement, auprès de sa tante ? Avec quelle chaleur je ferais des excuses à la pauvrette si mes soupçons, étant sans fondement, je l'avais accusée à tort !

C'est dans cet état d'esprit que, quatre à quatre, j'ai grimpé vers la ville haute. L'autobus partait des allées en face de la gare, et l'heure du départ était bien proche. Cependant, j'ai calculé qu'en me hâtant, j'y serais en temps utile. Et, en effet, ce n'était pas tellement loin ; à la minute où le véhicule démarrait, j'arrivais essoufflé, et j'eus la chance de pouvoir sauter dedans.

Assis entre deux braves paysannes qui regagnaient leurs pénates, j'éprouvais maintenant une sensation de détente. Etrange revirement, je me sentais presque heureux de n'avoir pas donné suite à mon projet de demeurer à Brest jusqu'à demain. Je ne m'étais pas amusé au cinéma. J'y étais mal à l'aise et je n'arrivais pas à m'intéresser au spectacle.

Qu'aurait-ce été, s'il m'avait fallu rester debout une partie de la nuit ?

Décidément, j'ai bien fait de suivre mon impulsion !

Mais il me semblait que la voiture n'avançait pas ; ce matin, elle allait certainement plus vite. J'en fis la remarque à l'employé qui contrôlait nos billets.

— Au contraire, monsieur, protesta-t-il. Sur la plus grande partie du trajet, la route descend, nous roulons à plus vive allure qu'à l'aller... c'est au moins un quart d'heure de gagné.

— C'est curieux, je croyais le contraire... Mais puisque vous le dites...

— Oh ! c'est certain ! Vous pouvez contrôler !

Je n'insistai pas. Il avait raison, évidemment, cet homme ! C'était mon impatience d'être au but qui troublait mon jugement.

Et, une fois de plus, je remarquai qu'en toute circonstance je suis toujours prêt à accueillir, parmi plusieurs hypothèses, la plus désastreuse ou celle qui va me faire le plus souffrir.

Ainsi, à l'arrivée de la voiture, tout à l'heure, ne serait-il pas plus raisonnable de ma part de gagner mon auberge et d'y demeurer sagement ?

— Je vais peut-être chercher une certitude désagréable à Ty Bianet ? Douter, c'est encore espérer ! Qu'ai-je besoin de savoir exactement ce que Marie-Claire a fait aujourd'hui ?...

Beau raisonnement, qui ne sert à rien ! L'homme ne court-il pas deux fois plus vite, quand il a la prescience qu'une désillusion l'attend au bout de sa course ?

En effet, à peine l'autobus arrivait-il à la croisée des routes où je l'avais pris au départ, que j'ai sauté sur le sol et, m'engageant dans une traverse, à grandes enjambées j'ai gagné les ruines et les bois sombres...

*
* *

C'est presque en courant que je suis entré dans la maison de Mariannick, les pieds boueux, la tête au vent, chargé de mes achats que, dans ma hâte, je n'avais pas songé à aller déposer chez Catherine.

— Où est Marie-Claire ? ai-je demandé fébrilement à la vieille femme, sans même me rendre compte de l'inconvenante autorité dont je faisais preuve.

Elle a tourné vers moi son visage placide et elle m'a examiné avec curiosité. Il m'a semblé que ce regard manquait de franchise en cette minute.

L'impatience me fit répéter ma question :

— Où est Marie-Claire ?

Mariannick me regarda encore. A la fin, elle se décida à parler, mais elle le fit avec circonspection.

— Ma nièce a profité de ce que la pluie avait cessé pour faire un bout de promenade.

— De promenade ? m'exclamai-je, stupéfait, car je m'attendais à une tout autre réponse. Marie-Claire se promène !... Mon Dieu ! de quel côté ?... Je vais essayer de la rejoindre... Quelle route a-t-elle prise, je vous prie ?

Pour toute réponse, je n'obtins qu'un vague geste d'ignorance.

— Enfin, est-elle allée au village ?

— C'est possible !

— Ou plus loin ?

Déjà, le soupçon était en moi : je ne croyais plus ce qu'elle me disait !

Justement, Mariannick avait eu une hésitation. Me regardant toujours, sans que je puisse discerner le fond de sa pensée, elle s'efforçait de me donner le change.

— Pourquoi, plus loin ? demanda-t-elle prudemment. Je ne vois pas ce que vous voulez dire.

Avec une impatience mal contenue, elle ajouta, plus sèchement :

— Je n'ai pas songé à m'informer où elle allait, moi ! Si elle avait prévu votre visite, Marie-Claire m'aurait peut-être dit quelque chose... Du moins, si elle estime qu'elle a des comptes à vous rendre... Il est probable, aussi, qu'elle ne pensait pas que vous viendriez jusqu'ici aujourd'hui.

— En effet, elle n'avait certainement pas envisagé ma visite. Mais si elle doit bientôt rentrer vous me permettrez d'attendre son retour ?... Elle ne doit pas être loin, puisque vous dites qu'elle n'est allée faire qu'un tour de promenade.

— Oh ! si vous voulez attendre... si vous y tenez ! riposta la femme sans aucun empressement. Seulement, je vous ferai remarquer qu'il va bientôt être l'heure du souper, et Catherine Le Goz n'aime guère que les pensionnaires soient en retard. Sans vous commander, vous feriez peut-être bien d'aller prendre votre repas, plutôt que de rester ici... Si vous voulez, même, je puis répéter à Marie-Claire ce que vous avez à lui dire... ou encore, vous pourrez revenir demain dans la matinée, vous savez...

J'éprouvai alors un sentiment de gêne, car il était visible que la vieille paysanne ne tenait pas à ma présence chez elle... Je la dérangeais. A moins qu'elle ne cherchât, avant tout, à m'éloigner... Mais peut-être, aussi, se moquait-elle de moi, en me disant que Marie-Claire était en promenade ?

Et ce fut alors, en moi, à cette supposition, une colère qui gronda.

— Pourquoi me remettez-vous à demain, Mariannick ? ai-je dit avec impatience.

La femme haussa les épaules en bougonnant ; elle devait trouver que je manquais de discrétion.

— Dame ! Vos histoires avec Marie-Claire ne doivent pas être tellement pressées, il me semble ! Vous la voyez tous les jours... Demain, il fera clair, tandis que ce soir, après dîner, ce sera la nuit... et ce n'est pas le moment de venir parler à une jeune fille !

Si j'avais été plus calme, je me serais certainement incliné devant la sagesse de cette remarque, surtout que je me rendais parfaitement compte des incorrections que je commettais depuis un moment. Mais tel n'était pas le cas, malheureusement ; j'étais trop énervé pour temporiser !

— Qu'importe la nuit et l'attente ! lançai-je durement. Je veux voir Marie-Claire, et je la verrai... même la nuit !

Avec un geste de résignation, la vieille femme parut accepter l'inévitable décision : les Bretons sont fatalistes et ne cherchent guère à batailler pour empêcher les événements de suivre leur cours.

— Oh ! si votre affaire ne vous permet pas d'attendre, moi, je veux bien ! dit-elle avec philosophie. Alors, si le cœur vous en dit, revenez dans la soirée... Et puis, rien ne prouve que vous ne rencontrerez pas Marie-Claire en descendant... Vous pourrez ainsi lui faire de vive voix cette communication qui ne peut se remettre...

Je me laissai convaincre par cette suggestion. Une rencontre avec la jeune fille était possible, en effet.

Alors, avec la même impétuosité qui m'avait conduit à Ty Bianet, j'ai quitté la maison solitaire pour prendre le chemin de mon auberge.

*
* *

Naturellement, je n'ai pas rencontré Marie-Claire en route ! Et, tout en mangeant mon potage, j'ai songé, avec une rage concentrée, que la tante s'était moquée de moi ! Mon imagination exagérant les choses, je me suis dit que la vieille Bretonne avait voulu m'éloigner, afin que sa nièce et son amoureux pussent rentrer librement chez elle.

— Parbleu ! je suis joué et bien joué !... Cette Mariannick fait là un drôle de métier !... La triste créature !

Parce que sa façon d'agir me touche personnellement, je la trouve extrêmement malpropre !... Peut-être, si j'en étais le bénéficiaire, changerais-je favorablement d'avis...

Lamentable logique, évidemment !... Je m'en rends compte et je me morigène :

— Pourquoi, à propos de Marie-Claire, supposer

tout de suite un *amoureux* qui paye et qu'elle favorise ?... Je deviens odieux, véritablement !

Alors, loyalement, je rectifie :

— Un compagnon...

En effet, rien ne me permet, avec le peu que je sais, d'employer une autre expression... Enfin, il se peut aussi que Marie-Claire soit rentrée par le dernier autobus, ou que la tante, ayant raison, malgré les apparences, la nièce n'ait pas quitté la région.

En promenade ?... C'est vague et ça veut dire bien des choses !

Quand j'étais gamin, ma mère ne manquait pas de souligner combien j'étais impétueux : j'exagérais toutes les suppositions ! Je me rends compte que si la chère femme était là aujourd'hui, elle pourrait constater, une fois de plus, la facilité avec laquelle je me laisse emporter...

— Ne reste pas en Bretagne, mon petit, me dirait-elle sagement. L'isolement ne te vaut rien. L'atmosphère où tu vis est mauvaise pour une sensibilité excessive comme la tienne. Reviens vite retrouver tes compagnons et tes compagnes d'atelier ! Un bock pris en bande joyeuse, dans une brasserie, vaut mieux pour toi que la vie austère que tu mènes actuellement en anachorète retiré du monde.

Chère maman, elle aurait raison, évidemment ! Mais je crois bien que je ne suis pas plus en état d'esprit de suivre ses conseils que, tantôt, je l'étais d'être correct avec Mariannick.

Je viens d'avaler mon repas si vite que Catherine m'a fait observer qu'il ne me *profitera* pas.

— J'ai une course à faire, ma bonne Catherine, ai-je expliqué à son attention quasi maternelle. Oui, j'ai des inquiétudes au sujet de mon attirail... Je crains un oubli... J'espère que la nuit n'est pas trop sombre et que j'y verrai suffisamment clair pour marcher.

— Alors, puisque vous avez mal dîné ce soir, reprend la brave femme, je vous laisserai un en-cas... là, à votre place. Lorsque vous rentrerez, cette nuit, vous serez peut-être content de trouver à manger. Ne vous gênez pas : quelle que soit l'heure de votre retour, installez-vous tranquillement et soupez à votre aise !

— Je vous remercie, mais je ne crois pas que j'aurai faim...

J'avais eu soin, en parlant, de ne pas la regarder : l'excellente femme n'aurait-elle pas deviné la vraie cause de ma nervosité ?

Elle est femme et fine, la brave Catherine ! Je l'ai interrogée si souvent sur le compte de Marie-Claire qu'elle est bien capable d'avoir fait des remarques sans que je m'en aperçoive.

En effet, avant de partir, elle m'a forcé à prendre encore une tasse de café arrosé d'un verre de calvados. Il paraît qu'en certains cas, les effets bienfaisants de l'alcool sont indiscutables.

— Ça vous réchauffera, monsieur Marc. Faut toujours soigner l'intérieur quand le moral est à moitié fort...

C'est bien ce que je craignais : Catherine n'est pas aveugle !

*
* *

Me voici de nouveau à Ty Bianet. L'accueil de Mariannick manque vraiment de chaleur lorsqu'elle apparaît dans l'entrebâillement de la porte et qu'elle me trouve debout sur le seuil.

— Comment ?... C'est encore vous !

Cette simple exclamation me hérisse :

— Marie-Claire est-elle de retour ?

Ma voix résonne durement, et la femme ne peut se tromper sur mon état d'esprit.

— Ma nièce repose. Elle est fatiguée, dit-elle avec hostilité. Et puis, sauf votre respect, monsieur Marc, est-ce bien une heure convenable pour venir voir une jeunesse ? Je croyais vous l'avoir fait comprendre, tantôt.

Et sans plus de façon, la vieille sorcière me ferme la porte au nez.

Interdit par cette algarade, je demeure un moment immobile sur le seuil. J'ai envie de donner de grands coups de poing dans la porte. Le bruit réveillerait peut-être Marie-Claire, et je lui parlerais !...

Lui parler ?

— Elle repose ! a dit Mariannick.

C'est une explication comme une autre, car la jeune fille est-elle vraiment rentrée ?... Où est la vérité ?...

Le cerveau en désordre, je reste coi, hésitant devant l'huis clos qui, ce soir, prend pour moi l'allure d'un visage agressif.

Je suis stupide ! Je ferais mieux d'aller me coucher !... Car, enfin, je n'aime pas Marie-Claire... Je ne suis pas amoureux et je ne veux pas l'être !... La preuve, c'est que je vais retourner tranquillement à l'hôtel, sans m'occuper davantage de cette petite...

Ceci, c'est la raison qui parle. Mais suis-je en état d'écouter la raison ?

Il faut croire que non, puisque, bientôt, je n'hésite plus.

Allant à la fenêtre, fermée par un volet de bois, qui me paraît être celle de la chambre de Marie-Claire, je ne tergiverse guère pour secouer violemment le volet.

— Marie-Claire, c'est moi !... Répondez ! Il faut absolument que je vous parle, mon amie !

Ma voix porte loin dans la campagne ; mais la fenêtre demeure close, et je n'ai pas de réponse, naturellement !

Pourquoi, naturellement ?... Ce n'est pas si naturel que cela !... Pourquoi cette jeune fille ne répondrait-elle pas, si elle était ici ?...

Parbleu ! Mariannick a menti : sa nièce est absente ! Je puis cogner jusqu'à demain à cette maudite fermeture de planches, rien ne s'ouvrira devant moi !

Une nouvelle fois, mon bon sens me dit qu'il serait mieux que je retourne au Voulch et que je ne m'occupe plus de Marie-Claire ; ce que fait cette demoiselle ne me regarde pas, et je ne dois pas intervenir dans sa vie privée, puisque je n'ai rien à lui offrir de mieux que ce qu'elle peut obtenir ailleurs... Mon amour — s'il est bien réel qu'il existe maintenant — lui réserve-t-il autre chose que de l'équivoque ? Est-ce que je puis donner mon nom à cette fillette ? L'amener dans la maison de ma mère ? Faire d'elle la mère de mes enfants ?... Non, non ! Tout en moi se révolte à l'idée de ce sacrilège : la petite paysanne coquette et prétentieuse devenant la reine de mon foyer, la gardienne de ma race, la compagne de ma vie !... La supposition est par trop absurde ! Jamais, mille fois jamais, Marie-Claire ne sera ma femme !...

Mon amour ne peut donc lui offrir qu'une tendresse momentanée, qu'une liaison passagère... que le déshonneur, en réalité !

Alors ?

Est-ce bien l'honnête garçon que j'ai été jusqu'à ce jour qui peut envisager pareille éventualité ?

Non !...

Eh bien ! je pars ?... Je rentre à l'hôtel. C'est plus sage !

Mais au personnage raisonnable que je croyais être, on dirait que s'est substitué un autre homme qu'une folie habite. Aucun argument ne porte en ma conscience, ce soir... Seul, l'instinct me domine :

— Je ne veux pas m'éloigner. Il faut que je découvre ce que Marie-Claire me cache...

Tout mon être est tendu à chercher une vérité qui va me torturer !

Et, dans ma démence, j'argumente logiquement :

— Si Marie-Claire n'est pas là, elle va rentrer, certainement... S'il en était autrement, Mariannick serait déjà couchée, selon l'habitude des bonnes gens de la campagne, qui suivent le soleil et règlent sur lui leur emploi du temps. Il ne faut donc pas partir, je dois attendre et voir comment va s'effectuer le retour de Marie-Claire... dussé-je passer toute la nuit dans l'attente !

Je me rends compte que, ce faisant, je suis de plus en plus déraisonnable ; malheureusement, dans l'état de surexcitation où je me trouve, l'homme primitif l'emporte en moi sur tous les raisonnements.

Et, tout en maudissant ma sotte jalousie, tout en reconnaissant que je suis indigne de me juger vraiment homme, je vais m'embusquer derrière un fourré d'ajoncs, d'où je pourrai voir la maison et surveiller la route, tout en étant à l'abri du vent frais du large.

Assis à terre, dans l'obscurité, les coudes appuyés sur les genoux, la tête dans les mains, je passe là des minutes atroces, l'oreille aux aguets !

Des minutes... des heures, certainement, car j'ai souvenance d'avoir vécu, cette nuit-là, une éternité douloureuse, le cœur déchiré, le cerveau hanté par la vision de Marie-Claire assise auprès d'un homme, dans une voiture somptueuse qui passait devant moi et s'évanouissait pour reparaître sans cesse.

Puis, tout à coup, je tressaillis. Un bruit particulier, apporté par le vent, frappait mon oreille... Un ronronnement lointain augmentait d'intensité... un vrombissement de moteur se rapprochait... Auto ? Avion ?... Non, le bruit ne venait pas du ciel. Si les vols de nuit sont fréquents dans la région parisienne, il n'en est point ainsi sur cette côte lointaine, quelque peu retranchée du monde.

Bientôt, d'ailleurs, un faisceau lumineux balaya les ténèbres et vint passer au-dessus de ma tête. C'était bien une auto, dont les phares trouaient la nuit en descendant la route...

Le bruit se rapprocha et je me dressai brusquement, mû par une force mystérieuse. Anxieux, le cœur battant d'émoi, étreint par une véritable souffrance, je guettais, sur la route en contrebas, avide de savoir quelles personnes allaient descendre !

A vingt mètres de Ty Bianet, les deux phares, qui avançaient de plus en plus lentement, vinrent stopper. A cette minute, ma détresse était si grande de voir mes craintes réalisées, que j'ai eu la sensation d'avoir les jambes fauchées sous moi.

Aucun doute ne m'était plus possible. Une voix claire, joyeuse, bien timbrée, une voix que j'aurais reconnue entre mille, jetait ses notes harmonieuses dans le silence nocturne :

— Cette fois-ci, nous y sommes !... Bonsoir, mon bon ami !

De l'intérieur de la voiture, quelqu'un répondit d'un ton ferme et mâle, mais je ne pus distinguer celui qui parlait.

Intérieurement, j'identifiais d'ailleurs l'homme invisible avec celui qui était, à Brest, le compagnon de la petite paysanne.

Bouleversé, anéanti, je vis l'auto reculer et tourner sur place pour repartir dans la direction d'où elle venait.

Dans le virage, les phares du véhicule avaient éclairé Marie-Claire et, pendant quelques secondes, je l'avais vue, sous son grand chapeau clair, souriante, élégante et coquette. Elle agitait sa main dans un geste d'affectueux *au revoir.* Puis l'ombre régna à nouveau sur l'espace avoisinant, pendant que la voiture s'éloignait et que Marie-Claire, légèrement, pénétrait enfin chez elle.

Derrière elle, l'arrivante voulut repousser la porte. Mais ce dernier mouvement demeura inachevé.

J'avais bondi vers la maison, en trois sauts prodigieux. Entre la porte et le chambranle, ma jambe droite, interposée, empêchait la fermeture.

Un « ah ! » d'angoisse jaillit rauquement de la gorge juvénile, tandis que, sous ma poussée, l'huis s'ouvrait et me livrait passage.

— Oh !... monsieur Marc !... Comment ! c'est vous ?... Vous m'avez fait peur !... Mais pourquoi si tard ?... Que se passe-t-il ?

Affolé de jalousie, je ne sus pas peser mes paroles.

— Il se passe que vous êtes là, Marie-Claire. Vous arrivez à cette heure, avec un homme et en cette toilette ! Vous !... Vous que je plaçais si haut !... Il se passe que votre journée s'est écoulée hors d'ici, et en quelle compagnie !... Vous avez fait cela, vous, Marie-Claire !

Elle recula de trois pas et, se raidissant soudain, elle me dévisagea d'un œil stupéfait ; puis son regard s'assombrit et, lentement, sans répondre, sans me quitter des yeux, elle retira son chapeau et sa fourrure.

Dans l'ombre du lit clos, une forme s'agitait, et j'entendis la voix de Mariannick, indignée :

— Ma pauvre petite !... Toute la soirée, ce garçon est venu ici. Il voulait pénétrer dans la maison, attendre ton retour. Je l'ai chassé plusieurs fois. Je me demande comment il ose agir ainsi... Cet homme est odieux !

La voix calme de Marie-Claire contrasta avec le ton courroucé de sa tante.

— Expliquez-vous, monsieur Marc ! Quelles raisons avez-vous eues d'agir ainsi ? Ce procédé m'étonne de votre part ! Je vous croyais un homme bien élevé.

— Je voulais vous voir à tout prix, bégayai-je, déconcerté par l'assurance de la jeune fille, qui semblait vouloir reporter sur moi toute la responsabilité de cette scène nocturne.

— Au nom de quoi avez-vous pris une telle liberté ? insista-t-elle avec hauteur. Vraiment, je suis confondue ! Qu'est-ce qui vous autorise à épier mes actes et à les juger ?

Impressionné par sa voix glaciale et son air de dédaigneux mépris, je sentais la force de ma colère décroître très rapidement.

— Ah ! Marie-Claire ! Je vous en prie, ne prenez pas ce ton dur avec moi ! suppliai-je avec un véritable désespoir. Vous me voyez malheureux et vous me repoussez... Vous en qui j'avais foi ! Je ne croyais pas que vous étiez capable de faire cela...

— Quoi, cela ?... Que voulez-vous dire ?

— Cet homme !... Vous avez passé la journée avec lui !

— Et après ?

Ses yeux, flamboyant d'orgueil, foudroyaient les miens, où de l'égarement se lisait.

Elle comprit sans doute mon désarroi et devina que j'étais plus malheureux que dangereux. Eut-elle pitié de moi, ou fut-ce simplement dans un but conciliant ? Je ne saurais le dire.

Cependant, elle me laissa pénétrer plus avant dans la maison et, du doigt, elle me désigna un siège.

— Tenez ! asseyez-vous là, pendant que je vais manger... Et maintenant, parlez ; mais surveillez vos paroles, car je n'accepterai pas qu'elles prennent le moindre ton outrageant !... Allons, expliquez-vous et dites-moi quel malheur vous a si brutalement frappé aujourd'hui, que vous ne paraissez plus être en possession de vous-même ?... Je n'aime pas beaucoup la présence d'un homme, chez moi, à cette heure-ci. Mais puisque vous semblez en appeler à ma pitié, je ne puis vous rejeter d'ici, comme je le devrais faire.

A l'extrémité de la table, elle prit la même place que le jour où l'orage nous avait procuré la joie d'une charmante dînette. Je remarquai encore la nappe, le couvert d'argent, le verre de cristal et le léger en-cas, délicatement présenté : viande froide sur une assiette décorée, corbeille de fruits, cruchon de cidre.

En réalité, ce n'est qu'à distance que je me remémore ces détails qui m'apparurent alors en éclair seulement. J'étais absorbé par la phrase prononcée : « Je n'aime pas beaucoup la présence d'un homme chez moi à cette heure », dont le contraste avec la conduite que je lui soupçonnais ne pouvait m'échapper.

En m'asseyant sur le banc, à quelques pas d'elle, je la répétai ironiquement en moi-même ; puis j'observai amèrement, à voix haute :

— Evidemment ! Plutôt que me voir ici à un tel moment, vous aimez mieux passer la journée à la ville avec un homme et rentrer la nuit, quand personne ne peut s'en rendre compte.

Le rouge de la colère empourpra les joues de Marie-Claire, qui me regarda avec des yeux fulgurants. Tout en s'efforçant de conserver son calme, elle me commanda impétueusement :

— Vous allez rectifier immédiatement cette phrase, monsieur Marc, ou bien, passez la porte !

Jamais encore personne ne m'a fait subir pareille injure !

— Injure !... N'est-ce pas la vérité que je viens de dire ?

— Vérité ou non, rectifiez l'insinuation ! Il ne me plaît pas d'entendre juger ainsi mes actes. Je vais où je veux, je vois qui me plaît, et cela ne regarde que moi.

Je dus faire un gros effort sur moi-même pour lui donner satisfaction.

— Je me suis conduit comme une brute, avouai-je péniblement. Mais convenez, Marie-Claire, que notre amitié et notre intimité journalière ont créé un lien entre nous... vous ne pouvez pas oublier cela... Je... j'ai des droits...

— Des droits ? Ah bah ! vous allez un peu fort ! ricana-t-elle. Vous ai-je jamais accordé la moindre privauté ? Comment pouvez-vous dire que je vous aie jamais donné ou reconnu un droit de contrôle sur ma conduite ?

Visiblement son exaspération montait en même temps que haussait le ton de sa voix. Elle ne pouvait admettre mon intrusion dans sa vie privée, et mes reproches cinglaient son ombrageux orgueil.

Je me rendis compte que si je ne changeais pas mon langage immédiatement, je serais chassé de chez elle, sans plus de façon.

Accablé, je courbai la tête. J'étais malheureux et je sentais bien que je n'avais pas le droit de lui en vouloir de son emportement... Elle avait raison : jamais, elle n'avait encouragé mes avances.

Un sombre désespoir dicta ma réponse :

— Ah ! je le sais bien que vous ne m'aimez pas !

Vous ne prenez souci de mes déclarations que pour en rire et vous en moquer !

— Je ne me moque de personne ! trancha-t-elle. Ni de vous ni d'aucun autre ! Mais je tiens à mon indépendance, sachez-le... D'ailleurs, je ne comprends rien à cette singulière scène. Je vous ai toujours dit que je ne voulais pas me marier, ni accepter l'amour d'un autre homme... Ai-je jamais toléré de vous la moindre galanterie ?

— Vous êtes vraiment sans pitié pour moi, laissai-je échapper pour toute réponse.

— Je n'ai pas à prendre en pitié les sentiments d'aucun garçon... quel qu'il soit ! Je suis entièrement libre des miens, et je ne permets à personne de m'en imposer d'autres. Est-ce compris ?

— Vous le criez assez fort pour que je l'entende ! répliquai-je ironiquement.

Elle haussa les épaules, agacée de mon air mortifié. Puis, après un court silence, elle reprit :

— Vous avez grand tort, monsieur Marc Abel, de prendre avec moi cette attitude d'amoureux jaloux... d'amoureux qui s'estime lésé dans ses projets et dans ses espérances ! Je n'ai jamais encouragé la moindre de vos avances... ni enregistré, en acquiesçant, l'une quelconque de vos déclarations. Vos galanteries ne me plaisent guère, et je ne vous le cachais pas, cependant ! Mais vous paraissiez en jouer ! Or, on ne joue pas avec le feu ! Tant pis pour vous si vous vous êtes brûlé les doigts.

— Dans tous les cas, il est visible que si, moi, je me suis pris au piège de l'amour, comme vous le dites si bien, vous, vous êtes de glace... Ma sincérité ne vous émeut pas.

D'un geste rageur, elle plaqua son couteau sur la table.

— Qu'y puis-je ? s'exclama-t-elle, de nouveau en colère. Me faudrait-il répondre aux sentiments de tous les imbéciles qui s'éprendront de moi ?...

— Merci pour le mot imbécile ! saluai-je, assez vexé.

— Il n'en est pas d'autre en l'occurrence, vraiment !... Loyalement, je vous ai toujours affirmé mon désir de rester libre et indépendante... Jamais, je ne vous ai suivi dans la voie du badinage où vous vous engagiez de votre propre gré, sans mon assentiment... Vous me faites grief, aujourd'hui, de n'avoir pas su modérer à temps vos sentiments... C'est une leçon qui va tout de suite porter ses fruits... Puisqu'il vous a plu de sortir de la réserve amicale qui était de rigueur entre nous, je me vois obligée, à partir de ce soir, de vous consigner définitivement ma porte. Désormais, nos relations en resteront là ! Je ne retournerai plus sur la lande pour vous y servir de modèle. Aucune de mes complaisances à votre égard n'aurait dû faire l'objet d'interprétations pareillement déplacées de votre part.

Marie-Claire, dans sa colère, était belle de franchise et d'indignation. Jamais, elle ne m'était apparue aussi désirable qu'en cette minute où elle me repoussait. Du coup, je mesurais mes torts... je me rendais compte combien elle avait raison. Pourquoi, en effet, avais-je cédé à mes impulsions spontanées ?... à cet aveugle sentiment de jalousie qui me plaçait dans une si piteuse attitude devant elle ?... Et moi, le Parisien ! moi, l'habitué des fêtes nocturnes ! moi, l'artiste connaissant tous les chahuts et les conquêtes plus ou moins faciles du quartier Latin, je souffris d'être là, bafoué par cette petite Bretonne endimanchée qui me regardait durement, de son air hautain de princesse en exil.

Vraiment, l'homme est fou de ne pouvoir réprimer certains élans qui le précipitent du piédestal où des années d'éducation ont réussi à le hisser. J'avais conscience d'être inférieur à moi-même. Et l'air boudeur, le front barré, je demeurai accablé sous ma honte et sous mon chagrin.

Marie-Claire, satisfaite sans doute de sa victoire, se mit à manger.

Des minutes coulèrent...

Je restais silencieux et immobile, comme ignoré de la jeune fille. Il n'y avait plus que du vide en moi et autour de moi...

Que se passa-t-il en elle ?... Tout à coup, elle repoussa violemment son assiette et se dressa d'un bond. Furieuse, elle se mit à me fixer d'un regard où passait subitement toute une fureur déchaînée au paroxysme.

— C'est intolérable ! cria-t-elle. Sûrement, j'ai l'air d'une mégère, devant votre attitude de soumission !... Voyons ! Ne restez pas ainsi, monsieur Marc ; cela ne peut pas durer ! Dites quelque chose !... Reconnaissez vos erreurs !... Excusez-vous !...

Hors d'elle, elle s'était mise à marcher tumultueusement à travers la pièce.

Je voyais ses poings se crisper avec colère, au bout de ses bras tendus vers le ciel. Parfois aussi, d'un air hagard, elle pressait son front entre ses mains nerveuses.

Tout à coup, elle se mit à commenter rageusement la situation :

— Si vous croyez que c'est amusant, une scène pareille, au milieu de la nuit !... avec un individu que je connais à peine !... car c'est bien exact, n'est-ce pas ?... Je vous connais à peine !... Et pourquoi, s'il vous plaît ?... Pour écouter des reproches, fournir des explications !... C'est trop fort !...

Alors, venant tout contre moi, son visage irrité tendu vers le mien comme pour se faire mieux entendre : frappant du pied sur le sol pour scander ses paroles ; au paroxysme de l'énervement, elle me congédia brutalement :

— Mais allez-vous-en donc... au plus vite ! Partez !... Vous voyez bien que vous m'avez exaspérée !... Il y a de quoi devenir folle de colère et d'amour-propre blessé !

Elle avait raison.

Depuis son arrivée, j'avais été extrêmement maladroit, et mes paroles avaient revêtu toutes les formes de l'injure.

Affreusement pâle, ayant la sensation que mon sang se figeait dans mes veines, je dus faire effort pour me lever.

Il est des minutes qui comptent dans la vie d'un homme : j'en vivais de bien amères depuis quelques instants...

Cependant, la correction infuse en moi guidait mes actes d'une façon machinale : d'une voix blanche, prêt à me retirer, j'essayai de m'excuser.

— Vous avez raison, Marie-Claire, je suis impardonnable. On n'est pas toujours maître de ses sentiments, pas plus que des réactions de son cœur, en présence des événements!... Je vous souhaite de n'avoir jamais à vivre les angoisses et les émotions que j'ai vécues aujourd'hui... sans m'y attendre, car ce matin, je ne savais rien... Je ne voyais même pas clair en moi. Sans y être préparé, j'ai eu la révélation de tout ce qu'impliquaient l'amour et la folie... Malgré tout, soyez assurée que j'ai pour vous le plus profond respect... Si mes reproches ont dépassé la mesure, c'est que, sous la brûlure que je ressentais, je n'étais plus maître de mes pensées ni de mes paroles...

— C'est bon, fit-elle rudement. A présent, allez-vous-en : cette scène a suffisamment duré.

— Oui, oui ! Je vais me retirer.

De l'égarement passait en moi.

Allais-je partir ainsi ?... Alors, ce serait fini. Je ne la verrais plus !

— Marie-Claire ! m'écriai-je, affolé par cette perspective. Soyez généreuse ! Ne nous quittons pas ainsi !

— Allez-vous-en ! répéta-t-elle rudement.

— Oui, je pars ! fis-je précipitamment. Auparavant, promettez-moi d'oublier ma visite nocturne et tout ce que j'ai pu vous dire ?... Si vous pouviez lire en moi, vous verriez ce que j'ai pu souffrir et vous me pardonneriez, j'en suis certain.

Sous une agitation intime, une rougeur empourpra le visage courroucé de Marie-Claire. En même temps, son regard un peu dur dévisageait le mien.

— Soit, je vous pardonne ! fit-elle brusquement. J'admets que vous n'ayez pas prémédité cette scène... ce fut une aberration... de la folie... N'y pensons plus !

— Merci ! Je pars à présent... je...

Ma voix se brisa. A cette minute, tout sembla à nouveau sombrer en moi : orgueil, dignité masculine, etc.

Un sanglot roula dans ma gorge :

— Marie-Claire ! Ayez pitié de moi !... Ne me renvoyez pas ainsi.

— Vous n'allez pourtant pas rester ici toute la nuit !

— Non, non ! Je me retire ! Mais ne me dites pas que vous ne viendrez pas demain sur la lande... que tout est fini entre nous... Cette chose atroce, voyez-vous, je ne puis l'envisager...

Elle m'enveloppa soudain d'un regard singulier, où il y avait à la fois de la gêne et de la tristesse. Il me parut même qu'une ombre furtive assombrissait ses traits.

Un peu songeuse, elle alla vers la porte.

— Allez dormir, monsieur Marc. Oublions cette scène, tous les deux, si c'est possible. Jusqu'ici, je n'avais rien eu à vous reprocher, et j'aurais mauvaise grâce à vous en vouloir plus longtemps de cette agitation que vous n'avez pas su garder pour vous seul.

Elle ouvrit l'huis, et la grande ombre de la nuit s'allongea devant nous.

— Ce n'était pas, vraiment, une heure pour venir me rejoindre, murmura-t-elle. Allez et oublions tout ça...

Un nouveau sanglot me monta à la gorge. Il fallait donc nous quitter sur un adieu si froid !

— Au revoir, Marie-Claire... Je... J'ai bien dû chagrin... de vous avoir contrariée...

Ma main se tendit vers elle, pendant que mes yeux suppliaient les siens. Elle sourit et ne se déroba pas à cette poignée de main qui marquait son pardon. Mes doigts glacés serrèrent les siens, qui étaient fiévreux; mais je n'osai ni prolonger mon étreinte, ni porter cette main à mes lèvres, comme je l'avais fait quelquefois. Néanmoins, cette pression amicale semblait indiquer que nous nous quittions apaisés.

— Bonsoir, monsieur Marc! Dormez bien! me dit-elle gentiment.

— Au revoir, Marie-claire!... A demain, répondis-je.

En cette minute, je ne désespérais pas de la revoir le lendemain.

La porte était déjà refermée.

Debout contre le chambranle, la tête pleine de choses que j'aurais voulu lui dire encore, je demeurai quelques minutes immobile.

J'étais abruti. Je n'arrivais pas à surmonter mon désarroi ni à analyser l'enchaînement des sentiments qui m'avaient fait agir depuis douze heures.

Ce ne fut qu'au bout d'un moment que je parvins à me mettre en route, d'un pas machinal qui me ramena à l'auberge sans que je m'en rendisse compte.

Le cerveau vide, très malheureux, avec l'impression d'avoir devant moi un lac immense où j'allais sombrer, j'ai gagné ma chambre...

C'est à peu près tout ce que je puis enregistrer ici...

*
* *

J'ai passé une nuit affreuse pendant laquelle, par instants, j'ai cru sentir la folie battre mes tempes, surtout lorsque l'image de Marie-Claire, auprès d'un homme, dans l'auto, se présentait à mon esprit. Je maudissais alors de toutes mes forces la perfide créature cause de mon malheur. Puis, cet accès de rage passé, la raison revenait plaider en faveur de mon amie :

— Non ! la fière fillette, dont je connaissais la réserve sauvage, était incapable d'avoir eu une conduite malhonnête...

A ces minutes-là, je la revoyais grave, bien sagement assise, posant devant mon chevalet sans jamais se départir de sa correcte bonne volonté.

Passant d'un sentiment à l'autre, en des alternatives tantôt douloureuses, tantôt apaisantes, je suis arrivé au petit jour où, la fatigue aidant, j'ai fini par m'assoupir.

C'est curieux comme le sommeil dissipe les ténèbres du cerveau : je viens d'avoir l'occasion de le constater. C'est dans un apaisement réel, peut-être causé par l'excès même des émotions accumulées durant des heures, que je me suis réveillé, lucide, ce matin.

Mais pourquoi cette impression de vide en moi et autour de moi ?... C'est une sensation atroce !

*
* *

Je me sens brisé physiquement et moralement. Quelque chose en ma poitrine semble blessé à mort... tué... incapable de renaître...

Je n'irai pas aux ruines aujourd'hui ; j'en ai pris la décision ; c'est mieux ainsi. J'ai la certitude que

Marie-Claire n'y viendra pas. Alors, à quoi bon aller chercher d'inutiles désillusions ?

N'est-ce pas préférable d'éviter une rencontre douloureuse, puisque je n'ai rien à espérer ?...

Cette certitude équivaut pour moi à du néant... à un « à quoi bon ? » démoralisateur... La vie, les gens, les choses... rien ne compte plus... c'est un absolu dans la négation, dans le vide...

Mon amie ne m'aime pas et ne m'aimera jamais : la place est prise, telle est la vérité !

Il est donc parfaitement inutile de poursuivre une idylle qui ne pourrait aboutir qu'à me faire souffrir.

Dans mon infortune même, je dois puiser le courage de ne plus aimer... essayer de remonter la pente !...

*
* *

J'ai déjà dit que la vie était bête, mais combien nous-mêmes sommes aveugles sur nos propres sentiments !

Sans cette rencontre d'hier matin à Brest, j'ignorerais encore l'état de mon cœur.

Je n'ai rien pressenti, rien deviné ! J'ai laissé l'amour s'installer sournoisement en moi et me courber sous sa tyrannie... Faut-il que j'aie été sot ! Sot ?... Non !... A quoi bon me diminuer, puisque je n'ai pas voulu cela ! La folie, la maladie, naissent-elles de notre volonté ? Sommes-nous responsables des orages qui se déchaînent dans les cieux ?

Jouets de la destinée, nous ne pouvons que la subir !... Je subis l'amour comme d'autres souffrent d'une fièvre... involontairement !

Et c'est ça le plus terrible, ne pouvoir arracher un tel sentiment de son cœur et s'en débarrasser, alors qu'il est sans espoir et qu'il apparaît comme une épouvantable catastrophe!... Qui donc créera le sérum guérisseur, la piqûre salvatrice?...

Dans un corps sain, quand le cerveau est fort, le mal d'amour devrait être anodin...

Et cependant...

*
* *

Aujourd'hui, je me suis cru très fort, cuirassé contre toute faiblesse. Alors, bravement, je suis monté sur la lande et, par cette journée ensoleillée, j'ai repris mon travail.

Heureusement, mon tableau est bien avancé. L'image de Marie-Claire est terminée ; seuls le bas de sa jupe et les sabots restent à l'état d'ébauche. Mais n'importe quelle fillette pourra prendre la pose, à défaut du modèle choisi... et unique!

Cela m'a donné un grand coup dans la poitrine de retrouver là, sur la toile, mon amie, si vivante, si doucement souriante... Mais en voyant demeurer déserte la place où elle s'asseyait habituellement, je me suis senti envahir par une invincible mélancolie.

Tout me parlait d'elle.

Et j'ai trouvé les choses cruelles, le hasard machiavélique!

Peut-on expliquer que je sois venu si loin chercher une souffrance?

Jeune homme à qui tout sourit dans la vie, effronté moineau avide de liberté, j'ai voulu connaître un autre ciel que celui de Paris. Et me voici arrivé dans ce coin sauvage !...

Une procession passe, une silhouette blanche apparaît... c'est le désastre... sans que ma volonté y contribue d'aucune façon.

Pourtant, ne devrais-je pas être vacciné contre l'amour ?

Que d'amourettes, jusqu'à présent, ont embelli mes jours ! Compagnes d'ateliers, petits modèles, amies de rencontre, toutes me faisaient frissonner l'être pendant quelques heures ou quelques semaines. Elles apportaient du piment, un peu ordinaire, à une file de jours sans tourments, sans soucis, et leurs présences successives me mettaient du soleil plein la tête. Je ne demandais alors rien de plus à la vie...

Il me semble maintenant qu'une rafale a soufflé sur mon existence trop paisible... une tornade a tout ravagé en moi, et j'agonise sous une souffrance inconnue jusque-là.

Je n'ai pu achever ma séance de peinture : les choses évoquaient trop Marie-Claire sur la lande déserte.

J'ai rangé mes pinceaux, avec l'impression que si je ne m'éloignais pas tout de suite de ce coin-là, j'allais me mettre à pleurer lamentablement, comme un enfant perdu qui cherche en vain autour de lui un visage familier.

*
* *

A midi, à l'auberge, quelqu'un a remonté le phonographe. Cette musique, dans mon état d'âme, me crispait les mâchoires, et je grinçais des dents.

Je fis un effort pour opposer une barrière stoïque aux flots d'harmonie indésirables et permettre à mes pensées de reprendre leur cours fatal. A force de me concentrer, je parvins à m'abstraire et, bientôt, les sons ne parvinrent plus à moi que comme un murmure venu de très loin.

Tout à coup, mon subconscient se trouva mis en éveil par quelque chose de connu... une sorte de réceptivité éveillait en moi des cordes sensibles qui vibraient jusqu'à me faire mal.

C'était un air de *Carmen,* lorsque don José lance son émouvante plainte d'amour :

Car tu n'avais eu qu'à paraître,
Qu'à jeter un regard sur moi,
Pour t'emparer de tout mon être...
O ma Carmen !... Et j'étais une chose à toi...

L'effet sur moi de ce chant nostalgique fut désastreux !

Un frisson courut au long de mes vertèbres et, appuyant mes coudes sur la table, je cachai ma tête entre mes mains. Une douleur atroce me broyait soudain l'âme.

Mes yeux revoyaient la scène émouvante... pis, hélas ! je la vivais !...

Lui aussi il était heureux, le fiancé de Micaela ! Au pays du soleil, tout n'était pour lui que sourires et joies : ses succès auprès des jeunes filles renforçaient sa superbe, en même temps que sa confiance ! Et puis, un jour, elle n'eut qu'à paraître, *sa* Carmen... comme m'est apparue, un jour, Marie-Claire...

Or, moi, plus malheureux encore, je ne connaîtrai

jamais les douceurs de l'amour de celle que j'aime, mais ma vie, comme celle du héros de Mérimée, sera ravagée pour toujours...

Je fermai les poings, ma gorge se serra. Machinalement, je transposai :

Car tu n'avais eu qu'à paraître...
O Marie-Claire !
Et j'étais une chose à toi...

Dans une douloureuse inconscience, je me substituais à l'amoureux désespéré. C'était moi qui clamais ma peine, pendant que le beau dragon d'Alcala s'efforçait en vain de rallumer l'amour chez sa perfide maîtresse !

Chaque note de la phrase musicale s'enfonçait sourdement en moi, comme si elle était l'expression même de l'immensité de la douleur humaine :

— Oui, je suis une chose à toi... et tu n'as qu'à paraître !

Mes impressions étaient atroces !

Depuis longtemps le piano s'était tu que je sanglotais encore désespérément, seul devant mon repas auquel je n'avais pas touché...

*
* *

La route poudreuse, toute blanche sous le soleil trop chaud d'août, descendait en larges lacets vers la plaine, où le village semblait dormir sous ses ardoises vernies.

Machinalement et lentement, mes pas suivaient la chaussée, pendant que mon cerveau, perdu dans des pensées amères, ressassait toujours les mêmes choses.

Tout à coup, sur ma droite, le petit oratoire se dressa. Mince édifice de granit gris, détaché en sombre sur le fond bleu de l'horizon, où la mer et le ciel se confondaient au large, il personnifiait l'immuabilité des choses s'opposant à nos passions et à nos volontés.

Instinctivement, je m'arrêtai. L'image de Marie-Claire me rattachait à cette chapelle solitaire.

C'était le jour où la foule endimanchée, fêtant la Vierge Coquette, était venue si nombreuse au Voulch. Pour la première fois, j'avais aperçu la jeune fille... Tout de suite, sa beauté m'avait frappé... et probablement aussi, du premier coup, je l'avais aimée... sans m'en rendre compte !

Le chemin qui s'allongeait maintenant devant moi, nous l'avions alors parcouru ensemble, dans l'autre sens. Et c'était à quelques mètres de là que joyeusement, nous nous étions séparés.

Un choc heurta ma pensée soudainement : ce premier jour, sans l'avoir voulu, alors que nous nous quittions pour ne pas passer l'un auprès de l'autre devant la Vierge aux faveurs légendaires... c'était là, au milieu du chemin, à l'endroit exact où je me trouvais arrêté en ce moment, que nos mains s'étaient jointes...

Le pénible et pourtant si cher souvenir !

— Oh !... la menaçante légende !

J'avais sursauté. Des doigts de fer semblèrent, à la minute, s'accrocher à ma gorge, et une angoisse me bouleversa.

L'étrange coïncidence.

La fable dont j'avais ri s'était matérialisée ! Raillant mon incrédulité, la Vierge, en ma faveur, avait usé de son pouvoir légendaire...

Dans une sorte d'hypnose, les pieds lourds, je m'approchai de la chapelle. Mes doigts s'agrippèrent à la grille, pendant que mes yeux anxieux dévisageaient le doux visage de la Madone qui souriait dans l'ombre apaisante.

— O Vierge ! Avez-vous vraiment voulu cela ?

Tout un infini de souffrance et de reproches emplissait de folie mon crâne fatigué.

— Pourquoi m'avez-vous comblé si terriblement, Vierge Coquette, puisque je ne vous demandais rien ? observai-je, dans une implacable logique. Ma bouche n'a formulé aucun désir et, cependant, c'est sur moi que vous avez exercé votre pouvoir... Vous avez été sans pitié pour votre serviteur... Ai-je mérité votre courroux... si cruellement ?

Quel délire, attaquant ma raison, me faisait divaguer pareillement ?

Mes lèvres, continuant leur mouvement machinal, semblaient dérouler quelque litanie, mais c'étaient des blasphèmes inconscients qu'elles prononçaient...

Debout contre la porte fermée, le front appuyé aux barreaux de la grille, les yeux clos, je demeurais anéanti, avec ma peine amère au cœur.

Une faiblesse inexplicable me fauchait à la fois l'âme et le corps, dans un grand besoin d'anéantissement.

C'est alors que, dans ce naufrage où tout mon être semblait sombrer, une vague bouée apparut tout à coup... Ce fut une lueur salvatrice, une indication bienfaisante... comme une branche de salut qu'une main invisible m'aurait tendue, alors que j'allais disparaître dans le néant.

— La légende ?... La légende veut que la Vierge unisse les gens malgré eux !...

Malgré eux ?

Les unir ? C'est-à-dire qu'Elle les associe... les marie !...

— Alors ?... Marie-Claire ? Moi ?... le mariage !... *malgré elle !*

La Vierge ne peut pas créer l'amour pour le tourment seul d'un être !... Cet amour qu'Elle impose, Elle en veut l'aboutissement final... La légende le dit, et la légende ne peut pas mentir, quand il s'agit de la Reine des Cieux !...

La douceur de cette pensée fut telle qu'une humidité apaisante vint voiler mes paupières dans un soulagement immédiat. D'un seul coup, l'espoir, médecin de l'âme, ranimait mon courage !

Et ce fut la suite logique d'une file de déductions...

Pourquoi me suis-je considéré comme rejeté par Marie-Claire ? J'aurais dû retourner la voir !

Nous nous sommes quittés, une nuit, avec une poignée de main... rien ne s'opposait à ce que nos relations continuassent... tout au moins, aurais-je dû m'excuser auprès d'elle, lui renouveler, au grand jour, mes regrets de mon attitude de la nuit.

Ai-je donc trouvé moi-même que mon crime, d'avoir levé les yeux sur elle, était trop grand pour que j'en obtienne le pardon ? Ou est-ce la découverte de ses singulières relations à Brest qui m'a fait la rejeter loin de moi ?

Il semble que mon âme se soit emplie de fiel, en même temps que de désespoir ! La jalousie m'a rendu fou : j'ai boudé Marie-Claire, alors que mon cœur était plein d'elle...

Peut-être même mon amie a-t-elle tenu parole et est-elle allée, le lendemain, sur la lande sans m'y trouver ? Par la suite, elle aura jugé sa présence inutile et n'y sera pas retournée. Dans ce cas, tout serait de ma faute, exclusivement.

Voilà que, maintenant, je me révolte contre ma bêtise : je m'accuse des pires fautes ! Je suis jaloux, orgueilleux, ridiculement étroit d'idées ! J'ai agi comme un insensé en me présentant chez Marie-Claire au milieu de la nuit... comme un redresseur de torts, grincheux et omnipotent. Un peu plus, je lui parlais de mes droits et lui dictais des ordres, des défenses !... Depuis, c'est moi qui ne suis pas retourné vers elle... Dieu que les hommes sont bêtes ! C'est moi-même qui ai jeté bas notre bonne camaraderie !

A mes injurieuses questions, devant mon attitude inconcevable, Marie-Claire n'avait pas à me répondre. Sa fierté naturelle ne lui permettait pas d'agir autrement qu'elle l'a fait. Et voici quatre jours que j'aurais dû le comprendre !

Toutes ces réflexions m'assaillaient en éclair. Il ne me restait plus qu'à en tirer des conclusions rationnelles, lesquelles me montrèrent que mon devoir était de retourner, dès l'instant, vers Marie-Claire, de m'excuser loyalement et de renouer avec elle le fil de nos bonnes et cordiales séances de pose.

Avant de m'éloigner du petit sanctuaire, j'eus un regard de remerciement vers la Madone. Dans l'état d'accablement où j'étais depuis quelques jours, je sentais le besoin de m'accrocher à toutes les branches de salut et, en cet instant, j'éprouvais un véritable soulagement à m'imaginer que le Ciel venait de me ramener à la raison et au bon sens.

Je repris donc ma route, mais dans la direction contraire : cette fois, au lieu de descendre au Voulch, je remontai vers la maison de Mariannick Guillerme.

En frappant à la porte de la petite demeure où, pour la dernière fois, j'avais aperçu le visage de mon amie, je manquais un peu d'assurance, je l'avoue. J'appréhendais de recevoir un accueil plutôt froid; mais je gardais au cœur une espérance : celle de retrouver le sourire enchanteur de l'aimée.

La porte de la maison basse s'ouvrit et Mariannick parut dans l'encadrement. Sur son visage, je crus lire un avertissement de mauvais augure.

La tante de Marie-Claire paraissait plus vieille et plus tassée que d'habitude, comme si quelque événement douloureux l'avait frappée depuis l'autre jour. Sa voix, qui traduisait son ennui de se trouver face à face avec un importun, me parut aussi quelque peu dolente.

— Que désirez-vous encore ? me demanda-t-elle sans affabilité, après un rapide bonjour.

— Je voudrais voir votre nièce et lui parler.

Elle eut une hésitation.

— Elle n'est pas ici, déclara-t-elle en hochant la tête.

Une incrédulité se marqua sur mes traits, comme dans l'intonation de mes paroles.

— Où est-elle donc, alors ? Partie en promenade, comme l'autre jour ?

Je sentis que Mariannick hésitait un peu pour me répondre :

— Non!... Pas en promenade... plus loin!

Et puis, comme résignée, elle ajouta, moins inhospitalière :

— Tenez, entrez! Nous serons mieux pour parler... Et puisqu'il faut que vous sachiez la vérité, un jour ou l'autre, autant que ce soit tout de suite.

Mon cœur se serra. Pourquoi ce préambule? Qu'allait-elle encore me dire, cette vieille malveillante ? Quels mensonges ou quelles pénibles vérités ?

J'avais le pressentiment qu'un malheur planait sur moi. De cette femme, il ne pouvait rien m'arriver de bon.

La paysanne referma soigneusement la porte ; puis elle me désigna un banc placé auprès de l'âtre, celui qu'il est d'usage d'offrir aux visiteurs qu'on veut honorer. Alors, debout, les yeux posés sur les miens avec une sorte de pitié, elle articula une nouvelle à laquelle j'étais loin de m'attendre :

— Marie-Claire est partie. Vous ne la reverrez plus, mon pauvre monsieur.

— Partie!... pourquoi partie? balbutiai-je sans bien comprendre. Que voulez-vous dire ?...

— Partie, quoi! répéta durement la femme, que mon incompréhension semblait énerver subitement. Elle n'est plus au Voulch, c'est clair! Elle ne reviendra plus à Ty Bianet.

J'eus l'impression qu'une coulée d'eau froide inondait mon dos. Dans ma poitrine, mon cœur cessait de battre.

— Marie-Claire vous a quittée ?

— Je me tue à vous le dire.

Elle avait croisé ses mains sur son tablier et, la tête un peu penchée en avant, elle me regardait avec une sorte de curiosité. Je devais être extrêmement pâle, car un peu de commisération adoucit son visage. Se rendant compte que ma douleur était sincère, elle se fit maternelle.

— Allons, il ne faut pas vous faire du mal, monsieur Marc ; ça n'avance à rien ! Vous n'avez donc pas compris que Marie-Claire n'était pas faite pour demeurer ici ?... Vous n'avez donc pas deviné qu'elle n'était pas de celles qui doivent passer toute leur vie dans une pauvre chaumière comme celle-ci ?

Pendant qu'elle parlait, une sorte d'humidité faisait briller ses yeux. Quant à moi, j'étais assommé par la nouvelle imprévue qu'elle me communiquait. Cependant, la voix sympathique, dont elle usait généreusement pour me parler aujourd'hui, me soulageait un peu.

— Pourquoi est-elle partie ?... j'étais prêt à lui offrir le mariage ! laissai-je échapper, comme pour marquer l'étendue de mon amour ou de ma bienveillance, bien que cette pensée ne me fût venue jusqu'ici qu'avec une sorte d'horreur.

Compatissante, elle sourit doucement, ce qui ne l'empêcha pas de repousser mon idée.

— Pauvre monsieur ! Vous vous êtes illusionné ! Marie-Claire n'était pas faite non plus pour vivre dans un ménage modeste. C'était la richesse et le grand monde qui attendaient la petite.

Comme je la regardais sans comprendre, elle ajouta en s'animant :

— Voyez-vous, monsieur, ma petite Marie-Claire était d'une autre race que la nôtre... Un beau sort lui était réservé, et vous ne pouviez y être mêlé !

— Je ne vois pas pourquoi ! Elle aurait pu m'expliquer... me prévenir.

— Elle n'avait pas à le faire... Vous la heurtiez sans cesse avec vos familiarités. Il fallait savoir vous contenter de cueillir son sourire, de le fixer sur la toile, puisque telle était votre idée. C'était déjà très beau ! Votre tort a été de chercher autre chose... Il ne faut pas trop s'approcher de la flamme, si on ne veut pas s'y brûler les doigts !

Ses gros yeux continuaient de me regarder avec bonté. Pourtant, j'avais l'impression que sa compassion se doublait d'un émoi personnel.

— Si je comprends bien, son départ vous chagrine, Mariannick ?

— C'est assez naturel ! Je l'ai eue pendant vingt ans auprès de moi, ma petite enfant ! expliqua-t-elle lentement, comme en un rêve. Je savais bien que cet heureux temps ne serait que passager et que notre séparation devait fatalement se produire un jour ou l'autre... J'ai vécu de belles années avec elle, sans vouloir croire que l'heure se rapprochait à chaque minute ; elle a sonné, hélas ! l'enfant a grandi !...

« Vous avez de la peine et vous êtes sincère, mon pauvre monsieur... je m'en rends compte à présent ! A votre âge, on prend tout au tragique. Mais vous êtes jeune, vous vous consolerez et vous rencontrerez une autre femme qui vous fera oublier cette déception.

« Tandis que moi... je suis vieille, et c'est en quelque sorte ma jeunesse que je perds avec Marie-Claire... Me voilà seule, à présent. »

Cette plainte me fit faire de nouvelles suppositions

qui me brûlèrent les veines. Hors de moi, je m'écriai :

— Voulez-vous dire qu'elle vous a abandonnée ? qu'elle vous a quittée sans vous prévenir ?

— Sans prévenir ! dit-elle d'un ton de reproche ; mais il y a vingt ans que je connaissais cette décision. Je viens de vous le dire !

— Oui... mais enfin... ce n'est pas brutalement, d'un seul coup, que Marie-Claire est partie !

— Bien sûr que non !... Le moment était arrivé où la cage devait s'ouvrir. Elle m'a embrassée en pleurant un peu ; puis elle m'a déclaré : « Le temps est venu où je dois agir. Mais je t'écrirai et tu viendras me rejoindre... » Vous voyez bien que le cher ange n'a pas cherché à me faire de la peine. Loin de là ! Et si vous me voyez un peu triste et assez désemparée de son absence, c'est que, à mon âge, on se crée difficilement d'autres habitudes et que l'on regarde avec chagrin la place devenue vide... C'est du passé et, parce qu'il est disparu, on s'aperçoit tout à coup que, sans s'en rendre compte, on est devenu vieux !... Enfin, c'est la vie... la même chose pour tous !...

Elle se tut et s'essuya les yeux.

Un silence douloureux plana dans la pièce.

J'étais complètement désemparé.

La mine dolente de Mariannick m'empêchait de douter que ce ne fût la vérité. Bientôt, la femme parut revenir à la réalité et elle soupira. L'habitude légendaire de l'hospitalité la ploya aux gestes classiques en toute maison bretonne.

Prenant un petit bol dans l'armoire, elle l'essuya soigneusement et le posa sur la table.

— Vous accepterez bien une bolée de cidre, monsieur Marc ?

— Ah ! je n'ai guère le cœur à ça.

— Tout de même, il fait chaud !

Elle remplit le bol du jus de la pomme, puis me le tendit poliment.

— Il n'est pas sensé de se faire du mal pour une chose que rien ne pouvait empêcher. La chérie n'était pas libre de faire autrement.

Je haussai les épaules avec accablement.

— Le cœur et la raison marchent rarement de pair, vous le savez bien, bougonnai-je amèrement.

— Hé ! oui ! C'est ça, le malheur !...

— Et puis... Partir ainsi !... C'est tellement imprévu !

— L'heure était venue, répéta-t-elle. Et ce n'était pas de sa faute, car elle ne vous a pas oublié non plus, la chère petite.

— Elle ne m'a pas oublié !... Que voulez-vous dire ?

— Oui, elle a pensé à vous, avant de s'éloigner.

— Elle vous a parlé de moi ? m'exclamai-je, plein de doute.

— Des tas de recommandations à votre sujet.

— Mon Dieu !... Racontez-moi, Mariannick ?

Dans mon visage pâli, mes yeux angoissés se figeaient tout à coup, pendant que ma voix l'implorait :

— Dites-moi tout ! Ne me cachez rien... s'il est bien vrai que Marie-Claire a parlé de moi ?

— Pourquoi le dirais-je, si ce n'était pas vrai !... Tenez, elle m'a dit : « S'il revient, reçois-le, parle-lui... Il faudra que tu le réconfortes... Dis lui qu'il ne pense plus à moi et qu'il m'oublie... que nous n'étions pas destinés à vivre ensemble et que j'étais appelée loin de lui par des devoirs sacrés... »

— Et encore ?

— « Assure-le aussi que je garderai un bon souvenir de nos rencontres sur la lande... que je ne lui en veux pas... de rien ! Ce n'était ni sa faute ni la mienne... On n'est pas maître de ses sentiments, et Marc ne pouvait pas se douter que je n'étais pas libre de disposer des miens. Un peintre, une petite paysanne ; ce jeune homme pouvait se croire en état de faire des projets... »

— Mon cœur en a fait sans que ma raison y contribue ! murmurai-je, sans que la femme, toute à son récit, parût entendre mon exclamation.

— Marie-Claire m'a dit aussi qu'elle vous était reconnaissante de la satisfaction éprouvée en vous voyant peindre les ruines : « Tu lui demanderas de me conserver ce tableau, a-t-elle précisé. Recommande-lui bien de ne pas s'en séparer... Il me l'avait promis et j'irai le lui réclamer un jour... » Voilà bien, je crois, toutes les paroles qu'elle a dites à votre intention, monsieur Marc.

Je ne répondis pas, tout tournait autour de moi. Il y avait dans mon âme à la fois une douceur inattendue et une atroce douleur. Marie-Claire avait pensé à moi avant de partir ! Elle ne s'était pas éloignée de Ty Bianet sans un mot de miséricorde pour l'ami indulgent et aimant dont son départ brisait l'âme ; mais, en même temps, l'adieu que sa tante me transmettait était sans espoir : une fois de plus, il confirmait que la jeune fille et moi nous n'étions pas destinés l'un à l'autre. Cela, je le savais... je me l'étais toujours dit.

Mais la proposition était aujourd'hui retournée : c'était Marie-Claire qui ne me jugeait pas digne d'elle.

Et c'était en ma raison tout un bouleversement, une révolte, une désespérance.

J'avais fermé les yeux et, coudes aux genoux, ma tête reposa longtemps dans mes mains réunies... Je ne voyais, je n'entendais plus rien que le chagrin qui griffait douloureusement mon être.

J'étais littéralement assommé.

Je ne crois pas que ce soit me diminuer de l'avouer : ma peine était si grande que de grosses larmes roulèrent sur mes joues. Mais un homme ne sait pas pleurer.

Durant ce temps, Mariannick avait gardé le silence ; peut-être songeait-elle qu'il est des peines qu'il vaut mieux laisser déborder avant de vouloir, trop tôt, chercher à les consoler. Quand je fus plus calme, elle alla prendre une enveloppe dans l'une des armoires et elle me l'apporta.

— Tenez ! fit-elle. Marie-Claire vous a laissé quelques lignes d'adieu. Les voici !... Il est préférable pour vous d'en finir aujourd'hui avec cette question.

Mes doigts tremblants prirent la lettre, que j'ouvris. Les caractères dansaient bien un peu devant mes yeux, mais je fis un effort et je pus lire ceci :

« Ne vous attristez pas de mon départ, mon ami ! Le temps est venu pour moi d'accomplir certaines choses. Ne pleurez pas, surtout, car tout nous séparait. Je vous promets cependant de vous revoir un jour. Je vous raconterai ma vie et tout ce qui me lie ; vous comprendrez que je ne pouvais être pour vous qu'une amie.

« MARIE-CLAIRE. »

Je repliai machinalement la lettre. C'en était fini de ma folie qui avait créé toute cette idylle !... Ma petite camarade y mettait le point final sans me laisser l'espoir qu'une suite serait possible un jour.

Je ne pouvais m'éterniser dans une douleur muette. Une idée me vint :

— Donnez-moi son adresse, madame Guillerme ? implorai-je. Je veux lui écrire, afin qu'elle garde de moi un souvenir moins pénible que celui de notre dernière rencontre.

Mariannick hocha la tête négativement avant de me répondre :

— Non, c'est impossible pour le moment. Il ne faut pas que son adresse soit connue. Si vous y tenez, écrivez-lui et adressez-lui votre lettre ici, chez moi. Je la lui transmettrai dès que j'en aurai l'occasion.

— Vous êtes cruelle, Mariannick ! Pourquoi refusez-vous de me dire où est Marie-Claire ?... Ah ! si vous saviez qui je suis en réalité !... Etes-vous bien certaine que la vie nous sépare, elle et moi ?... Même si votre nièce a de grandes ambitions, qui vous dit que la place au soleil dont elle rêve je ne puisse pas la lui offrir ?

— Non, répondit-elle avec fermeté. Laissez Marie-Claire suivre sa destinée. Elle a une tâche à remplir, elle vous le dit. Vous n'avez pas le droit de vous mettre en travers de ses projets.

— Mais je ne veux point me mettre en travers ! Je

veux, au contraire, la soutenir, l'aider ! Voilà tout. Je voudrais partager ses peines, lui rendre moins pénibles les difficultés, lui faciliter les moyens d'agir...

Et comme la brave femme demeurait impassible, j'éclatai :

— Je ne me nomme pas Marc Abel, sachez-le. Ce n'est qu'un nom de fortune, un pseudonyme que j'ai pris pour avoir la liberté de mes mouvements en me consacrant à la peinture. J'appartiens à une famille honorée et très riche...

Elle dut croire que je déraisonnais, car elle resta butée.

— Non ! Non !... Et d'ailleurs, moi, je ne suis rien ! On m'a passé une consigne et, pour le bien de ma petite, je ne dois pas m'en écarter.

— Mais puisque je vous dis que mes parents ont d'importantes relations. Tout me permet d'assister efficacement Marie-Claire !

— Alors, donnez-moi votre adresse et votre vrai nom, je les lui ferai connaître.

— Je veux m'en expliquer avec elle directement.

— Ecrivez-lui, comme je vous l'ai dit. Elle vous répondra à Paris, soyez-en convaincu... Je crois pouvoir m'y engager pour elle, car la petite avait de l'amitié à votre endroit. C'est tout ce qu'il m'est permis et possible de faire pour vous.

Je dus en passer par où elle voulait. Mais au moment de lui révéler mon identité véritable, l'image de ma mère s'estompa devant mes yeux. Il me parut qu'elle me regardait d'un air grave et triste, un air dont l'infinie mansuétude me troublait la conscience en me broyant le cœur.

Qu'est-ce que j'allais faire en donnant mon vrai

nom à cette femme ? A quoi allais-je m'engager ? Pouvais-je vraiment imposer Marie-Claire comme belle-fille à ma mère ? Comme gardienne de mon nom et de mon foyer ? Et vis-à-vis même de cette jeune fille, agissais-je loyalement si je la détournais de sa voie et de ses projets sans lui donner en échange les compensations auxquelles elle prétendait ?

De nouveau, devant moi, il me parut qu'un abîme s'ouvrait périlleusement, et je me sentis frémir devant ce problème si tragiquement posé : mon amour ou mon nom et ma race ?

Une seconde, mes yeux se fermèrent sous l'aiguillon du désespoir. Me fallait-il vraiment repousser l'occasion de joindre Marie-Claire ? Mais au bout d'un moment, plus ferme, car toute hésitation, en l'occurrence, eût été une lâcheté contre les miens et envers moi-même, je pris mon crayon et c'est l'adresse de mon atelier, à Paris, sous mon nom d'emprunt, que je remis à Mariannick.

La vieille Bretonne prit le papier avec une sorte de méfiance. Se tournant vers la fenêtre, elle le tendit à bout de bras pour pouvoir lire, y cherchant certainement la révélation annoncée. Déçue, avec une ironie un peu amère, elle déclara :

— Ah ! que voilà bien nos jeunes gens ! Ça promet la lune pour arriver à leurs fins ; mais lorsqu'on les met au pied du mur, ils se dégonflent.

Je ne répondis pas. Qu'aurais-je pu dire pour m'excuser que la femme comprît. Je m'étais engagé dans la mauvaise voie : j'avais offert d'aider Marie-Claire, annonçant une puissance particulièrement capable de soutenir un effort, et j'étais obligé de laisser croire que ce n'avait été pour moi qu'un prétexte d'atteindre un but personnel et égoïste. Pas une minute, la vieille ne soupçonna que je pouvais être sincère !

C'est sur ce malentendu que nous nous sommes séparés... Elle, un peu raidie dans son mécontentement, et moi, tellement malheureux de n'avoir pas osé faire davantage...

*
* *

On devine dans quel état d'esprit j'ai regagné mon auberge : j'étais véritablement démoralisé.

Et voilà que ma route repassait devant le petit sanctuaire où, deux heures auparavant, j'avais repris tant de courage.

Cette fois, je ne m'approchai pas de la chapelle. Une sorte de rancune était en moi, comme si le ciel était responsable des désillusions que je venais d'essuyer.

Arrêté au milieu du chemin, mes yeux un peu durs se tournèrent vers la Madone. Ah ! pourquoi m'avait-Elle mis au cœur un pareil amour ?... un amour sans issue !... une passion malheureuse et regrettable, en quelque sorte !... Réellement, l'épreuve était inutile et ne servait à aucune fin utile !

Je fis les huit cents derniers mètres qui me séparaient de l'auberge de Catherine Le Coz dans une sorte de torpeur. Le sang bouillonnait à mes oreilles et j'avais un grand mal de tête.

— J'ai la migraine et je vais me coucher ! Ne préparez pas de repas, pour moi, ce soir, déclarai-je à la brave femme, dont le regard inquiet s'appesantissait sur moi.

— Ça ne va donc pas, monsieur Marc ?

— Non ! Il fait trop chaud ; j'ai la tête lourde... c'est l'orage, je crois... Une bonne nuit et, demain, il n'y paraîtra plus !

Je tombai comme une masse sur mon lit ; mais ce ne fut pas un sommeil bienfaisant qui vint m'y trouver. Une vraie fièvre m'avait saisi. Secoué par les nerfs, mes idées se brouillaient en un chaos indescriptible et, pendant quatre jours, je délirai, brisé, anéanti, la tête en feu et le cerveau en désordre.

Catherine me soigna maternellement, ne laissant à personne d'autre l'occasion de me monter des tisanes ou de me mettre des compresses sur la tête. Peut-être l'excellente femme avait-elle surpris un nom trop souvent murmuré par mes lèvres inconscientes et ne voulait-elle pas que des étrangers pussent en tirer des déductions plus ou moins désobligeantes. Quoi qu'il en soit, la fièvre me quitta comme elle avait commencé : subitement et sans complication. De cet état physique maladif, je sortis plus fort, plus calme et mieux aguerri contre mes peines de cœur. Une résignation était en moi et si ma blessure était toujours saignante au fond de l'âme, du moins ne me révoltais-je plus et n'accusais-je plus le ciel et la terre d'avoir fait mon malheur et brisé ma vie.

Sur mon chagrin, comme en une résurrection, la jeunesse répandait sa clarté apaisante...

*
* *

J'ai achevé ma toile très vite. Une gamine du village, que j'ai payée, a posé pour le bas de robe et pour les sabots. C'étaient, d'ailleurs, des détails insignifiants que j'aurais aussi bien pu traiter dans mon atelier. Quelle idée ai-je donc eue là ?

Quelle idée ?... Je ne sais. Mais cela m'a valu d'avoir le cœur bien gros en voyant une étrangère installée à la place de ma petite amie, dans la pose et sous le costume qui m'étaient familiers...

Allons ! Il faut secouer tout ce passé si proche. Je n'ai plus le désir de rester ici. Je vais rentrer à Paris et me replonger dans mon existence d'autrefois. Il faut que j'oublie ces trois mois d'existence en Bretagne qui m'ont fait tant de mal.

J'emporterai mes toiles. Je n'en suis pas très satisfait. Ce ne sont pas les chefs-d'œuvre dont j'avais rêvé. Il a manqué dans mon cœur le coup de soleil final qui aurait jeté son reflet sur mes touches de lumière et donné à mon travail l'âme qui lui fait défaut.

Néanmoins, quand je regarde les images que je rapporte de ces ruines et que mes pinceaux ont fixées, j'ai l'impression d'avoir copié fidèlement la vérité : le clair visage de ma petite amie s'évoque aussitôt devant moi, lancinant comme une plaie vive.

Ah ! Marie-Claire, pourquoi m'avez-vous fui ? J'aurais pu vous rendre si heureuse !... Et vous êtes partie avec un autre homme, sans pressentir toute la force que représentait mon amour ?...

*
* *

Mon départ est décidé. J'ai appris à Catherine Le Coz que j'allais la quitter. Elle a été navrée de ma décision... « trop brusquée », lui semble-t-il.

— Vous n'avez pas bonne mine, monsieur Marc. J'étais toute fière, il y a une quinzaine de jours, du visage que vous présentiez alors. C'est peut-être un tort de ne pas rester davantage au grand air.

J'ai souri ; mais je n'ai pas su bannir de ma physionomie, qu'elle examinait avec attention, la mélancolie qui s'y étale malgré moi.

— Enfin, a soupiré Catherine, quand la tête ne va pas, rien ne va ! Et si quelque chose vous appelle loin d'ici, il vaut mieux que vous partiez. Cela vous redonnera peut-être de belles couleurs ?... Oui, plus sûrement que la cuisine de Bretagne... Après tout, l'air du Voulch ne vous vaut plus rien, à présent !

Ces réflexions mi-philosophiques, mi-gastronomiques, étaient bien dignes de mon hôtesse, qui, sous des considérations générales, sait si bien dissimuler sa vraie pensée.

Jamais, elle ne m'a questionné. Jamais, elle ne s'est permis la moindre allusion à l'intérêt que je porte à Marie-Claire. Malgré cela, j'ai l'impression que la brave femme a une vision aussi nette de mon état d'âme que moi-même.

*
* *

Je me suis rendu à la demeure de Mariannick. Je tenais à dire au revoir à la bonne femme avant de quitter le pays.

Elle m'a accueilli sans entrain, mais aussi sans déplaisir. Peut-être que, pour elle, je représentais celui avec qui elle pouvait parler librement de l'absente sans que la malveillance puisse chercher, dans ses propos, des choses qui n'y étaient pas.

— Alors, vous quittez le Voulch, monsieur Marc ? Je pense que c'est raisonnable. A Paris, vous retrouverez vos amis et vos parents... auprès d'eux, vous oublierez.

— Je ne crois pas que l'oubli vienne si vite ; j'ai plutôt l'impression que, jamais, je ne retrouverai mon insouciance de jadis... quelque chose est brisé qui ne se raccommodera pas !

— Auprès de vos parents, vous vous replongerez, cependant, dans l'ambiance familiale... Il n'est rien de tel que de reprendre ses anciennes habitudes pour rentrer un peu en possession de son âme d'antan.

— C'est ce que j'espère ; mais hélas ! je n'ai que ma mère pour toute famille... une mère très bonne et très aimante, il est vrai ! Elle m'a gâté terriblement depuis que mon père est mort, car elle n'avait plus que moi... Nous nous aimons bien tous les deux... Pour elle, j'essaierai, évidemment, de paraître toujours l'enfant insouciant qu'elle a connu... Pour elle ! Ah ! Dieu seul sait de quels sacrifices je suis capable pour ma mère !

— A la bonne heure ! Voilà qui est parlé ! Une mère, en effet, possède en son cœur l'amour complet... le seul qui ne déçoive pas l'homme... Ah ! si les garçons qui font de la peine à leur mère avaient des yeux qui y voient clair, combien de chagrins leur seraient épargnés...

La brave Mariannick aurait pu continuer longtemps sur ce thème, dont j'étais convaincu, d'ailleurs ; je ne l'écoutais plus depuis quelques instants.

Mes yeux fixés sur la porte du fond, qu'un lourd

rideau de reps cachait aux yeux non initiés, je me disais que Marie-Claire avait pendant vingt ans habité là et que toutes les choses devaient encore garder la trace de son passage.

— Mariannick !... Avant de vous quitter pour toujours, probablement, j'ai une grâce à vous demander.

— Laquelle donc ?

Je lui désignai du doigt la porte dissimulée.

— Montrez-moi la chambre de Marie-Claire... Tout doit encore y parler d'elle.

— Vous montrer la chambre de ma petite ? répéta-t-elle dans une sorte de surprise, comme si je lui demandais de me faire visiter le ciel.

— Oui... Voir cette pièce !... Comprenez-vous ? Puisque votre nièce ne l'habite plus et qu'elle n'y reviendra pas... Je voudrais connaître l'endroit où elle a vécu... En emporter l'image...

— Oh ! cette chambre est comme celle de toutes les autres jeunes filles...

— Non ! chaque détail doit évoquer l'absente... le moindre objet y parler d'elle... Mieux que tout ce que vous pourriez me dire sur Marie-Claire, le lieu où elle s'endormait et se réveillait chaque jour me découvrira le côté d'elle que je ne connais pas... Tout un coin de son âme... de sa vie intérieure.

— Vous vous trompez, monsieur Marc. La pièce réservée à ma petite est rangée, soignée, bien en ordre... comme elle était elle-même, la chère enfant ! D'ailleurs, je ne crois pas qu'il y ait une indiscrétion à vous montrer cet appartement, puisque vous quittez le pays et que vous n'y reviendrez pas.

— Il est à présumer, en effet, que jamais je ne

repasserai par ici : trop de mauvais souvenirs, pour moi, vont se rattacher à ce coin.

— Eh bien ! tenez... regardez !

Elle avait fait glisser le rideau et ouvert la petite porte donnant accès dans la pièce close, dont les volets étaient tirés.

Une seconde, interdit, dans une sorte d'émotion religieuse, je demeurai sur le seuil de cette chambre virginale, aux meubles laqués ivoire et aux tentures claires.

Dans ce petit lit blanc qui s'allongeait vers moi, sous son couvre-lit mimosa (1), Marie-Claire avait dormi... Elle s'était reposée dans ce fauteuil de velours bleu, avait écrit devant ce petit secrétaire ancien, essayé ses jolis colifichets devant la glace de cette armoire, composé une savante bibliothèque sur ces rayons dressés contre le mur...

Mais ce qui me frappa tout à coup, ce fut la profusion de tableaux, accrochés les uns contre les autres, du plafond aux lambris. Il y en avait de tous les genres et de toutes les grandeurs : marines, paysages, fleurs, natures, mortes, etc. Un véritable musée, où les vieilles ruines de la lande apparaissaient sous tous leurs angles.

La première impression qui me fulgura, en éclair, fut celle-ci :

— Toutes ces peintures sont de la même facture ; c'est la même main et le même pinceau qui, sur la lande, retouchèrent mon travail.

(1) En Bretagne, la dentelle d'Irlande, que les filles de la côte travaillent d'un crochet habile, s'appelle le mimosa. La côte de Vannes et l'île d'Ars en sont de grands producteurs.

Et, en corollaire de cette pensée initiale, deux réflexions découlèrent, impérieuses et immédiates :

— Marie-Claire connaissait le peintre qui me mystifiait alors... ou, plutôt, c'est elle-même qui a exécuté ces toiles : il y en a trop d'accumulées, en cette pièce, pour qu'on les lui ait données ou qu'elle les ait achetées.

Me tournant vers sa tante, je lui désignai du doigt la collection :

— C'est Marie-Claire qui a brossé tout ça ?

— Oui, fit la femme sans y voir malice. Elle adorait la peinture !

— La touche est étudiée et bonne. Votre nièce a suivi des cours bien certainement.

— Oh ! pendant cinq ans, elle est allée à l'Ecole des Beaux-Arts ! Il faut vous dire que, toute petite, elle avait déjà des dispositions étonnantes pour dessiner et colorier ses images... « Un vrai don ! », disaient ses maîtresses de pension. Alors, quand elle a déclaré qu'elle voulait devenir artiste peintre, il n'y avait qu'à l'encourager, n'est-ce pas : c'était une vocation !

Je ne répondis pas. Une amertume s'était glissée en moi. Pourquoi Marie-Claire m'avait-elle fait mystère de son talent et de ses études ? Comment sa nature franche avait-elle pu entendre toutes mes suppositions, sans se trahir et sans m'éclairer, au sujet de l'inconnu qui retouchait mon œuvre ? Que signifiait cet inexplicable silence ?

Il n'y avait probablement pas de raison à sa conduite, à moins d'admettre qu'elle était plus dissimulée que je ne l'aurais supposé.

— Parbleu ! A propos de ça, aussi, elle mentait !...

comme pour le reste... La franchise n'était pas son fort !

Cette impression m'était pénible, mais je ne la communiquai pas à la tante.

La pauvre femme aurait été navrée d'avoir involontairement trahi *sa petite.*

Avant de quitter la chambre de Marie-Claire, je voulus voir les toiles de plus près. Mon examen m'amena à formuler certaines observations.

— On dirait que la plupart de ces paysages ont été faits de mémoire... ces ruines, par exemple, je les connais tout particulièrement, puisque je les ai étudiées à fond ; eh bien ! à un je ne sais quoi, elles me paraissent faites en atelier.

— Vous avez raison, approuva Mariannick, ma nièce n'aimait pas à être vue, ici, en peignant dans la campagne... Elle avait horreur de tout ce qui pouvait la faire remarquer et, jamais, elle n'a voulu dresser son chevalet dans les environs... C'est d'ailleurs pourquoi elle était si heureuse que vous vous soyez mis à reproduire spontanément les ruines du vieux château. Ah ! je vous assure, quand elle s'est rendu compte que son coin favori allait être immortalisé par le pinceau d'un vrai peintre, qu'elle a eu de la joie... un réel bonheur !... Vous ne vous en êtes pas douté, mais la chère âme me racontait tous les jours ce que vous aviez fait. Et elle rayonnait.

« —Il a du talent, me disait-elle. Comprends-tu ? les ruines vont être reproduites comme elles le méritent... »

J'avais laissé parler la vieille femme. Ce qu'elle me racontait n'avait rien que de très naturel venant de Marie-Claire, dont je connaissais l'enthousiasme et l'exubérance. Mais je comprenais encore moins, malgré les explications de sa tante, pourquoi la jeune fille avait eu besoin qu'un artiste étranger vienne brosser son paysage favori. La lande était déserte et, réellement, elle aurait pu s'y installer sans être remarquée pour interpréter, elle-même, sur le vif, les vieux murs qui lui tenaient tant à cœur.

Je devais cependant admettre que les épreuves qu'elle en avait tirées, en atelier, étaient du beau travail.

— Le talent de Marie-Claire équivalait et même dépassait le mien, reconnus-je loyalement, car j'étais trop sincère pour méconnaître la valeur artistique d'une œuvre. Mieux, même, elle a des touches éclatantes qui illuminent de clarté des murs sans âme et sans relief... C'est un don magnifique qu'elle possède là et si elle voulait, par la magie de son seul pinceau, elle pourrait arriver à cette brillante situation qu'elle cherche actuellement dans une autre voie.

Un vague sourire éclaira le visage de la vieille femme.

— Ne vous mettez pas en peine, à propos du sort de la petite... La voie qu'elle suit et que vous ne connaissez pas n'a rien qui puisse la diminuer, soyez-en sûr !

— Tant mieux ! répondis-je, un peu amer devant ce mystère qu'on ne me trouvait pas digne de partager. Convenez, cependant, qu'une jeune femme peintre aurait pu sans déchoir aimer un autre peintre... de bonne famille et de bonne éducation. Si tous ces avantages ne sont pas apparus à Marie-Claire, c'est que, sûrement, elle prétendait à tout autre chose qu'à une vie saine et normale, auprès d'un homme partageant ses goûts et son idéal.

Mais la femme ne me suivit pas sur ce terrain. Elle se contenta de hocher la tête, puis, le visage un peu dur, elle ferma la porte de la chambre de l'absente.

— Vous avez vu, maintenant, tout ce que vous souhaitiez voir. Ma nièce, pour vous, n'a plus sujet d'occuper votre pensée et je vous demande d'oublier tout ce qui la concerne : sa vie et son avenir ne vous regardent pas. Restons-en là et ne me faites pas regretter par plus d'obstination la sympathie qui m'a fait vous accueillir aujourd'hui.

— Oh ! je n'espère plus tirer quelque chose de vous... Vous ne me jugez pas digne de recevoir vos confidences.

— C'est mieux ainsi, croyez-moi ! Et maintenant, monsieur Marc, adieu !... Ne pensez plus à tout ça... Vivez votre vie et travaillez pour votre avenir personnel sans vous occuper de celui des autres.

C'était net et sans réplique. Il n'y avait pas à insister.

Je pris congé de Mariannick et me remis en route.

En passant, je jetai un dernier coup d'œil sur la lande et sur les ruines : toute la poésie que j'avais cru accumulée en ce coin sauvage semblait disparue à jamais ; mes yeux n'étaient plus couverts d'illusions ; devant moi, il n'y avait qu'une terre pelée, brûlée, et des pierres calcinées, noirâtres, poussiéreuses au milieu d'orties et de ronces.

Triste tableau !... pénibles réminiscences !

Adieu paysage trompeur ! Il te manquait une âme, comme il en manquait une à l'enfant pratique que j'avais chargée de tant d'innocence et de grâce.

Terre ! nous vous parons d'idéal, d'harmonie, et vous n'êtes que mirage..

Femmes ! nous croyons que toute la beauté réside en vous, et vous n'êtes que déception, fourberie !...

*
* *

Au passage, j'ai salué le sanctuaire de la Vierge Coquette avec une protestation de tout mon être à la pensée que la Madone pouvait rapprocher, malgré eux, ceux qui ne voulaient pas s'unir.

J'ai ri autrefois de la légende. Je songe maintenant que l'on ne peut échapper à ce qui est écrit.

Je ne vais pas pourtant devenir fataliste, ni superstitieux !

Alors, en proie à une sorte de rancœur, j'ai lancé malgré moi ce défi insensé dont je n'aperçois que maintenant le fond d'incrédulité impie :

— Vierge Coquette, puisque vous avez la prétention de courber sous votre loi les cœurs qui se croient invulnérables, allez jusqu'au bout de votre volonté ! achevez l'œuvre commencée !... Mariez les gens contre votre gré !... Mais permettez-vous qu'un seul d'entre eux puisse mettre en doute votre pouvoir, comme je le fais en cette minute ?...

*
* *

Mon retour à Paris s'est effectué dans des conditions bien plus mélancoliques que mon départ. L'enthousiasme qui m'animait, il y a quelques semaines, est tombé... bien tombé ! Je rapporte au fond de moi-même une blessure qui sera longue à cicatriser.

Je n'ai fait que passer à mon atelier pour y déposer mes bagages, tant j'avais hâte d'aller embrasser ma mère, pour elle-même d'abord qui a été jusqu'ici ma seule tendresse véritable ; mais peut-être aussi par besoin de retrouver auprès d'elle un peu de la quiétude d'antan.

Une longue étreinte, dans une même émotion, nous réunit tous deux. Son coup d'œil aigu avait peut-être déjà, dès le premier regard, deviné la souffrance marquée sur mes traits pâlis. Dans un mouvement affectueux, elle passa son bras autour de mes épaules et m'examina longuement.

— Qu'est-ce qu'il y a, mon grand ? me demanda-t-elle avec la douceur consolatrice et réconfortante d'une mère indulgente qui sait pressentir toutes les faiblesses masculines.

Instinctivement, sa sensibilité la portait à vouloir mettre un baume sur la plaie invisible qui faisait saigner le cœur de son grand enfant.

Je me défendis tout d'abord contre cette inquisition qui prétendait ausculter mon cœur à vif.

— Je n'ai rien, mère... Je vous assure !... Que voulez-vous qu'il y ait ?

Elle secoua la tête.

— On ne trompe pas une maman, mon chéri... Ton regard, si brillant d'ordinaire, est comme éteint aujourd'hui. Tu es abattu, tes traits sont tirés, ton sourire est forcé. Cela n'est pas normal... Allons, raconte, mon petit ! Quelle grosse épreuve as-tu rencontrée là-bas ? Une déception, un mensonge ou du dédain ?

Elle m'entraîna vers un étroit divan et, sur les coussins moelleux, elle me fit asseoir auprès d'elle.

— Ne me cache rien, mon enfant... Ne suis-je plus ta camarade, ta grande amie ?... Qu'y a-t-il de cassé ?...

Sa voix était si douce, si pleine de tendresse, que je sentis une émotion bienfaisante me monter à la gorge... Comme aux heures de mon jeune âge, je retrouvais l'asile maternel... la douce tendresse de celle qui savait panser mes peines et dissiper mes souffrances.

— Oh ! maman, balbutiai-je dans un cri de détresse. Comme je suis malheureux !...

Elle ne parla pas. Elle devina mon besoin d'expansion et ne m'interrompit pas. Elle attendit mes confidences et, pour les encourager, ses mains emprisonnèrent les miennes afin de mieux marquer combien elle désirait me soutenir et me réconforter.

— Je suis parti pour la Bretagne si heureux, rappelai-je. Pourquoi, là-bas, ai-je trouvé le déchirement et la souffrance ?...

Elle comprit.

— Une femme ? demanda-t-elle à voix basse.

— Oui, avouai-je, non sans un peu de confusion.

— Elle t'a trompé ?

— Oh ! non !... mère, ce n'est pas cela.

— Elle s'est moquée de toi ?

— Pas davantage !

— Tu as été forcé de la fuir ?...

— Ce n'est pas moi, hélas ! C'est elle qui s'est écartée.

Elle réfléchit. Puis, reprenant son interrogatoire qui me facilitait un aveu difficile, elle dit :

— Connaissait-elle tes sentiments ? Les approuvait-elle ?

— Il était trop tard, quand je les lui ai fait connaître... moi-même, auparavant, je ne m'en rendais pas comtpe.

— Elle aimait ailleurs ?

— Je l'ai supposé... elle ne me l'a pas avoué.

— Peut-être avait-elle d'autres raisons pour refuser tes avances ?

— Je ne sais pas !...

Et je ponctuai cet aveu d'ignorance d'un mouvement des épaules. Mais, puisque j'en avais tant laissé entendre déjà, je ne pus résister au besoin de tout raconter, et je m'abandonnai plein de confiance, dévoilant mon doux et désolant secret.

Ma mère n'eut pas un mot pour excuser ou pour juger l'absente, ni pour essayer d'analyser sa conduite, lorsque je lui dépeignis l'atroce vision de Marie-Claire auprès d'un homme à Brest.

Combien de mères auraient triomphé, laissant échapper ce seul mot : « Gourgandine ! »

La mienne évita l'épithète accusatrice et infamante et elle me laissa poursuivre mon récit jusqu'à la fin, sans chercher à tirer aucune déduction des choses que je lui dépeignais.

Bientôt, elle fut complètement au courant. Elle sut que Marie-Claire était partie, qu'elle avait disparu de ma vie sans que sa conduite me fût expliquée. Elle comprit aussi que je ne m'en consolais pas !

— Naturellement, remarqua-t-elle, comme si la chose ne se discutait pas, cette jeune fille était bien élevée... dans toute l'acception du mot ?

— Je ne l'ai jamais vue commettre une incorrection, ni se laisser aller à un geste équivoque, affirmai-je avec chaleur. C'était une enfant très simple... de la campagne ; mais tout en elle était impeccable, jusqu'au jour où je l'aperçus à Brest...

— Oui ! oui ! interrompit ma mère, qui ne voulait pas me ramener à ce cruel détail.

En silence, elle réfléchissait maintenant.

Admit-elle la possibilité d'une pression étrangère influençant mon amie ? Toujours est-il, qu'en toute simplicité, elle envisagea cette hypothèse :

— Peut-être cette jeune fille n'était-elle pas libre de disposer de sa vie en ta faveur, comme elle avait pris soin de t'en prévenir dès le début...

— Oui, depuis, j'ai pensé qu'elle subissait la volonté d'un homme ayant des droits sur elle.

— Ou tout simplement ceux d'une parente plus âgée ?

— Dans ce dernier cas, je ne crois pas qu'il s'agirait de Mariannick. Celle-ci n'avait pas assez d'autorité sur sa nièce.

— Nous ignorons si sa mère ne vit pas encore. Là est sans doute la vérité.

La supposition me fit tressaillir.

— Ah ! cela... ce serait autre chose...

Je n'achevai pas, comme si d'examiner seulement le cas était un sacrilège. Si près de ma mère, il me paraissait subitement que l'étrange refus de Marie-Claire avait été un grand bonheur pour moi. Cette mère de mauvaises mœurs, vivant encore, aurais-je pu jamais donner mon nom à la jeune fille ?

Une fois de plus, cette perspective me refroidissait singulièrement... Une telle grand-mère pour mes enfants ?... La fille d'une pareille femme régnant à mon foyer ?

Dans une révolte inconsciente, je passai machinalement mes mains sur mes yeux pour en écarter cette vision de cauchemar.

— De quelles folies un homme amoureux n'est-il pas capable ? me disais-je en pensant à mon cas. N'avais-je pas offert à Mariannick d'épouser sa nièce ? Si la vieille femme m'avait pris au mot et que l'épouvantable supposition fût vraie, où serais-je aujourd'hui ? Dans quel abîme de honte et de déception me serais-je enlisé ?

La voix de ma mère me ramena à la réalité.

— Je souhaite vivement, mon grand, que tu retrouves cette jeune fille. Pour ta tranquillité, je pense qu'il te faudrait avoir avec elle une bonne explication... à moins que tu ne sois assez fort pour chercher l'oubli dans un dérivatif puissant : le travail, par exemple.

— J'essaierai, promis-je fermement, car je pensais toujours à la sœur de Mariannick.

Ma mère ajouta encore ces mots qui, en toute autre circonstance, m'auraient fait glisser une douceur infinie dans l'âme, tant sa compréhension maternelle était réconfortante :

— Il est regrettable que je n'aie pas connu cette Marie-Claire. Puisque tu la croyais digne de ton nom, du nôtre, j'aurais peut-être pu gagner sa confiance... et l'aider. Elle était orpheline ; sa tante ne pouvait sans doute pas lui apporter toute l'assistance utile... Alors... avec mon expérience, soutenue par le désir de te savoir heureux, j'aurais usé des moyens que me permettrait la fortune... Cette aide, venant de quelqu'un de son sexe, eût mis ta jeune amie plus à l'aise pour envisager l'avenir... plus libre d'exprimer ce qu'elle n'a pas osé te dire. Au moins, tu saurais à quoi t'en tenir et tu ne te tourmenterais pas autant.

Sans répondre, mais profondément ému, je baisai les mains de la sainte femme, dont l'âme ne savait pas envisager le mal.

Et parce qu'elle avait repoussé la possibilité du mariage de son fils avec cette inconnue, — cette inconnue dont elle ne doutait pas, alors que moi je remuais tant de soupçons, — parce qu'elle ne se réjouissait pas de voir cette idylle si vite terminée, parce qu'elle se montrait par-dessus tout maternellement bonne et indulgente, je me sentis soudain moins malheureux. Ma peine immense était reconnue, partagée, et, maintenant, je pourrais en parler librement avec elle.

*
* *

Je n'avais pas prévu que je ferais de telle confidences à ma mère et, pourtant, je lui ai tout dit, sans faux-fuyants, sans réticences... dans un besoin invincible de ne plus être seul en présence de ce chagrin qui me rongeait.

Je suis un peu confus de n'avoir pas su me taire. Il est de bon ton qu'un homme supporte en silence ses peines d'amour. Admettons que ce soit une faiblesse regrettable ; et cependant, parler m'a fait du bien ! Je ne le regrette pas.

C'était comme un soulagement qui jaillissait de moi, emportant un peu de mon mal au fur et à mesure que mes confidences s'allongeaient. Mais que dire de l'admirable compréhension de ma chère et indulgente maman ? Elle m'a écouté, soutenu, encouragé, acceptant tout sans un mot de reproche, de blâme ou de regret...

Quel refuge, le cœur d'une mère !...

*
* *

Je me suis remis au travail.

J'ai donné les dernières touches au château fantôme et à la scène des ruines, fignolant moins le premier, cependant, parce que je veux laisser intact ce qu'*elle* a fait.

Ah ! quand je pense que ses doigts ont touché ces pinceaux que je tiens, que ses yeux d'eau profonde ont fixé ce paysage de rêve !... Oh ! Marie-Claire, pourquoi ?...

*
* *

Je me rends compte maintenant que, depuis le premier jour, elle est toujours demeurée dans le rayon intérieur de ma vision. Quand je pensais à elle, je respirais mieux. Quand elle apparaissait, tout mon être s'irradiait et l'allégresse dansait dans mon cœur.

Mais voilà ! C'était tellement imprévisible, que je ne savais pas lire en moi... Ce n'est que plus tard que j'ai compris... Mais, alors, il était trop tard !

*
* *

Tantôt, j'ai regardé les petites études que je m'amusais à faire au hasard de mes excursions. Il y a de tout, là-dedans, et le souvenir de mon amie y flotte encore...

Ce sapin ? Elle s'y était appuyée, un jour, en m'attendant. Ce groupe de pierres verdies où sommeille un lézard doré lui a servi de siège ! Le même soleil qui baignait la nature, ce jour-là, caressait les cheveux de ma princesse de légende... l'enfant blonde des contes de fées...

*
* *

Ce matin, une frénésie s'est emparée de moi : le besoin de fixer le visage de Marie-Claire pendant qu'elle est encore bien vivante à mes yeux.

Image de blancheur, de poésie, de rêve ! En vérité, je n'ai rien d'elle que cette composition au milieu des ruines. C'est suffisant, car j'ai interprété le sujet, et le paysage retient l'attention autant que l'image.

Je veux tracer la chère vision pendant qu'elle est encore présente en moi. Je la veux ! Je l'aurai, car mon esprit et mon cœur sont tellement remplis d'elle que je n'ai qu'à copier ses traits adorables.

*
* *

Jamais, je n'ai commencé une toile avec autant de volonté et d'ardeur...

*
* *

Ce sera mieux qu'un portrait et, pourtant, c'est la tête seule que je désire posséder... pas seulement une Marie-Claire ressemblante... celle de la lande, de la chaumière, de Brest !... sérieuse, ironique ou frivole ! Non ! Celle que mon rêve a conçue : belle, idéalisée, purifiée, synthétisant en un seul visage les parcelles de mon imagination et de mon amour...

*
* *

La fille d'une prostituée ? Et peut-être elle-même séduite par l'homme qui l'a ramenée à Ty Bianet, une nuit ?...

A de certains moments, l'atroce énigme stérilise mon âme, et il me faut lutter pour ne pas laisser s'éteindre la flamme sentimentale dont j'ai besoin pour entretenir l'inspiration...

Minutes atroces, où tous les soupçons m'envahissent...

— Il faut que tu demeures belle et pure en moi, Marie-Claire... Tu es la femme magnifiée qui s'est révélée à mon être... celle que j'ai souhaité choisir pour compagne de ma vie, celle qui m'est apparue comme un don royal du Ciel... la bien-aimée... l'élue !...

Sur l'autel de mon amour, je veux immoler tous mes doutes... Il n'y a plus en moi l'ombre d'une pensée mauvaise, d'un manque de foi...

Quelles que soient les apparences, Marie-Claire, tu es digne de mon affection, de ma fidélité...

Je fais litière de toutes les suppositions impies, devant la grâce rayonnante de ton visage angélique... j'immortaliserai sur la toile tes traits adorables, la profondeur de tes grands yeux candides, le divin mystère de tes lèvres au sourire si doux...

Coquette fille du Pardon, enfant fragile des ruines... blonde apparition au faîte du donjon ! Je te garde, tu es mienne, auréole de rêve... troublante, mystérieuse... je t'aime !...

*
* *

L'époque du Salon approche.

Marie-Claire m'avait promis de venir le visiter.

— Rien ne m'empêchera d'aller y voir vos deux toiles, avait-elle affirmé. Je veux juger de l'effet qu'elles feront au milieu des autres... Je veux surtout entendre ce que les visiteurs en diront...

L'insouciante fillette tiendra-t-elle sa promesse ?...

*
* *

Le moment vient où je vais peut-être avoir l'occasion de joindre mon amie ; ce n'est plus que l'affaire de quelques jours ! Déjà, j'ai envoyé mes tableaux au Salon.

Seront-ils acceptés ? Je crains que celui qui représente les ruines ne soit pas retenu. Ce château estompé, tel un grand spectre sur la campagne, est évidemment émouvant pour moi... et surtout pour Marie-Claire, qui l'a voulu ainsi. Mais n'étonnera-t-il pas les profanes et les visiteurs qui défileront devant lui ? Il représente un symbole ; le comprendront-ils ? Le deuxième tableau, au contraire, est plus accessible à toutes les intelligences, il parle mieux au cœur !

L'image de l'enfant des ruines est bien vivante, bien venue ! Et cette jeune Bretonne, idéalisée au milieu des pierres, souriante, rêveuse, prête à parler, triomphera de toutes les préventions et gagnera toutes les sympathies.

En définitive, cette vision si expressive me paraît meilleure. Aux organisateurs du Salon d'en décider.

*
* *

Mes toiles sont acceptées ! Voilà qui m'a fait plaisir. A défaut de chef-d'œuvre, du moins ai-je fait du bon travail.

Je me suis rendu au commissariat du Salon et j'ai rempli les conditions requises.

Maintenant, je m'occupe de faire encadrer les deux œuvres.

*
* *

C'est chose faite ! Mes tableaux sont accrochés en bonne place, dans un jour heureux qui les met réellement en valeur, à proximité d'une baie les inondant de clarté.

Tels qu'ils sont, peintures et cadres me donnent satisfaction...

*
* *

Un détail que je crois devoir noter. Oh ! un rien, mais qui me paraît des plus amusants.

On m'a demandé, au secrétariat, le prix de mes tableaux, au cas où un amateur se présenterait pour les acquérir.

L'idée de fixer par des chiffres et de représenter par un nombre l'attachement que j'ai pour ces œuvres me paraît choquante. Saura-t-on jamais tout ce que j'ai mis de moi-même dans chaque coup de pinceau ?... le meilleur de mon âme, bien certainement !

Cependant, pour répondre à la suggestion de l'employé, j'ai fixé négligemment un très gros prix : cent mille francs pour chaque toile ! Cela m'évite toute explication superflue.

Je reverrai longtemps le sursaut de l'homme. Ses yeux effarés me considèrent avant de prendre note de ma réponse. Je devais lui apparaître fou ! La somme était exorbitante, demandée par un débutant, alors que les plus grands maîtres exposant à ce même Salon font preuve de plus de modestie.

Il y avait bien de quoi étonner, mais je ne jugeai pas utile de rendre intelligibles mes prétentions au brave scribe qui eut un sourire de pitié à mon adresse.

Puis il hocha la tête, et sur son registre, sans même chercher à me faire changer d'avis, il écrivait le nombre fantastique en regard des deux numéros inscrits sous mon nom.

Evidemment, la somme dépasse les prix habituellement demandés ; mais pour moi, ces deux toiles représentent bien autre chose ! D'abord, l'une d'elles appartient à Marie-Claire, à qui je l'ai promise. Quant à l'autre... c'est toute ma raison de vivre qui y semble suspendue.

Est-ce que, demain, j'aurais encore la volonté d'exister, Marie-Claire, si je ne voyais plus devant moi vos deux grands yeux profonds et votre si doux sourire ?

*
* *

Aujourd'hui, vernissage !

J'étais envahi par l'idée que j'allais revoir Marie-Claire et, toute la journée, je l'ai épiée, attendue, scrutant les groupes, dévisageant les visiteurs.

Elle n'est pas venue !

A-t-elle pu oublier que je me proposais d'exposer son visage ? Je crois plutôt qu'elle n'est pas à Paris...

Elle viendra plus tard...

*
* *

Elle n'était pas là hier. Elle n'est pas venue aujourd'hui.

Je l'attendrai encore demain... inutilement, c'est probable !

Ainsi serai-je convaincu que Marie-Claire a oublié la Bretagne, les ruines de Kéridec et aussi l'humbre peintre amateur qui a reproduit ses traits avec tant de ferveur.

*
* *

Rien ! Toujours rien !

*
* *

Ma longue attente aura été déçue.

L'un après l'autre, lentement, les jours s'égrènent. Ma Madone aux yeux de mer n'est pas venue !...

*
* *

De l'ouverture à la fermeture, je rôde autour de la salle où se dressent mes toiles ; mais je n'ai plus l'espoir d'apercevoir celle que mon désir attend avec tant de ferveur.

D'ailleurs, est-elle à Paris ? Je crois plutôt qu'elle demeure à Brest ou aux alentours... Pénible supposition qui la situe si loin de moi !

*
* *

Cette surveillance est fastidieuse et inutile : Marie-Claire a bien d'autres chats à fouetter !... Il est même probable qu'elle a totalement oublié l'époque du Salon... A-t-elle seulement gardé le souvenir de mon nom ?

*
* *

Hier, un coup de téléphone m'a appelé auprès de ma mère, qui avait cru bien faire d'aller passer ces derniers beaux jours dans notre propriété de Touraine.

Ma chère maman avait pris froid ! Les rosées matinales et les brumes du soir ont agi sur son tempérament rhumatismal, et ma présence a été jugée nécessaire.

Je m'y suis donc rendu.

Heureusement, ce ne sera rien. Le docteur m'a rassuré : il avait craint quelque chose de plus grave...

Tout de même, cette absence de Paris m'aura éloigné du Salon pendant les deux dernières journées d'ouverture et je n'aurai pu assister à la clôture de cette manifestation.

Maintenant, il ne me reste plus qu'à aller retirer mes tableaux.

J'avais attendu bien des choses de cette exposition... Celle qui me tenait le plus à cœur ne s'est pas réalisée... En revanche, mon amour-propre s'est trouvé satisfait : les critiques ont remarqué mes toiles dont ils ont chanté les mérites.

Pourquoi un de leurs articles n'est-il pas tombé sous les yeux de Marie-Claire pour lui rafraîchir la mémoire ?...

*
* *

En allant à la galerie, ce matin, pour reprendre mes deux toiles, j'ai eu une surprise inattendue et terrible.

J'avais pris avec moi un camionneur pour charger l'encombrant bagage, mais lorsque le gardien me vit arriver, il m'accueillit joyeusement :

— Ce n'était pas la peine de vous déranger, monsieur, vos œuvres sont déjà déménagées.

— Hein ? Que voulez-vous dire ?

— Il paraît qu'elles ont été vendues toutes les deux !... l'acheteur les a emportées le dernier jour.

Je restai figé devant l'ahurissante nouvelle.

— Voyons ! voyons ! Qu'est-ce que ça signifie ?... Vous vous trompez sûrement. Il ne s'agit pas de moi ! Personne n'aurait donné la somme exigée pour posséder les œuvres d'un inconnu.

— Je ne me trompe pas, monsieur. Voyez vous-même : vos toiles ne sont plus là... j'ai aidé à les décrocher, d'ailleurs... Allez au bureau, on vous confirmera la nouvelle et l'on vous remettra la somme.

Malgré l'affirmation du bonhomme, j'étais persuadé qu'il commettait une erreur. Malheureusement, au secrétariat, on me tint le même langage. Un acheteur s'était présenté le dernier jour et avait donné un bel et bon chèque en échange de mes deux tableaux, à la condition de pouvoir les emporter tout de suite.

— Vous comprenez, monsieur, nous avons accepté sans soulever le moindre empêchement. Une telle chance pour un de nos exposants ne se retrouve pas tous les jours, il faut savoir la saisir... Nous étions du reste persuadés que vous seriez ravi.

— Oui, oui, évidemment !

Mes lèvres parvinrent à articuler cette approbation ; mais je me sentais devenir très pâle, et il me semblait que, dans mes veines, le sang cessait de circuler.

Cependant, autour de moi, chacun s'empressait et me félicitait :

— C'est un beau succès, monsieur ! Jamais ça ne s'est vu jusqu'ici... Evidemment, vos toiles étaient très bien ; mais, sans vous froisser, votre nom est inconnu... sûrement, l'acheteur spécule sur vos futurs succès...

Je n'écoutais pas ce que l'on me disait.

Dans ma tête, un nom résonnait : Marie-Claire ! Certainement, elle était à la source de cet achat ! L'homme qui l'accompagnait à Brest avait tenu à acheter son portrait, pour ne pas qu'il aille dans des mains étrangères... surtout, peut-être, pour qu'il ne reste pas dans les miennes !

Je m'expliquais moins l'achat des ruines ! Mais, là encore, le nom de mon amie s'imposait : elle aimait ce tableau ! Les ruines représentaient toute son enfance : c'est elle qui avait dû en vouloir l'achat !

Et cette conclusion me mettait du drame dans l'être : mon amie était venue au Salon et je ne l'avais pas vue !... Plus grand malheur encore : l'image adorée n'illuminerait plus mon atelier ! L'enfant des ruines avait cette fois complètement disparu de ma vie !... Atroce perspective !

Il me paraissait que jamais plus, à présent, je ne pourrais remonter le courant normal de mon existence. Et ce fut l'idée de la mort qui s'imposa à moi : ne serait-elle pas la grande consolatrice si je n'arrivais pas à surmonter ma peine ?

Pensée impie ! Comment pouvais-je en arriver à renier la foi puissante de mon enfance ? Par quelle aberration en étais-je là ?...

Vierge Coquette, aux mystérieux desseins, est-ce pour m'amener à cette lâcheté dernière que vous avez fait peser sur moi le pouvoir infini de l'antique légende ?...

Mais je ne pensais même pas à la Madone, ce jour-là !

En dépit de mon assurance apparente, j'étais bouleversé et mon âme bien près de sombrer dans le désespoir.

Justement, on me tendait le chèque... le prix de mes deux tableaux !

Il me fit horreur et je voulus le repousser.

Pouvais-je accepter de l'argent en échange de l'image adorée ? J'allais dire que je renonçais à la somme au profit des artistes nécessiteux, quand, tout à coup, la pensée que la main de mon amie avait peut-être touché le papier me donna le courage de le garder pour moi :

— Un dernier souvenir d'elle, probablement !

Ce billet devenait sacré !

Ce fut en une sorte d'hypnose que je demandai le nom de l'acheteur. Dans mon trouble, je ne voyais qu'un numéro de compte sur le chèque.

— Le nom est indiqué certainement, répondit l'employé. C'est, d'ailleurs, un marchand de la rue de Rivoli... Tenez, il a laissé sa carte... Tout est en ordre.

— Un marchand ? balbutiai-je, déçu.

— Oui.

— Un homme seul ?

— Evidemment... Vous pensiez à une société ?

— Non... non ! C'est-à-dire... Je croyais à un couple... Une femme, plutôt... Oui, des parents... à moins que ce ne soit la jeune personne... l'original de mon tableau.

— Si riche que ça, la petite Bretonne ! s'exclama le gardien, qui m'avait suivi pour jouir de ma surprise.

Son intervention me fut salutaire ; elle me ramena à moi-même. Je remarquai tout à coup les regards curieux qui m'observaient.

Mon émotion devait donner à tous une étrange impression. A moins qu'on ne s'imaginât que c'était la joie de l'aubaine qui me bouleversait pareillement.

L'amour-propre me redressa.

— J'enverrai quelque chose pour la caisse de secours à la Société, décidai-je très vite, car, maintenant, j'avais envie de m'en aller. Je vous remercie, monsieur ; vous avez admirablement travaillé à mes intérêts.

Et je les quittai en hâte, complètement retourné, comme si je n'enregistrais pas encore très bien la chance qu'ils m'attribuaient et le concours de circonstance dont j'étais victime.

*
* *

Je rentrai chez moi comme un fou.

Là, je m'abandonnais à mon dépit, quand une idée me traversa l'esprit en éclair :

— Idiot, pensai-je, tu as l'adresse de l'acheteur : va le trouver et vois de quoi il s'agit. Il y a peut-être moyen d'arranger les choses.

A l'instant même, je fus debout et, dix minutes après, j'étais rue de Rivoli, chez l'acquéreur.

Le marchand me reçut courtoisement ; mais ma visite le surprit un peu : la chance qui m'avait favorisé était si merveilleuse qu'il ne comprenait pas très bien la raison de mes questions.

Cependant, au bout d'un moment, je finis par comprendre que son rôle, en cette affaire, n'avait été que celui d'un intermédiaire.

— Ce sont deux personnes qui sont venues me trouver, m'expliqua-t-il ; un jeune homme accompagné d'une jeune femme. Ils tenaient à posséder ces deux œuvres et non pas d'autres. J'eus beau leur affirmer qu'il en était de meilleures et de moins chères à ce même Salon, ils ne varièrent pas dans leurs désirs : ces deux toiles ou rien !... Je dus me conformer à leur volonté, sans bien comprendre pourquoi ils tenaient tant à ce que je fasse l'affaire à leur place...

— Alors ? insistai-je, anxieux.

— Oh ! ce fut très simple. Selon leurs indications, j'ai passé au secrétariat : puis, j'ai fait placer les deux toiles dans un cadre d'emballage aux dimensions voulues. Une heure après que j'avais amené ici mon acquisition, un camion venait prendre livraison de la commande...

— Pour la conduire où ?

— Ah ! cela, monsieur, je n'en sais rien !

— Mais le nom de ces gens-là ? insistai-je, suppliant. Vous avez leur adresse ?

— Ils ne m'ont rien donné... La somme fut versée en espèces, ce qui m'a étonné un peu, mais tout était régulier et je n'avais pas à demander autre chose que mon dû...

— Alors, vous ne savez rien ? Vous ne vous rappelez pas autre chose ?

— Non. Je me souviens seulement que leur camionneur m'a dit : « Je viens chercher les tableaux de M. de Saint-Aubier. »

— M. de Saint-Aubier ! répétai-je en cherchant dans ma mémoire si ce nom ne me rappelait pas quelqu'un.

Il me parut bien que c'était la première fois que je l'entendais.

— C'est tout ce que je puis vous dire, monsieur, continuait le marchand. Et je le regrette bien, puisque vous me dites être prêt à verser une récompense pour rentrer en possession de vos peintures... Si j'avais prévu...

Je ne pus en apprendre davantage. Il était visible que cet homme m'avait dit tout ce qu'il savait.

Comme je le quittais après l'avoir remercié de sa bonne volonté, je l'entendis observer à mi-voix :

— Mais qu'est-ce qu'elles ont donc d'extraordinaire, ces deux toiles, pour que tout le monde veuille les posséder ? Moi, je ne leur trouve rien de remarquable !...

Malgré ma déception, sa remarque me fit sourire. Evidemment ! Ils n'ont rien de sensationnel, mes deux tableaux !... C'est bien pour ça que personne n'aurait dû me les enlever !...

*
* *

Le vague nom de Saint-Aubier, qui ne m'évoque rien et que j'ai en vain cherché dans les divers Bottins, c'est peu !... pas d'adresse, c'est encore moins !...

L'inconnu s'ajoutant à l'inconnu...

*
* *

C'est à Brest que je retrouverai ce nom de Saint-Aubier. Il n'y a que là-bas que je puisse apprendre à qui il appartient...

*
* *

Ma décision de partir pour la Bretagne me livrer à une petite enquête a été vite prise.

J'avais l'impression d'être happé par un engrenage dont j'aurais voulu vainement m'échapper.

Qui n'a connu cette espèce d'ironie amère vous poussant à revenir vers l'endroit où vous avez éprouvé une grosse déception? C'est comme une obsession qui croît en raison des jours écoulés... peut-être pour recharger votre potentiel de souffrance qui commence à s'épuiser...

Il y a des semaines que je veux aller à Brest, et je n'en ai repoussé l'idée déraisonnable que pour mieux y courir sous le premier prétexte...

Déjà, je me suis demandé si ma nature sensitive d'artiste ne m'avait pas tout particulièrement nui en cette exaltation de mes sentiments amoureux.

Mon imagination toujours en mouvement, avide d'idéal et de merveilleux, ne me porte-t-elle pas violemment vers ce qui fuit plutôt que vers ce qui s'offre à moi ?

N'ai-je pas aimé Marie-Claire parce que ma pensée s'alimentait de tout l'indéfini qui l'entourait ? Sa robe blanche, ses allures différentes des autres, cette auréole d'enfant humble servie en reine dans la chaumière de sa tante, cette petite paysanne coquette et réservée, aux allures de grande dame; cette prétentieuse qui paraît si modeste ; cette naïve fillette qui a suivi les cours de l'Ecole des Beaux-Arts ! Tout ce vrai et tout ce faux ! Ces apparences trompeuses et ces invraisemblables vérités !... C'est toute cette anomalie qui a fait naître ma fougueuse et funeste passion.

Et aujourd'hui, si je suis dans le train qui me conduit en Bretagne, c'est que je cours encore après une certitude qui me dessille les yeux, comme si je ne savais pas que, depuis des mois, je maintiens moi-même le bandeau qui m'empêche d'y voir clair, pour mieux demeurer obstinément aveugle.

*
* *

Avant d'aller à Brest, j'ai voulu retourner au Voulch et j'y suis resté quarante-huit heures.

J'ai trouvé vide Ty Bianet, Mariannick n'est pas revenue, et l'espoir que j'avais d'obtenir d'elle des nouvelles de sa nièce est déçu.

En revanche, tout me parle ici de l'absente... Le ciel, la lande, l'horizon, l'air, tout est rempli d'elle !...

Ne va-t-elle pas m'apparaître au détour du chemin, telle un elfe enchanteur égaré au pays d'Armor pour rendre fous les pauvres hommes ? Mais c'est en vain que je la cherche ou que je l'attends...

Ah ! qui que tu sois, petite princesse de la lande, viens ! J'ai la nostalgie de ta présence...

*
* *

Je ne suis pas allé vers les ruines, le sentier qui y conduit étant rempli de boue. Cependant, j'ai aperçu de loin le vieux donjon mutilé dressant vers le ciel ses murs décapités.

Là-haut, témérairement, Marie-Claire s'est assise... ses pieds nus s'agitaient dans le vide...

J'avais presque les larmes aux yeux en évoquant ce souvenir. Aujourd'hui, il me semblait que je valorisais mieux les heures douces vécues sur la lande en compagnie de l'enfant blonde...

Ma petite compagne de la lande, ma princesse de

légende, n'était en vérité qu'une petite fille !... une fillette adorable, ingénue, pleine de vie !... Si elle a péché, ce fut par naïveté, et je ne dois pas le lui reprocher.

Mais est-ce que j'ai jamais eu la force de l'accuser ? Pauvre de moi !

*
* *

J'ai détourné la tête en passant devant le sanctuaire de la colline, car je sentais mes yeux s'embuer de larmes.

Un jour, Vierge Coquette, j'ai cru fortement en votre pouvoir et j'ai espéré en vain...

Aujourd'hui, j'aurais voulu pouvoir prier, cela m'aurait fait du bien, mais j'ai craint que mon âme, sans le secours de mes lèvres, ne jetât un cri de révolte vers Celle dont le rôle secourable a joué si tragiquement pour moi en cette affaire.

Et je me suis éloigné, ne sachant que douter et gémir...

*
* *

Catherine Le Coz, ma bonne hôtelière, m a accueilli avec plaisir ; mais elle non plus n'a pu me donner des nouvelles de l'absente !

En revanche, elle m'a appris quelques nouvelles sensationnelles pour le pays. La principale concerne les ruines de Kéridec. Il paraît qu'on y fait des fouilles afin de retrouver certaines choses disparues lors de l'incendie.

L'architecte qui surveille les travaux aurait dit que

les caves étaient en fort bon état et que les assises du château étaient intactes. Devant la solidité de ces fondations, il serait question de reconstruire l'édifice. Tout le village en est bouleversé.

Mais ce qui plus encore que cette reconstruction, a ému tous les habitants du Voulch, c'est qu'on a retrouvé, dans une fondrière, le cadavre d'un inconnu qui avait été vu se promenant entre les murs écroulés, peu de temps auparavant.

Cet étranger paraissait très intrigué par les fouilles qu'on effectuait, et il suivait attentivement les travaux.

Il s'intéressait tout particulièrement aux ouvriers occupés à enlever les décombres et à les transporter pour les déposer, à l'entrée du bois, dans une sorte de coin marécageux où l'humidité du sol n'avait jamais permis de mettre les pieds jusqu'ici.

Cet homme a-t-il voulu se rendre compte, de plus près, de ce qu'il restait à faire et a-t-il pénétré sur les chantiers en dehors des heures de travail ? C'est à supposer, bien qu'on ne s'explique pas pourquoi ces fouilles l'intriguaient autant.

Quoi qu'il en soit, il fut victime de sa curiosité, sans que personne ait pu lui porter secours à temps !... Il y avait plusieurs jours qu'il était mort quand son cadavre fut retrouvé.

L'événement naturellement a fait marcher les langues du pays. Bien que nul ne le connût, il y eut plusieurs personnes pour prétendre que cet étranger était un des membres de la famille de Kéridec, disparu lors de l'incendie.

D'autres parlèrent d'un ancien serviteur... Bref, chacun y mit un peu de son imagination.

— Pensez donc, monsieur Marc, le chien de Ty Bianet n'avait jamais accepté la venue de ce quidam sur la lande !

— Ah ! Taïaut ne l'aimait pas...

— Non, monsieur, il montrait les dents et le pourchassait avec malveillance.

— Mais comment se fait-il que le chien de Marie-Claire soit encore au pays, alors que ses maîtresses sont parties ?

— Dame, quand ça leur arrive de s'éloigner du Voulch, c'est toujours les gens de la ferme à côté de Ty Bianet qui gardent leur chien.

— Et cet animal n'acceptait pas l'étranger ?

— Loin de là ! Il s'était mis hargneusement aux trousses du bonhomme ; il grondait si fort sur les talons de celui-ci que le fermier, par prudence, s'était décidé à l'enchaîner.

— C'est curieux, en effet ! approuvai-je, n'attachant pas cependant grande importance à la mauvaise humeur de Taïaut qui ne me tolérait guère moi-même.

Mais Catherine en tirait des tas de déductions :

— On ne m'ôtera jamais ça de l'idée, monsieur Marc, me répétait-elle. Le chien connaissait sûrement l'individu. Il avait deviné que c'était du vilain monde. Si on avait laissé faire l'animal, il aurait forcé cet indésirable curieux à quitter le pays avant qu'il n'y trouvât une fin aussi lamentable !... Les bêtes, voyez-vous, ça perçoit des tas de choses que nous ne voyons pas, nous autres, malgré toute notre intelligence !

Ce qu'elle dit est juste : l'homme ne sent pas venir

le malheur, même quand celui-ci rôde déjà autour de lui.

Taïaut, c'est toi qui avais raison quand tu voulais m'empêcher d'approcher ta maîtresse : ton instinct te faisait percevoir le mal d'amour qui déjà me rongeait...

L'étranger a été inhumé au cimetière du Voulch ; je me suis rendu sur sa tombe, obéissant à je ne sais quelle impulsion. Cet être qu'on m'avait dépeint vêtu d'une certaine recherche, doté de mains fines très blanches, vient se placer en mon imagination auprès de l'image de Marie-Claire. Y aurait-il quelque rapport entre elle et lui ? Et pourquoi cette pensée ?

Mon amie s'intéressait aux ruines... Si elle était là, je crois qu'elle aussi aurait rôdé sur la lande pour suivre l'avancement des travaux.

Peut-être est-ce là tout simplement ce qui me fait faire un rapprochement entre la jeune fille et cet inconnu ?

Je songe maintenant que la gendarmerie a dû prendre des photographies de la victime pour faciliter une reconnaissance ultérieure.

J'ai donc décidé d'aller trouver la brigade pour lui demander de me montrer les documents qui, le cas échéant, permettraient de reconnaître quelqu'un de connaissance.

*
* *

Plein de bonne volonté, le gendarme m'a répété ce que je savais déjà.

De l'enquête conduite par lui et ses hommes, il semble bien résulter que, comme me l'avait dit

Catherine, le défunt a dû être victime de sa témérité. Sur son corps, on n'a relevé aucune autre trace que celles des meurtrissures faites dans la chute.

Il a été impossible de l'identifier et, dans les poches de ses vêtements, il ne se trouvait aucun papier pouvant orienter les recherches. D'autre part, dans la région, personne n'a pu fournir le moindre détail concernant cet étranger, bien qu'un vieux colporteur ait prétendu que le visage de celui-ci ne lui était pas inconnu. Il pense qu'il a dû le rencontrer différentes fois, mais il n'a pu préciser où et dans quelles circonstances auraient eu lieu ces rencontres. Il n'est donc pas nécessaire de tenir compte de sa déposition.

Comme c'était à prévoir, l'examen des photos ne m'a rien appris. Toutes mes impressions morbides ne reposaient sur aucun fond solide.

L'homme a un air particulièrement dur. Il porte environ cinquante ans. Il m'est totalement inconnu et de cela, j'éprouve un grand soulagement. Je ne crois pas, d'ailleurs, qu'il y ait entre lui et mon ancienne amie le moindre rapport.

*
* *

Avant de quitter le Voulch, j'ai envoyé un message à Marie-Claire... quelques lignes seulement sur une carte postale close par deux enveloppes : l'une à son nom, l'autre à celui de Mariannick, adressée à Ty Bianet, mais avec prière de « faire suivre ». J'espère que la poste a été avisée et qu'elle saura faire parvenir mon envoi.

Je n'ai écrit que quelques lignes :

« Marie-Claire,

« Vous m'avez donc complètement oublié, que vous ne m'écrivez pas comme vous me l'avez annoncé ?

« Moi, je me souviens, et j'ai affronté des heures terribles depuis votre départ. Il me semble que ma vie a suspendu son cours à la minute même ou j'ai cessé de vous voir...

« Mon amie, essayez de vous souvenir...

« MARC »

Mais si discret que soit mon appel, Marie-Claire le comprendra-t-elle ?

*
* *

Je suis allé à Brest sans y trouver le moindre éclaircissement à propos de mon amie ou des tableaux achetés.

Le nom de Saint-Aubier y est totalement inconnu et, cependant, j'ai interrogé bien des gens, tant à la mairie que dans les officines ministérielles où notaires et avoués auraient pu, par leurs fonctions mêmes, se trouver en relation avec un client de ce nom.

J'ai fréquenté aussi, mais en vain, toutes les salles de spectacle et toutes les églises, y cherchant la chère silhouette et le doux visage qui hantent mon cerveau.

Si Marie-Claire est à Brest, elle s'y cache certainement et le hasard seul peut me replacer en sa présence.

Je n'y compte plus guère !...

*
* *

Et il me semble poursuivre, malgré moi, une route étrange dont je ne vois pas le but, mais qu'une main invisible a tracée sous mes pas...

Je voudrais pouvoir m'arrêter... me dérober... ou revenir en arrière !

Je ne peux pas ! La main de l'Omnipotent pèse sur moi et me force à aller de l'avant.

Ainsi, j'ai l'impression qu'une hostilité froide m'entoure à Brest : les lieux me sont défavorables, ils me paraissent rébarbatifs comme si mon séjour ici dérangeait les plans du destin.

Je souhaiterais demeurer, chercher encore, et je ne le peux pas ; il faut que je quitte ce coin qui m'est néfaste.

Ai-je la possibilité de braver les forces occultes qui m'entourent et me sont contraires ?...

J'en doute ! A moins que ma facilité à me plier aux impressions du moment ne soit que veulerie.

Je repars pour Paris.

*
* *

Un tremblement convulsif m'a saisi à la vue de l'enveloppe que le valet de chambre m'a remise ce matin.

Dans ma poitrine, mon cœur s'affolait à se rompre.

Une lettre !... Une lettre de Marie-Claire ! C'était elle que mon subconscient devait sentir à distance, quand Brest me devenait odieux !

Mais tout le bonheur du ciel est en moi, maintenant !

Je palpe la missive bienheureuse, je l'ouvre, je la parcours des yeux, je vais à la signature. Ce n'est pas un rêve ! Elle est bien de Marie-Claire !

Je suis si bouleversé qu'il me faut un effort de volonté pour pouvoir lire ce qu'elle m'écrit et je n'y parviens qu'en m'astreignant à la pondération.

C'est goutte à goutte que j'absorbe les mots grisants qui m'enivrent :

« Marc,

« Je n'ai pas pu vous écrire plus tôt parce que les circonstances ne me le permettaient pas : depuis quelques jours seulement, je suis libérée des charges d'un passé redoutable...

« Je suis à Paris et je voudrais vous voir : l'heure est venue pour moi de tenir la promesse que je vous ai faite un jour. Je vous révélerai ces dessous de ma vie qui semblaient si fort vous intéresser autrefois. Vous comprendrez tout.

« Mais je ne puis décemment me rendre chez vous, ni vous recevoir chez moi. Voulez-vous être, après-demain, au musée du Louvre, vers deux heures, salle de l'Ecole italienne ? J'y serai.

« A bientôt, ami.

« M.-C. »

Le ciel a dû envahir mon atelier. Tout est éblouissant autour de moi et, sous le bonheur qui m'inonde, je chancelle comme un homme frappé d'insolation.

Puis, soudain, c'est du délire :

— O joie ! Marie-Claire me fixe un rendez-vous. Je dois la rejoindre demain !

Mon bonheur est si grand que je l'extériorise par des gestes : je danse, je gesticule, je chante ! Je suis fou !

Je vais la revoir...

*
* *

Les heures sont longues quand on attend un grand bonheur ! Et pourtant, je cherche à bien les remplir.

Trois fois, déjà, j'ai visité ma garde-robe pour choisir le costume que je revêtirai demain...

C'est dans un tel moment que l'on apprécie particulièrement la joie d'être bien habillé... comme si l'élégance d'un costume augmentait la valeur de celui qui l'endosse !

La valeur ? Non, évidemment ! Ne dit-on pas que l'habit ne fait pas le moine ?... Mais le charme, le pouvoir de plaire ? C'est différent !

En amour, aux yeux d'une femme, j'estime que l'homme élégant en vaut dix mal habillés !

Et c'est pourquoi je chante en choisissant mon linge, mes boutons, ma cravate. Je veux plaire à Marie-Claire !

*
* *

Encore quelques heures, et je vais rejoindre ma jolie fleur sauvage, mon amie de la lande bretonne, la troublante enfant des ruines...

Je vais revoir Marie-Claire !...

*
* *

L'heure du rendez-vous approche. Une angoisse nerveuse m'étreint, faite de joie et d'anxiété... Il me semble poursuivre un rêve magnifique dont je risque de m'éveiller.

*
* *

Dès trois heures, d'un pas décidé, j'ai remonté les Tuileries pour aller vers le palais du Louvre.

Je marchais comme un somnambule, sans me rendre compte de ma précipitation : quand le cœur est remué, le cerveau semble muré, et c'est dans une sorte d'inconscience que j'ai enfilé des couloirs, monté des escaliers, traversé des salles les unes après les autres.

Autour de moi, les Madones de Léonard de Vinci, Le Corrège, Raphaël, dispensaient, avec une discrétion angélique, leurs sourires purs et lumineux.

Je les regardais sans les voir, et, tout à coup, une voix merveilleuse m'a tiré de mon inconscience :

— Où allez-vous, monsieur Marc ? Je suis à deux pas de vous et vous ne me voyez pas !

Marie-Claire était en face de moi !

Vêtue de noir, une collerette blanche autour du cou, abritée par une grande capeline de feutre, un peu pâle, amincie et affinée par quelques mois d'existence à la ville, elle m'apparut idéalement belle.

Un moment, j'eus l'impression d'un brouillard m'enveloppant tout entier. Dans la volupté de ce premier contact, je voyais trouble !

— Marie-Claire !... Ma petite Marie-Claire !...

Je ne pouvais que prononcer son nom, pendant qu'un tremblement dont je n'étais pas maître agitait tout mon corps.

Elle me sourit, accueillante et indulgente, un peu gênée peut-être par cette émotion que je ne savais pas lui cacher.

Alors, dans un élan gracieux et spontané, elle passa son bras sous le mien et s'appuya sur moi familièrement.

— Oh ! mon ami... mon grand ami ! Pourquoi êtes-vous si bouleversé ?

— Je croyais, Marie-Claire, que je ne vous reverrais plus.

— Je vous avais promis le contraire, cependant, et je ne mens jamais.

Avec sa grande simplicité habituelle, elle ne pouvait admettre que j'aie pu douter de sa sincérité.

— Vous n'aviez pas besoin de vous tourmenter.

Un sourire un peu triste erra sur mes lèvres.

— Je n'osais plus rien espérer, cependant... J'étais anéanti par votre départ. Et puis...

— Et puis ?

— Nous nous étions séparés sur une si fâcheuse impression... Je vous avais froissée... Ma scène était absurde.

— Oh ! oui ! acquiesça-t-elle, rêveuse. J'ai bien souvent songé à cette scène-là.

— Il faut l'oublier, Marie-Claire... Me pardonner !

Elle me fixa bizarrement ; puis, la voix incertaine, elle se contenta de dire :

— Oublier ?... Peut-être !

Et, brusquement, elle se serra contre moi, comme si elle était heureuse de m'avoir trouvé ou qu'elle souhaitât me le laisser croire.

— Mon grand ami !

— Ma petite Marie-Claire !

C'est tout ce que nous trouvions à nous dire, mais le nom de l'un sur les lèvres de l'autre semblait, pour l'instant, condenser tous les plus beaux discours.

Ce fut la jeune fille qui renoua l'entretien ; elle le fit en changeant de ton.

— Allons, prononça-t-elle en raffermissant sa voix, ne nous émotionnons pas ! Soyons forts, tous les deux, puisque nous avons la joie de pouvoir passer quelques heures ensemble...

Et elle précisa fermement :

— Je suis venue pour vous mettre au courant de tout ce qui me concerne, mon ami... pour que vous puissiez comprendre les raisons de ce départ qui vous a tant étonné ; pour que vous ne vous imaginiez pas des choses extraordinaires ! Enfin, pour que vous ne vous chagriniez pas plus longtemps.

— Quand je vous vois, Marie-Claire, j'oublie tout le mal que j'ai pu me faire... Je suis si heureux en ce moment !... Elles payent tout, des minutes comme celles-ci !

Mais elle hocha la tête et pensivement elle observa :

— Oui, la minute est exquise ; mais demain vous douterez encore. Or, je ne veux pas, moi, mon grand ami, quand je pense à vous, me dire : « Il est malheureux !... » C'est pour cela que je suis ici... pour que vous sachiez et puissiez oublier...

— Ne parlez pas d'oubli, Marie-Claire, prononçai-je anxieusement. Je vous aime et mon amour est gravé dans mon cœur. Je ne pourrai pas l'en effacer.

Un picotement à la gorge m'empêchait de poursuivre. Ne semblait-elle pas envisager la possibilité que, demain, je ne la voie plus !...

Un silence suivit. Nous fîmes quelques pas, cahotés au milieu des visiteurs. Ce fut ma compagne qui renoua une nouvelle fois l'entretien.

— Il y a beaucoup de monde, déjà, dans cette salle, remarqua-t-elle, après un regard rapide autour de nous. Je ne pourrais pas, ici, vous parler librement comme je le désire. Ne restons pas là, voulez-vous, bon ami ?

— Volontiers, allons ailleurs !... En effet, ici, nous n'avons aucune commodité : tous les canapés sont occupés.

— Et voilà les gens qui affluent ! Allons au Palais-Royal. Je connais un café glacier où l'on sert d'excellent thé. Dans la pièce du fond, à cette heure, il n'y a pas grand monde, habituellement.

Je l'approuvai. Il me semblait que j'aurais été incapable, dans mon état d'esprit, de décider avec qui que ce fût de l'emploi de notre après-midi.

Nous quittâmes donc le Louvre avec un peu de précipitation, tant nous avions hâte de fuir la cohue des visiteurs.

Je sentais sur mon bras sa petite main brûlante et, pour ne pas perdre ce doux contact, j'aurais suivi Marie-Claire au bout du monde.

Ce furent d'inoubliables moments que nous passâmes ainsi, marchant l'un contre l'autre dans la rue, à la vue de tous... J'aurais voulu que nous n'arrivions jamais au bout de notre course.

J'appréhendais d'ailleurs un peu l'entretien que nous allions avoir. Elle avait dit : « Je veux que vous sachiez tout… », et ce tout m'effrayait terriblement.

Qu'est-ce qu'elle allait m'apprendre ? Quelles pénibles confidences allait-elle me faire ? Je n'osais pas les imaginer, tant j'avais l'angoisse de connaître de nouvelles souffrances.

Au surplus, je ne voulais pas imaginer que je pourrais encore la perdre, ni qu'il me faudrait recommencer à vivre sans elle. Et pour éviter ce malheur-là, j'étais préparé à tout croire et à tout accepter de ce qu'elle avait à me révéler, pourvu que je ne fusse plus privé de sa présence.

***

Assis sur une chaise en face de Marie-Claire, séparé d'elle seulement par la table de marbre, j'attendais qu'elle parlât.

Il me semblait que ses yeux évitaient les miens. Sentant mon regard peser sur le sien, et pour fuir peut-être ma perspicacité, elle paraissait observer avec attention quelque coin de la table ou quelque vague détail de la salle.

Son attitude me fit supposer que ce qu'elle avait à me dire était bien difficile à exprimer…

— Je vous écoute, petite amie, dis-je pour l'encourager.

Afin de ne pas augmenter sa gêne, je détournai d'elle, à mon tour, mes yeux trop avides. Et parce que sa vue n'illuminait plus ma rétine, j'avais à nouveau l'impression poignante que ses révélations allaient m'être pénibles.

Son hésitation semblait doucher ma joie... Pourtant, elle commençait :

— Il faut que je vous mette au courant de ce qui a été mon passé. Vous ignorez tout de ma personnalité réelle, mon ami. Je ne suis pas, comme vous l'avez cru, la nièce de Mariannick...

J'eus un vague mouvement de surprise, car en mon esprit s'évoquaient les racontars du Voulch.

— Vous n'êtes pas la nièce de Mariannick Guillerme ? m'étonnai-je. Ne seriez-vous pas la fille de cette sœur dont j'ai entendu parler au pays breton ?

— La pauvre Philomène, dont la vie ne fut pas exempte de tous reproches ? précisa-t-elle. Non, mon ami ! Cette femme n'est pas ma mère ! Elle ne m'est rien !... Mariannick n'a été que ma nourrice... une nourrice très chère qui m'a servi de mère, cependant, et grâce à qui je ne me suis pas sentie orpheline.

— Au Voulch, on le disait...

— Des balivernes ! Les gens ont du temps à perdre et brodent des histoires à la hauteur de leur imagination. Au surplus, Mariannick n'a rien fait pour les détromper. Il était préférable qu'ils me croient sa nièce. Ainsi, j'ai pu grandir sans menace, à l'abri de cette prétendue parenté.

— Mais alors, qui êtes-vous, Marie-Claire ?

Elle me regarda à travers ses longs cils. Un sourire bizarre éclaira ses traits et, malicieusement, elle énonça des choses auxquelles j'étais loin de m'attendre, malgré les mille suppositions que mon cerveau avait si souvent échafaudées.

— Je suis l'unique rejeton de la famille de Kéridec, déclara-t-elle, la dernière née, le seul être sauvé de l'incendie ! Et quand vous me surnommiez l'enfant des ruines et que j'assurais que celles-ci étaient mon domaine, jamais vérité ne fut mieux proclamée.

— Une enfant sauvée de l'incendie ? répétai-je, abasourdi.

— Oui ! Une pauvre gosse orpheline, élevée prudemment à l'écart par un notaire ami de mes parents, qui redoutait que le sort de ceux-ci ne me fût réservé ! Vous le connaissez de vue... C'est lui que vous avez aperçu deux fois avec moi : l'après-midi à Brest et le soir à Ty Bianet, alors qu'il me reconduisait après des démarches importantes où mon changement de vie et mon départ de Voulch avaient été décidés.

Je l'écoutais, absolument stupéfait.

— C'était cela !... Oh ! Marie-Claire ! Pourquoi ne pas me l'avoir dit tout de suite ? Vous ne pouvez imaginer tout ce que j'ai supposé...

Elle eut un rire amusé.

— Mais si !... au contraire ! Je m'imagine très bien... C'est même extraordinaire de constater comment, tout de suite, vous avez envisagé le pire !

— Pardonnez-moi, mon amie, bien que mes torts soient grands. La jalousie m'aveuglait. J'avais jugé l'homme plus jeune, certainement, qu'il ne l'est en réalité... Et, surtout, vous aviez l'air de repousser si dédaigneusement mes avances...

Un nuage voila son front.

— Cela est autre chose, fit-elle pensivement. Entre vous et moi, il y a... Mais laissez-moi, d'abord, vous raconter tout ce qui concerne mon enfance, continua-t-elle en changeant de ton. Quand vous saurez tout, vous comprendrez...

— Alors, parlez, ma bien-aimée, suppliai-je,

bouillonnant d'impatience et sans m'apercevoir du nom intime dont je la gratifiais.

J'avais posé mes coudes sur la table et, le visage appuyé sur mes mains réunies, je la fixais de mes yeux un peu durs. Je le sentais, c'était maintenant que j'allais souffrir, car il lui fallait m'apprendre ce qui l'avait écartée de moi... ce qui nous séparait encore probablement !

Elle crut devoir reprendre l'histoire d'un peu loin.

— Comment ma nourrice, la nuit de l'incendie, parvint-elle à s'enfuir avec le petit bébé que j'étais alors ? Je laisse à Mariannick le soin de vous le dire. Il semble bien, cependant, que le Ciel ait facilité sa tâche, en lui permettant de me sauver, puisque, ni l'une ni l'autre nous ne fûmes brûlées ou atteintes physiquement, alors que tout le monde périssait dans le désastre... C'est à la suite de cette protection évidente de la Madone, que ma nourrice me consacra à la Vierge Coquette et que je fus vêtue de bleu et de blanc... Mais revenons à l'incendie. Le château avait pris feu de telle façon déconcertante, en plusieurs endroits, qu'il devint bientôt évident qu'une main criminelle avait allumé le brasier. Des détails étranges, mais contrôlés, prouvèrent qu'un misérable neveu, commensal de la famille, était l'auteur du désastre.

— Oh ! Pourquoi ce crime ?

— Parce que cet homme voulait s'emparer des biens de mes parents. Sa fortune personnelle dilapidée, il lui en fallait une autre. Et, pour atteindre ce but, il n'hésita pas à supprimer, avec leurs héritiers naturels, ceux dont il convoitait l'héritage. L'incendie causa la mort de mon père, de ma mère et d'un frère plus âgé que moi. Toute la famille devait périr selon les prévisions du triste sire ! Il s'en fallut de peu que les projets du misérable n'aboutissent entièrement. Heureusement, une brave femme s'était acharnée à me sauver !

« Vous devinez, maintenant, toutes les précautions qui furent prises pour me conserver en vie ? On dissimula mon véritable état civil, et c'est ainsi que s'accrédita, au Voulch, le bruit que j'étais la fille naturelle d'une sœur de Mariannick. »

— Ce que je comprends mal, remarquai-je, c'est la raison qui força votre tuteur à vous élever ainsi en cachette.

— Je vous explique qu'il craignait le neveu de mon père.

— Ne pouvait-il le faire arrêter ?

— Les preuves formelles manquèrent au début. Me Corninck ne comprit réellement à qui il avait affaire qu'après la visite de ce misérable qui vint en son étude réclamer l'héritage.

— Et alors ?

— Mon tuteur refusa, naturellement, d'accéder à son désir, prétextant qu'on n'avait retrouvé qu'un cadavre de baby dans les décombres et qu'il était possible que l'un des deux enfants du châtelain ait été sauvé, comme le bruit avait couru.

« — Tant que ce point ne sera pas élucidé, l'héritage restera consigné », prévoyait la loi que le notaire invoqua.

« C'est alors que cet odieux personnage proféra les pires injures et les plus folles menaces.

« Par la suite, Me Corninck chercha ce qu'il avait de mieux à faire dans mon intérêt. Faire condamner cet homme, qui portait jusque-là un nom respecté par tous, lui parut un triste héritage à me léguer. Mes parents eux-mêmes auraient certainement reculé devant le scandale. Le mieux n'était-il pas de me faire élever en cachette ? C'est ainsi que Mariannick est devenue ma tante et que vous avez pu me rencontrer au Voulch. »

— Mais lui, le misérable, a-t-il pu se contenter d'une telle solution ?

— Oh ! non ! Il essaya de retrouver ma trace, avec l'espoir peut-être d'imposer sa tutelle ! Seulement, c'est autour de Me Corninck ou auprès des amis de mon père qu'il me chercha. L'idée ne lui vint pas qu'on pût m'avoir laissée si près des lieux où avaient péri mes parents... Son manque de perspicacité me sauva !

« Pendant ce temps, je grandissais... L'affection de mon tuteur et celle de ma nourrice ne me faisaient pas défaut et je n'ai jamais eu l'impression d'être une orpheline, sans famille. Puis, un jour, l'on m'a tout appris... petit à petit, bribe par bribe, de façon à ménager ma sensibilité !

« La date est venue de ma majorité. Il y a six mois que j'ai atteint l'âge de succéder aux miens et de prendre certaines dispositions... C'est alors que j'ai quitté la Bretagne. »

— Sans me mettre au courant, reprochai-je amèrement. Vous pouviez vous confier à moi, cependant.

— Non, je ne le pouvais pas. Mon tuteur craignait encore pour moi l'offensive de ce traître et il avait exigé mon silence complet.

— Cependant, vous me racontez ces choses aujourd'hui.

— Parce que mon dangereux cousin est mort !

— Mort ! m'étonnai-je, car l'histoire que me racontait Marie-Claire avait l'air, parfois, d'être inventée de toutes pièces.

Elle dut sentir mon incrédulité, et elle expliqua plus clairement :

— Cet homme est venu mourir sur les lieux de son crime. Apprenez qu'aussitôt libre de disposer de mes biens, j'ai tenu à ce qu'on dégage les ruines de Kéridec. Je veux bien reconstruire le château, je ne serai heureuse que quand j'aurai vu la vieille bâtisse, berceau de ma famille, renaître de ses cendres. Une équipe d'ouvriers travaille donc actuellement sur la lande.

— Cela, je l'ai appris, interrompis-je.

— Mais vous a-t-on dit qu'un homme, étranger au pays, était venu surveiller ces travaux et examiner ces terres, mêlées de cendres et de pierres calcinées, qu'on transportait au loin ?

— On me l'a dit aussi ; mais on m'a affirmé que personne n'avait pu identifier le personnage.

— Parce que nul n'a songé au passé ! La justice de Dieu s'est cependant manifestée à propos de lui : on a trouvé son corps au fond d'une ancienne fosse. L'homme était mort ! Me Corninck et Mariannick sont allés examiner sa dépouille et ils l'ont formellement reconnu. S'ils n'ont pas révélé aux autorités ce qu'ils savaient, c'est qu'il valait mieux ne pas ressusciter cette affaire... Il leur a paru plus juste qu'un tel misérable repose inconnu au cimetière et, moi, la seule survivante de toute une famille cruellement disparue, je n'ai pas estimé que le meurtrier des miens pût avoir un nom honorable, le nôtre, sur sa tombe...

Je demeurai pensif quelques secondes.

— Vous avez bien fait, convins-je ensuite. Cet homme n'a eu que le sort qu'il méritait si, réellement, il a été capable de pareils actes contre les siens.

Il y eut un grand silence pendant lequel chacun de nous se recueillait. Ce que ma compagne venait de raconter expliquait tout ce qui m'avait tant intrigué. Les faits et gestes de mon amie m'étaient compréhensibles à présent. Mais si le passé s'éclairait pour moi, le présent et l'avenir me demeuraient obscurs. Que voulait-elle faire désormais ?

Je lui posai la question à brûle-pourpoint :

— Et maintenant, Marie-Claire, que comptez-vous faire ?

— Faire revivre le passé, ressusciter le nom de Kéridec, répondit-elle sans hésitation. En ce moment, j'examine des plans, des devis, pour la reconstruction du château. C'est une rude tâche et je m'y consacre tout entière.

— Seule ?

— Oui, seule ! Je n'ai pas le droit d'entraîner quelqu'un à ma suite dans les formidables dépenses que j'entreprends... La construction revient chère aujourd'hui !

— Justement ! Un mari vous aiderait.

Elle secoua la tête tristement et une amertume plissa ses lèvres.

— Non. Un mari freinerait mes désirs. D'ailleurs, je ne veux pas me marier !... Mon tuteur estime que je puis trouver un parti honorable et riche... mais je ne me sens pas du tout en état de faire un mariage d'argent... J'ai, du reste, le temps de respirer avant d'en arriver à une pareille extrémité.

Mais je n'acceptais pas sa façon de décider des choses dans un tel sens.

— Pourquoi n'envisagez-vous que le mariage d'argent ? L'amour peut aussi se présenter à vous ?

— Non, répéta-t-elle encore, en détournant ses yeux des miens. Un mariage d'amour me paralyserait... Je n'oserais pas poursuivre mes projets si je sentais qu'à cause d'eux mon foyer connût les privations ou souffrît d'une vie mesquine.

Je ne pus m'empêcher de hausser les épaules.

— Voyons, Marie-Claire, protestai-je, un peu railleur. Il me semble que ce n'est pas à vous d'envisager le bien-être à donner à un homme... C'est à celui-ci de vous assurer, au contraire, une existence confortable et libre de tous soucis.

Mais elle fronça le sourcil et me fit comprendre que cette question lui était désagréable.

— Laissons cela, prononça-t-elle fermement. J'ai dit que je ne voulais pas me marier ; il est inutile de chercher à me faire changer d'avis... Si vous tenez à ce que nous restions bons amis, monsieur Marc, ne remettez jamais ce sujet sur le tapis.

— Je ne vois pas pourquoi vous me faites cette défense, protestai-je avec mauvaise humeur devant ce *monsieur* qu'elle replaçait cérémonieusement entre nous. Est-il donc impossible que nous nous expliquions loyalement, tous les deux, sur une chose qui me tient aussi fortement à cœur ?

— Toute explication est inutile.

— Vous vous trompez, Marie-Claire, cette mise au point est nécessaire... du moins pour moi !

Et, m'échauffant, je précisai :

— Ne comprenez-vous pas que, tant que je ne connaîtrai pas les motifs qui vous font repousser ce débat, je continuerai à me tourmenter ?... J'imaginerai les choses les plus folles et j'accumulerai les pires hypothèses. C'est seulement quand je vous aurai dit : « Je vous aime, Marie-Claire. Voulez-vous être ma femme ? », que je pourrai...

— Je vous en prie, mon ami, coupa-t-elle avec vivacité pour m'empêcher de continuer ; ne persévérez pas sur ce ton ou je vous quitte.

Dans un mouvement effarouché et pour ne plus m'entendre, elle s'était dressée, prête à s'enfuir. Instinctivement, ma main avait saisi son bras et la retenait sur place.

J'étais devenu pâle. C'était mon bonheur que je défendais et sur mon visage contracté se lisait une subite et farouche décision.

— Ecoutez-moi, Marie-Claire, ou je vais faire un malheur, prononçai-je d'une voix basse et rauque, assez impressionnante. Je ne vous demande que de m'entendre. Si vous vous y refusez, je vous jure qu'en sortant d'ici je me jette sous le premier autobus venu... Vous serez débarrassée de moi, si c'est cela que vous cherchez.

— Ne dites pas de folies !

— Ah ! Je ne sais pas si ce sont des folies, mais je vous assure que je suis préparé aux plus terribles extrémités !...

— Calmez-vous, Marc, implora-t-elle, en posant sa main sur la mienne comme pour me réconforter.

Elle n'avait probablement jamais imaginé qu'un homme pût être si bouleversé et, subitement, elle avait peur !... Quelle force inconsciente et dangereuse peut soulever un garçon que la passion agite ?

Un peu blême à son tour et domptée, elle reprit sa place en face de moi, n'osant pas dégager sa main que je gardais d'autorité entre les miennes.

— Allons, je vous écoute, grand enfant terrible, fit-elle en essayant de sourire. Où voulez-vous en venir ?

— Je vous aime follement, passionnément, Marie-Claire, commençai-je, sans même chercher à refréner mon ardeur. Je vous aime à un point tel que je ne voudrais pas souhaiter à mon plus mortel ennemi de se trouver dans mon cas. Pour vous avoir à moi, pour vous posséder, je serais capable de commettre les actes les plus extravagants ou de me livrer à toutes les témérités. Je vous demande de m'épouser, d'être ma femme. Jamais épouse ne sera plus choyée, plus aimée... et cette tâche que vous vous êtes fixée, j'en prendrai ma part et je vous aiderai à l'accomplir... complètement... loyalement... jusqu'au bout !

Pour mieux m'écouter, à moins que ce ne fût pour dissimuler ses impressions, Marie-Claire s'était accoudée sur la table et elle avait caché sa tête dans ses deux mains réunies.

Elle ne se redressa pas quand je m'arrêtai de parler, mais le soulèvement précipité de sa poitrine me révélait son émotion.

— Ne soyez pas triste, mon amour, balbutiai-je, très ému moi-même. Je ne veux pas vous faire de la peine, mais je vous aime, je suis malheureux... répondez-moi ! Ne me désespérez pas.

Elle leva vers moi son visage bouleversé.

— Je vous ai dit que je ne voulais pas me marier, gémit-elle dans une supplication.

— Mais pourquoi ? insistai-je sans en démordre.

— Je vous l'ai exposé.

— Vos raisons n'en sont pas. Ce sont des faux-fuyants. Avouez plutôt que vous ne m'aimez pas !... Vous en aimez un autre ?

— Non ! Je n'aime personne, je le jure !

Elle avait jeté sa protestation dans un élan spontané, comme si, instinctivement, elle avait à se défendre contre une supposition injurieuse.

— Personne ? relevai-je. Oh ! Marie-Claire, est-ce bien vrai ?

— Pourquoi renierais-je mes sentiments si j'en éprouvais pour quelqu'un ? Ne suis-je pas libre ? Ai-je des comptes à rendre ?

— Et cependant, vous me repoussez ?

— Ceci est une autre affaire.

Un amer scepticisme m'envahit.

— Je n'ai pas d'illusion, allez ! Vous pouvez proclamer la vérité : je vous suis antipathique.

— Ai-je dit cela ?

— Il est visible que je vous déplais. Je me rends compte que je ne réponds pas à votre idéal... je ne suis pas un aristocrate, moi !

— Je n'ai pas à examiner la question : je repousse l'idée du mariage.

Un sourire incrédule glissa sur mes lèvres.

— Même avec un autre que moi ?

— Oui ! Même avec un autre ! Ne vous ai-je pas dit, tout à l'heure, que je n'aimais personne ?

— C'est trop beau, je n'ose y croire !

— Je ne mens jamais !

— Et vous avez dit que vous repoussiez l'idée du mariage... même avec un autre que moi ?

— Je le répète. Quand j'affirme une chose, c'est qu'elle est vraie.

Ce fut comme une détente en moi. J'avais l'impression qu'un souffle d'air dilatait subitement mes poumons et que je respirais mieux.

La sensation était si bienfaisante, qu'en réaction mes yeux s'embuèrent de larmes. C'est que, tout de suite, mon amour tirait une déduction de ce que Marie-Claire affirmait :

« Si la place est libre, rien ne s'oppose plus à ce que je l'emporte. Ma sincérité ne pourra-t-elle pas arriver à toucher celle que j'aime ? »

Et l'espoir de la victoire commença à frémir en moi.

Je me mis, tout haut, à examiner la question.

— Votre notaire vous conseille d'épouser un mari riche. Alors, moi, si j'avais de la fortune, m'aimeriez-vous, Marie-Claire ?

— Je vous en prie, Marc, ne continuez pas ! Je me demande à quoi riment vos questions, sinon à nous rendre malheureux tous les deux.

— Comment, tous les deux ? Il me semble que je suis seul à souffrir de votre refus ! Si seulement vous vouliez m'expliquer celui-ci, je pourrais peut-être faire tomber les obstacles qui nous séparent.

Mais elle hocha la tête sans répondre et il me parut qu'elle serrait les lèvres pour retenir une parole imprudente.

— Votre indifférence me rend très malheureux, Marie-Claire, insistai-je tristement. Je suis à bout de forces... D'une façon ou d'une autre, il faut que j'en finisse !

Tendrement, je posai mes lèvres sur sa main que je tenais de nouveau dans la mienne, et je demeurai plié devant Marie-Claire, réfugié tout entier en ce doux contact qu'elle ne m'avait pas encore défendu.

Minutes à la fois exquises et douloureuses, dont je me refusais à sentir la précarité...

Une larme que je ne sus retenir vint mouiller la menotte prisonnière entre mes doigts.

Ma compagne tressaillit. Elle avait soudain conscience de mon état d'esprit et, dans un geste d'affectueuse compassion, son autre main vint, délicatement, caresser ma chevelure brune.

— Marc, Marc, balbutia-t-elle, éperdue. Ne pleurez pas ! C'est plus que je ne puis endurer. Vous m'aimez... et moi... je voudrais ne pas vous désespérer ! Seulement, je ne puis pas songer au mariage avant longtemps. Il faut d'abord que je reconstruise Kéridec, je vous l'ai dit... Cela demandera des mois, des années, durant lesquelles il me faudra peut-être travailler pour pouvoir réaliser l'œuvre jusqu'au bout. Et quand, finalement, j'aurai relevé le château des miens, quand le nid sera reconstruit, il me faudra probablement travailler encore pour pouvoir y vivre quelques mois chaque année.

« Voyez-vous, dans mes projets, j'ai renoncé à faire une place à l'amour, au mariage et à la maternité, parce que mes moyens ne me permettraient pas de les envisager !... Autrefois, probablement, eussé-je agi et pensé différemment, mais la crise mondiale a si terriblement ébréché les revenus de chacun, que je ne puis envisager un meilleur programme avec l'héritage que j'ai recueilli de mes parents. Aujourd'hui, mes désirs se réduisent à ceci : aller vivre un peu, chaque année, dans Kéridec reconstruit ; puis, plus tard... quand je serai partie, après moi, enfin !... comme je resterai célibataire et mourrai sans descendance, je laisserai la propriété à quelque colonie de vacances d'enfants pauvres, qui perpétuera notre nom... Je ne suis pas très exigeante et mes projets ne sont pas trop déraisonnables, vous voyez, puisque, hormis ma mission à remplir, je n'envisage aucun bonheur personnel. »

Je l'avais laissée parler, car je sentais bien que son émotion, débordant de son cœur, me livrait enfin le secret de Marie-Claire... chaste et pur secret où le mot *devoir* s'inscrivait seul en lettres ardentes.

Comme elle se taisait, le visage inondé de larmes, je baisai une nouvelle fois la menotte sur laquelle mon front venait si longtemps de reposer. Puis, je la contemplai... Et dans le regard éperdu d'amour que je posai sur elle, une claire lueur d'espoir commençait à briller. Si ce qu'elle disait était rigoureusement vrai et si, véritablement, ses projets d'avenir se limitaient aux termes exposés, j'étais sûr maintenant d'arriver jusqu'à son cœur.

Elle me croyait d'origine obscure, et j'étais un fils de famille ; elle s'imaginait que j'étais un artiste pauvre, alors que j'étais riche de tout l'héritage recueilli à la mort de mon père, décédé il y a quelques années. Ma mère, elle-même, disposait d'une jolie situation. Etait-il possible quand je l'aurais mise au courant de ma vraie personnalité, qu'elle pût encore me repousser ? Ses réticences, ses émois, ses silences mêmes, ne prouvaient-ils pas qu'elle était plus troublée de mon amour qu'elle ne voulait le laisser paraître et peut-être même en convenir au fond d'elle-même ? Seule, la volonté d'entreprendre une œuvre véritablement gigantesque pour une faible jeune fille lui interdisait l'amour. C'est ce raisonnement qui me donna de nouvelles forces pour plaider ma cause et vaincre les scrupules dont elle enveloppait sa résistance.

— Oui, Marie-Claire, chérie, je vois que vous êtes prête à tous les sacrifices pour reconstituer le berceau qui vous vit naître. Mais, avez-vous pensé, mon amie, qu'au nom même de votre race, vous n'aviez pas le droit de limiter vos projets. Ce ne sont pas les enfants des autres qui doivent, après vous, habiter le château de Kéridec. Ce sont vos descendants... vos propres enfants !... A eux seuls revient l'honneur de perpétuer le nom, les principes, la tradition...

« Vieilles familles de nos provinces qui conservez intact le vrai visage de la patrie, vieux sang gaulois qui coulez dans les veines de nos enfants, vous constituez le plus beau fleuron de la France, et nul n'a le droit de limiter votre cours... Ceci encore est un devoir, Marie-Claire... Et aussi impérieux que l'autre ! »

— Justement ! Pour fonder une famille et éduquer des enfants comme il se doit, selon les aspirations de chacun de nous ou les devoirs d'un passé qu'on n'a pas le droit d'oublier, il faut se sentir à la hauteur de la tâche à remplir... Pour le moment, je dois bâtir... Plus tard, si mes moyens et mes forces me le permettent, je remplirai le nid.

— Pourquoi attendre ? Les enfants ne peuvent-ils grandir en même temps que les murs s'élèvent ? Et seront-ils moins bien éduqués parce que ce ne sont pas les lambris dorés d'un château qui les auront vus naître ? Vous êtes orgueilleuse, mon amie.

Elle devint pourpre d'émoi sous le reproche si directement énoncé.

— Moi ? Oh ! non !... Je suis seulement une orpheline qui ne peut penser sans révolte à ceux qu'une main criminelle a fait périr en pleine jeunesse... Ce n'est pas de l'orgueil ! Oh ! je vous assure bien que non !... Il me semble que je dois cette reconstruction à mes chers disparus... c'est un rachat, une revanche !... Au fond de leurs tombes, il n'y a qu'un peu de cendre et d'os calcinés ; mais si les morts nous voient, comme on l'affirme, je crois qu'ils reposeront plus tranquilles lorsque leur ancienne demeure dressera à nouveau ses pignons vers le ciel et que leur nom résonnera dans les vieux murs reconstruits... Riez, si vos croyances diffèrent des miennes, mais ne me blâmez pas de croire, car je suis incapable de penser et agir autrement.

— Je ne vous blâme pas, mon amie : vos projets sont respectables ! Je vous reproche seulement que, dans votre orgueil, vous n'envisagez pas la possibilité qu'un mari... que moi, je puisse vous aider !

Sur le visage de ma compagne, un véritable ennui passa à nouveau. Je sentis qu'elle m'en voulait de n'avoir pas encore compris, en toutes ses circonlocutions, qu'elle ne pouvait pas épouser un homme riche sans l'aimer, ni un homme pauvre, même sympathique, qui alourdirait sa tâche.

— Voyons, ma bien-aimée, repris-je tranquillement, car je commençais à me rasséréner, laissez-moi me mêler un peu de vos projets. Je puis vous aider plus que vous ne pensez... à la condition, toutefois, que, personnellement, je ne vous déplaise pas trop...

— Monsieur Marc, je vous assure que votre insistance m'est très pénible.

— Parce que vous me croyez pauvre, ma chérie ! Tenez, ajoutai-je gaiement, en tirant de mon portefeuille le chèque qu'on m'avait remis l'autre jour en paiement de mes tableaux. J'ai de l'argent, voyez donc... Voici déjà une petite somme... de quoi faire reconstruire, au moins, une des tourelles de Kéridec ! Qu'en pensez-vous, Marie-Claire ?

Très troublée, elle regardait le chèque, et son embarras me mettait en gaieté.

— Je ne puis pas accepter cet argent, balbutia-t-elle, embarrassée. C'est...

— C'est une restitution, je crois ! achevai-je en éclatant de rire...

— Oh ! vous... je...

Sa confusion n'avait d'égale que sa rougeur et, gaminement, je la raillai :

— A mon tour de vous dire : « N'insistez pas, Marie-Claire ! » J'avais très bien deviné d'où venait cet argent. Et vous comprendrez que je ne puis faire autrement que vous le restituer.

— Il représente le prix de vos tableaux, s'excusa-t-elle, de plus en plus confuse. Je tenais à ces toiles... vous aviez fixé un chiffre... Réellement, l'affaire est correcte et je ne veux pas...

— Ta, ta, ta ! c'est moi qui ne puis pas accepter l'aumône déguisée que prétend me faire une jeune fille... une demoiselle sans expérience... qui ne connaît rien à la peinture, ni à la valeur d'un tableau. Si vous aviez étudié un peu l'art de peindre, mon amie, vous n'auriez jamais payé cent mille francs de pareilles toiles !

— Elles sont très belles !

— Comment pouvez-vous en juger, petite fille ? Vous êtes totalement ignorante en la question !... Ah ! s'il s'agissait de ce peintre inconnu et mystérieux de la lande, qui s'estimait suffisamment connaisseur pour se permettre de rectifier mon travail, il en serait autrement. C'est évident ! Mais vous, chérie, qui n'avez jamais touché un pinceau, qui ne connaissez rien à rien et dont la sincérité égale la candeur... ou mon aveuglement, que faut-il penser de votre achat ?

Je parlais les yeux rivés sur les siens, et je la sentais très décontenancée sous la pourpre subite qui fardait son visage.

— Je crois que vous vous moquez de moi ! remarqua-t-elle enfin. Je ne comprends pas très bien vos insinuations sur mon ignorance... ou ma pédanterie ! Quoi qu'il en soit, un marché est un marché...

Mais je l'interrompis sévèrement, la foudroyant du regard.

— Est-ce que votre collaboration aussi a été rétribuée dans ce marché-là ? Vous avez un certain aplomb, mademoiselle ma camarade des Beaux-Arts. Et quand je pense que vous vous êtes moquée de moi durant des semaines, que vous avez joué la foi confiante que je mettais en vous, il me vient des envies de vous faire payer cher un pareil manquement aux usages établis entre loyaux compagnons !

Il y eut un court silence. Elle paraissait un peu embarrassée, mais elle prit assez vite son parti.

— Alors, vous avez deviné ? concéda-t-elle en riant, pour cacher sa défaite.

— Oui, parfaitement !... Tout, vous entendez ! Je n'ignore plus rien.

— Dans ce cas, vous aurez compris combien il m'a été doux de vous voir entreprendre ce travail !... A force de vivre au milieu des ruines, j'étais incapable d'en rendre la beauté. Je les connaissais trop pour les idéaliser comme je l'aurais voulu... Or, vous êtes venu, mon grand ami... vous avez entrepris de votre propre chef ce travail dont je rêvais ! Et comme j'étais très documentée sur l'ancien château, j'ai voulu vous aider, vous stimuler... le mystérieux s'ajoutant à l'attrait.

— Je vois ! Une bonne farce de rapin que je n'ai pas même soupçonnée... de votre part surtout !

— Oh ! vous n'allez pas m'en vouloir, monsieur Marc ?... S'il n'y avait pas la grande joie qui m'a secouée en voyant votre travail prendre forme, ce serait tout au plus une gaminerie...

— Justement ! Une gaminerie impardonnable...

— Mais que vous allez tout de suite me pardonner.

— A condition de ne pas la faire durer plus longtemps.

— C'est-à-dire ?

Une imperceptible crainte assombrissait déjà ses yeux.

— Reprenez votre chèque, Marie-Claire, et gardez les tableaux... nous en ornerons Kéridec reconstruit.

— Mais je ne puis, s'entêta-t-elle à dire.

Je la fis taire.

— Chut ! petite fille ! ordonnai-je. Puisqu'il est

convenu que nous rebâtissons ensemble le nid de nos enfants.

Elle voulut encore protester, mais je ne la laissai pas parler.

Ne venais-je pas de découvrir qu'en prenant certains airs d'autorité, en grossissant ma voix, en l'accablant de ses propres erreurs, je la couvrais de tant de confusion qu'elle n'osait plus me résister? Aussi, avec quelle ardeur je m'emparai de cet avantage.

— Vous êtes effroyablement bavarde, Marie-Claire! Au point que je vous crois incapable de garder le silence pendant quelques instants. Voici une heure que je veux vous expliquer certaines choses et vous ne cessez de m'interrompre.

— Parce que vous dites...

— Encore!... Décidément, vous me forcez à constater combien les jeunes demoiselles parlent à tort et à travers!... Moi qui vous attribuais toutes les qualités, mon amie!

— Vous êtes un odieux personnage, d'oser porter de tels jugements sur une jeune fille plus raisonnable que vous! Mais pour vous prouver que je suis capable d'écouter avec sang-froid les pires folies que débite journellement la gent masculine, je ne dis plus un mot.

— Ce serait merveilleux si vous y parveniez...

Elle posa son index en travers de ses lèvres.

— Voilà, c'est bouclé!... même si vous débitez des sottises.

— Alors, écoutez-moi, chérie!

Il faut croire que mon défi avait mis son amour-propre à vif, car elle ne parut pas avoir entendu ce qualificatif quelque peu audacieux ; et même, elle me laissa parler, sans chercher à m'interrompre, pendant que je lui révélais ma situation véritable.

— Vous comprenez maintenant, Marie-Claire, pourquoi j'ose vous offrir mon nom et mon amour... Ma naissance me fait votre égal, et vous ne commettrez pas une mésalliance en m'épousant ; enfin, ma fortune personnelle me permet d'assurer les charges d'une famille, sans crainte de devoir un jour faire connaître la gêne ou les restrictions à ma femme et à mes enfants.

Comme elle demeurait grave et silencieuse après cet exposé, je m'inquiétai :

— Douteriez-vous de ma sincérité, que nous ne me répondez pas, petite fille ?

— Non ! reconnut-elle fermement. Je crois que tout ce que vous venez de me dire est l'expression exacte de la vérité, malgré la surprise que vous me causez...

— Quelle surprise ?

— Vous avez vécu si modestement en Bretagne, vous mêlant très simplement aux paysans, que je n'aurai jamais soupçonné vos origines...

— Oh ! Me faites-vous grief de mes goûts simples, Marie-Claire ?...

— Pas du tout, protesta-t-elle. Au contraire, j'ai toujours regretté que les inquiétudes de ceux qui m'ont élevée ne m'aient pas permis de me mêler davantage à mes compagnons du Voulch. Ma réserve était de la prudence et non de l'orgueil. J'espère bien, plus tard, ne pas oublier que l'enfant des ruines n'a eu pour toute famille que les braves gens du village où elle a grandi.

— Alors, mon amie, pourquoi êtes-vous demeurée silencieuse après que je vous ai donné des précisions sur ma famille et sur ma véritable position ?

Elle eut une hésitation, puis, doucement, elle observa :

— Parce qu'il ne m'est guère permis maintenant d'accepter de devenir votre femme, Marc. Jusqu'ici, j'ai toujours repoussé vos avances. Si je changeais d'avis, vous auriez lieu de croire que c'est seulement parce que vous êtes riche que je le fais.

— Jamais, je ne croirai une pareille chose...

— Ce serait assez indiqué, cependant !

— Mon amie, ne divaguez pas... Si vous saviez combien je vous aime !

— Je... je m'en doute un peu, avoua-t-elle, souriante et très confuse. J'avais beau chercher à interrompre vos déclarations, vous trouviez toujours moyen d'en dire plus long que je n'en voulais entendre.

— Ceci prouve surtout que vous avez toujours été pour moi d'une rigueur excessive.

— Oh !

— Votre cœur, à mon égard, est aussi dur qu'un roc.

— J'ai toujours pensé que je devais être raisonnable pour deux, mon ami. Ainsi, vous oubliez encore ce que je vous ai dit tout à l'heure : je serai absolument sans fortune et peut-être obligée de travailler, quand Kéridec sera reconstruit.

— Et moi, je vous ai répondu qu'un mari devait nourrir sa femme.

— Alors, si je me range à votre avis et que, maintenant, j'accepte ?...

— Vous me rendriez le plus heureux des hommes.

— Mais vous vous direz peut-être un jour que j'ai fait une bonne affaire en vous épousant...

Je ne l'écoutais plus.

Tout à l'heure, elle avait dit : « sans fortune » !... Et tout un flot de pensées m'assaillaient.

— Dites donc, Marie-Claire, observai-je, le front devenu subitement sévère, vous ne me paraissez pas très sage dans l'administration de vos biens.

— Moi ?

— Oui. Vous m'avez dit qu'un jour vous seriez peut-être pauvre ?

Et lui désignant le chèque resté sur la table :

— Alors, ceci... Que signifie ?

— Quoi donc ?

— Vous vous sépariez aisément d'une forte somme, il me paraît.

Elle devint toute rose.

— C'était... c'était raisonnable, je crois !

— Expliquez-vous, petite fille ? Je suis en train de faire des suppositions terribles ! Vous dites donc ?

— Oh ! C'est très simple, interrompit-elle vivement, et ce n'est pas la peine de prendre un air de procureur prêt à requérir. J'avais pensé... je vous croyais pauvre, n'est-ce pas ? Et je me disais : « Ce qui manque aux débutants, c'est une certaine somme pour se lancer... »

— Et vous trouviez tout naturel de mettre ladite somme à ma disposition ?

— Oh ! ce n'était qu'une avance, en quelque sorte ! J'étais sûre que vous réussiriez à vous faire connaître. Vous avez du talent, il est indubitable que vous avez un bel avenir.

— Admettons !... Et alors ?

Un peu d'embarras, à nouveau, empourpra son angélique visage. Cependant, loyalement, elle expliqua :

— Eh bien !... Vous faisiez votre chemin dans la vie... et moi, pendant ce temps, je reconstruisais Kéridec. Ensuite, plus tard... peut-être nous serions-nous rencontrés un jour...

Devant cet aveu inattendu, une émotion me pinça à la gorge.

— Vous aviez calculé cela, Marie-Claire chérie ? m'écriai-je, pris d'une joie brutale. O mon aimée ! Répétez-moi que vous ne repoussiez pas la pensée de devenir ma femme.

Tout mon être était transfiguré d'espoir. Elle sourit, joyeuse de la joie qu'elle faisait naître et peut-être aussi satisfaite de la partager.

— Je faisais mieux que d'en accepter l'idée, puisque je bâtissais des projets pour plus tard... Croyez-moi, mon grand ami, il m'en coûtait beaucoup, parfois, de vous écarter de ma route !... Ainsi, ce fameux soir où vous êtes venu me faire une telle scène de jalousie... rappelez-vous...

— Je n'oublie pas !... Après vous avoir aperçue à Brest ?

— Oui. Eh bien ! je ne savais pas encore que je tenais tant à vous ; c'était réellement la première fois que vous me faisiez une déclaration d'amour.

— C'est pourquoi vous avez été si dure ?

Elle secoua la tête.

— Je n'étais pas dure, rectifia-t-elle doucement.

Vos paroles me troublaient même terriblement! Mais je sentais qu'il fallait me raidir, ne pas accepter... rester libre, enfin! C'est pourquoi j'essayais de ne pas vous donner le moindre espoir.

— Et vous avez réussi, car je suis parti désespéré.

— Les heures furent pénibles pour moi aussi, et j'ai préféré fuir Kéridec le lendemain, plutôt que de m'exposer à vous retrouver encore devant moi.

— Méchante! Vous mériteriez... je... oh!...

Je bégayais, éperdu et l'âme en joie, ne sachant que ponctuer mes mots de baisers fous, multipliés, sur sa petite main si brûlante à présent.

J'avais, en cet instant, la révélation de tout ce qu'impliquait l'amour heureux dans une complète communion d'âmes. Quant à Marie-Claire, elle continuait de sourire doucement, comme en un rêve!

Presque religieusement, à mi-voix, elle observa :

— Ainsi, c'est bien vrai! Presque sans l'avoir prévu, nous voici fiancés...

— Liés pour la vie, chérie.

— Oui, la Vierge Coquette nous a réunis *pour la vie!...* Marc, vous rendez-vous compte?

Je tressaillis. Brusquement, dans mon esprit, venait de surgir le souvenir de la légende et de la Madone.

A mon tour, je devins grave.

— C'était écrit, murmurai-je avec conviction. Nous étions destinés l'un à l'autre.

— Souvenez-vous... nos mains se sont jointes devant le sanctuaire...

— Et tous les deux nous avons eu le même recul et la même appréhension.

— Je croyais bien que la vie m'appelait dans une direction très éloignée de vous.

— Et moi ? Pouvais-je me figurer que la petite jeune fille rencontrée si loin des miens accaparerait mon être au point que, sans elle, l'existence ne me paraîtrait pas digne d'être vécue ?

— Le destin...

— Notre maître à tous, quels que soient nos désirs ou notre volonté...

Un silence, rempli de graves pensées, suspendit notre voix, et peut-être que chacun de nous, dans le fond de son âme, murmura un « merci » qui atteignit le trône du Tout-Puissant.

— Marie-Claire, dis-je en effet, quand nous serons mariés, il faudra que nous allions au Voulch pour remercier la Vierge Coquette.

— J'y pensais ! répondit-elle simplement.

Après avoir affronté bien des heures terribles, je suis heureux ! Et ce n'est pas un rêve, je ne vais pas soudainement m'éveiller sur des réalités décevantes.

Marie-Claire m'aime, nous sommes fiancés, bientôt elle portera mon nom ! C'est là une merveilleuse et indiscutable réalité vers laquelle tout mon être extasié d'amour n'a qu'à se laisser porter.

Les choses se sont vraiment arrangées comme dans un cycle magique où tout s'ajuste de lumineuse façon.

L'âme anxieuse, le cœur battant d'émoi et sans rien oser espérer, je me suis dirigé hier vers le Louvre, où m'attendait la seule femme que j'aie jamais aimée.

Tout paraissait nous séparer. J'avais l'âme emplie de soupçons et Marie-Claire doutait de moi ; la chère enfant ployait sous un fardeau phénoménal de sophisme, de faux devoirs et d'inutiles scrupules devant lesquels il semblait que nous n'eussions qu'à nous incliner ; nos âmes mêmes, fuyant, se refusaient à s'unir ; nos paroles, nos confidences, ne semblaient faire naître entre nous que du désaccord. C'était la division complète ! Et voilà que, tout à coup, comme sous le coup d'une baguette enchantée, les choses se sont mises à tourner ! D'une façon inopinée, toutes les difficultés s'aplanissaient, les cœurs se rejoignaient, et une joie divine chassait l'amertume des larmes et des regrets...

Je ne comprends pas encore comment un tel bonheur a pu se réaliser. Il y a de la fantasmagorie dans la destinée des hommes... à croire que le Ciel se plaît à déjouer toutes nos attentes pour le seul besoin de nous montrer sa toute-puissante volonté.

Qu'ajouterais-je maintenant à ce récit que je vais bientôt clore d'un point final ? Je possède l'amour de la seule femme que j'aie jamais aimée ; bientôt elle sera mienne pour toujours. N'est-ce pas tenir dans mes mains le plus cher trésor de ce monde ?

Ma mère a accueilli maternellement Marie-Claire, avec la même indulgente bonté qu'elle avait écouté mes confidences. Elle convient sans arrière-pensées que je ne pouvais faire un meilleur choix que la jeune villageoise rencontrée au pardon du Voulch.

Quant à Mariannick, elle a accueilli en pleurant la nouvelle de nos fiançailles :

— Oh ! je savais bien que ça finirait comme ça. Ma pauvre petite avait le cœur si gros en quittant Ty Bianet ; elle me faisait tant de recommandations à votre sujet, monsieur Marc, qu'elle en oubliait de m'embrasser... il n'y en avait vraiment que pour vous !

J'ai souri, heureux, ravi... peut-être même plein de suffisante fatuité. C'est tellement naturel à l'homme, quand il est heureux, de croire en son pouvoir personnel !

L'amour est un stimulant qui donne tous les courages, un phare qui éclaire la route, un levier formidable qui renverse tous les obstacles... Et voilà pourquoi un homme est si fort quand il aime !

Là-haut, sur la falaise, dans le petit sanctuaire de granit, bâti pour durer des siècles et braver toutes les tempêtes, la Vierge Coquette, au mystérieux sourire, continue d'ouvrir ses bras accueillants vers le large de l'Océan, vers la foule qui se presse à ses pieds... vers l'avenir mystérieux !

Puisse la légende si belle et si réconfortante aux âmes simples, si redoutable aussi pour les cœurs troublés, se perpétuer encore durant des siècles ! Elle donne de l'espoir aux amoureux, de la crainte aux fourbes et du rêve aux poètes. Son influence est précieuse, même si elle n'est qu'un mythe merveilleux...

Mais Marie-Claire et moi croyons en vous, Vierge Coquette. Depuis longtemps, j'ai fait amende honorable à vos pieds, et c'est du fond du cœur que je vous dis : merci !

Achevé d'imprimer en octobre 1982
sur les presses de l'Imprimerie Bussière
à Saint-Amand (Cher)

— N° d'édit. 23. — N° d'imp. 2002. —
Dépôt légal 3e trimestre 1981.
Printed in France

ISBN 2-235-01173-X